U0083252

人民共和國文化與文學叢書

二　編

李　怡　主編

第 11 冊

大幻想天空下的聚首
——時空交錯下的中國當代幻想小說圖景

錢曉宇　著

花木蘭文化出版社

國家圖書館出版品預行編目資料

大幻想天空下的聚首——時空交錯下的中國當代幻想小說圖
景／錢曉宇 著 -- 初版 -- 新北市：花木蘭文化出版社，2015
〔民 104〕
目 2+196 面；19×26 公分
（人民共和國文化與文學叢書 二編：第 11 冊）
ISBN 978-986-404-223-4（精裝）
1. 中國小說 2. 現代小說 3. 文學評論
820.8   104011326

特邀編委（以姓氏筆畫為序）：

吳義勤　孟繁華　張　檸
張志忠　張清華　陳思和
陳曉明　程光煒　劉福春
（臺灣）宋如珊
（日本）岩佐昌暲
（新西蘭）王一燕
（澳大利亞）鄭　怡

ISBN- 978-986-404-223-4

9 789864 042234

人民共和國文化與文學叢書
二　編　第十一冊　　　　　ISBN：978-986-404-223-4

大幻想天空下的聚首
——時空交錯下的中國當代幻想小說圖景

作　　者　錢曉宇
主　　編　李　怡
企　　劃　北京師範大學民國歷史文化與文學研究中心
　　　　　四川大學現代中國文化與文學研究中心
總 編 輯　杜潔祥
副總編輯　楊嘉樂
編　　輯　許郁翎
印　　刷　普羅文化出版廣告事業
出　　版　花木蘭文化出版社
社　　長　高小娟
聯絡地址　235 新北市中和區中安街七二號十三樓
　　　　　電話：02-2923-1455／傳真：02-2923-1452
網　　址　http://www.huamulan.tw 信箱 hml810518@gmail.com
初　　版　2015 年 9 月
全書字數　172895 字
定　　價　二編16 冊（精裝）台幣28,000 元

大幻想天空下的聚首
——時空交錯下的中國當代幻想小說圖景

錢曉宇　著

作者簡介

錢曉宇：女，1975 年出生於湖南省長沙市，現爲華北科技學院高等教育研究室主任，人文學院副教授，四川大學中國現當代文學博士，中國郭沫若研究學會理事。曾出版專著《世紀之交玄幻風：中國當代奇幻小說現象論》，參與《詞語的歷史與思想的嬗變——追問中國現代文學的批評概念》、《魯迅研究》、《中國現代文學的巴蜀視野》等著作、教材的編寫工作。論文曾發表或收錄於《文藝報》、《中國文學研究》、《貴州社會科學》、《江西社會科學》、《現代中國文化與文學》、《郭沫若學刊》、《鄭敏詩歌研究論集》、《郭沫若研究年鑒》、《郭沫若研究三十年》等報刊、文集。主持四川省教育廳郭沫若研究中心「郭沫若神話思維研究」、「郭沫若與現代漢字變革」等項目，先後參與 2008 年國家社科基金「中國現代文學批評概念與中外文化交流」，2012 年度國家社科基金「民國社會歷史與中國現代文學的研究框架」等項目。

提　　要

　　本卷在作者上一部專著《世紀之交玄幻風：中國當代奇幻小說現象論》基礎上，將科幻、奇幻等不同類型小說納入大幻想文學的框架，以多重語境下的中國當代幻想小說爲研究對象，對於世紀之交科玄兩種思維方式在幻想文學內部的聚焦進行深度探討。在「大幻想」理念下，梳理中國科幻、奇幻小說傳統，整理其創作及研究現狀，追問中國幻想小說的未來，探討整合中國當代科幻與奇幻小說的可行性，從而對本土幻想文學進行階段性回顧與反思。按照過去、現在、將來的時間軸線，通過文本細讀，設置「新歷史主義語境下的幻想文學」、「現實主義傳統在幻想中的回響」和「未來世界的反烏托邦描述」三個板塊，全方面展示中國當代幻想小說在理念輸出與主題意蘊上的交集。

　　中國當代幻想文學，在時代語境、創作主體、接受群體、文學形象多線交織下，關涉著科幻和奇幻文學兩大支柱。國內科學幻想和非科學幻想兩大創作陣營已意識並逐漸接受了「大幻想」的概念。從具有代表性的本土科幻和奇幻文本中提取共性，結合世紀之交的文化思潮，關注幻想小說創作的實際，使得兩大支柱在新世紀獲得了聚首的可能。

世界知識、地方知識
與人民共和國文學研究

李　怡

　　無論我們如何估價近 30 年來的中國文學研究成果，都不得不承認這樣一個事實，即當代中國文學研究的發展演變與我們整個知識系統的轉化演進有著密切的聯繫，這種聯繫不僅勾畫了迄今爲止我們文學研究的學術走向，而且也將爲未來的學術前行提供新的思路。

　　回顧近 30 年來的中國文學研究的知識背景，我們注意到存在一個由「世界知識」與「地方知識」前後流動又交互作用過程。考察分析「知識」系統的這些變動，特別是我們對「知識系統」的認識和依賴方式，將能折射出我們學術發展過程中的值得注意的重要問題，促使我們作出新的自我反省。

一

　　在對人民共和國文學的研究之中，「世界」的知識框架是在新時期的改革開放中搭建起來的。「世界」被假定爲一個合理的知識系統的表徵，而「我們」中國固有的闡釋方式是充滿謬誤的，不合理的。新時期當代中國文學的研究是以對「世界」知識的不斷充實和完善爲自己的基本依託的，這樣的一個學術過程，在總體上可以說是「走向世界」的過程。「走向世界」代表的是剛剛結束十年內亂的中國急欲融入世界，追趕西方「先進」潮流的渴望。在中國現當代文學研究界乃至中國學術界「走向世界」呼籲的背後，是整個中國社會對衝出自我封閉、邁進當代世界文明的訴求。在全中國「走向世界」的合奏聲中，走向「世界文學」成了新時期中國現代文學研究的「第一推動力」。

　　在那時，當代中國文學研究是努力以中國之外「世界」的理論視野與方法爲基礎的。以國外引進的自然科學的研究方法──「三論」（系統論、信息論、控制論）爲起點，經過 1984 年的反思、1985 年的「方法論年」，西方文學理論與批評得到了到最廣泛的介紹和運用，最終從根本上引導了當代中國文學批評的主潮。

　　人民共和國文學的研究也是以中國之外的「世界」文學的情形爲參照對象的，比較文學成爲理所當然的最主要的研究方式，比較文學的領域彙集了當代中國文學研究實力強大的學者，中國學術界在此貢獻出了自己最重要的成果。新時期中國學人重提「比較文學」首先是在外國文學研究界，然而卻是在一大批中國現代文學研究者介入，或者說是在中國現代文學研究界將它作爲一種「方法」加以引入之後，才得到長足的發展。正如王富仁先生所說：「我們稱之爲『新時期』的文學研究，熱熱鬧鬧地搞了 10 多年，各種新理論、新觀念、新方法都『紅』過一陣子。『熱』過一陣子，但『年終結帳』，細細一核算，我認爲在這十幾年中紮根紮得最深，基礎奠定得最牢固，發展得最堅實，取得的成就最大的，還是最初『紅』過一陣而後來已被多數人習焉不察的比較文學。」〔註 1〕

　　這些文學研究設立了以「世界」文學現有發展狀態爲自己未來目標的潛在意向，並由此建立著文學批評的價值取向。曾小逸主編《走向世界文學》一書不僅囊括了當時新近湧現、後來成爲本學科主力的大多數學者，集中展示了那個時期的主力學者面對「走向世界」這一時代主題的精彩發言，而且還以整整 4 萬 5 千餘字的「導論」充分提煉和發揮了「走向世界文學」的歷史與現實根據，更年輕一代的學人對於馬克思、歌德「世界文學」著名預言的接受，對於「走向世界」這一訴求的認同都與曾小逸的這篇「導論」大有關係。一時間，僅僅局限於中國本身討論問題已經變成了保守封閉的象徵，而只有跨出中國，融入「世界」、追逐「世界」前進的步伐，我們才可能有新的未來。

　　進入 1990 年來之後，我們重新質疑了這樣將「中國」自絕於「世界」之外的思想方式，更質疑了以「西方」爲「世界」，並且迷信「世界」永遠「進化」的觀念。然而，無論我們後來的質疑具有多少的合理性，都不得不承認，

〔註 1〕 王富仁：《關於中國的比較文學》，見王富仁《說說我自己》125 頁，福建人民出版社 2000 年。

一個或許充滿認知謬誤的「世界」概念與知識，恰恰最大限度地打破了我們思維閉鎖，讓我們在一個全新的架構中來理解我們的生存環境與生命遭遇。這就如同 100 多年前，中國近代知識分子重啟「世界」的概念，第一次獲得新的「世界」的知識那樣。「世界」一詞，本源自佛經。《楞嚴經》云：「世爲遷流，界爲方位。」也就是說，「世」爲時間，「界」爲空間，在中國文化的漫長歲月裏，除了參禪論道，「世界」一詞並沒有成爲中國知識分子描述他們現實感受的普遍用語。不過，在近代日本，「世界」卻已經成爲了知識分子描述其地理空間感受的新語句，當時中國的知識分子在談及其日本見聞的時候，也就便將「世界」引入文中，例如王韜的《扶桑遊記》，黃遵憲的《日本國志》，20 世紀初，留日中國知識分子掀起了日書中譯的高潮，其中，地理學方面的著作占了相當的數量，「大部分地理學譯著的原本也是來自日本」。〔註2〕隨著中國留學生陸續譯出的《世界地理》、《世界地理誌》等著作的廣泛傳播，「世界」也才成爲了整個中國知識界的基本語彙。世界，這是一個沒有中心的空間概念。

「世界」一詞回傳中國、成爲近現代中國基本語彙的過程，也是中國知識分子認知現實的基本框架——地理空間觀念發生巨大改變的過程：我們所生存的這個世界並非如我們想像的那樣以中國爲中心。是的，在 100 年前，正是中國中心的破滅，才誕生了一個更完整的「世界」空間的概念，才有了引進「非中國」的「世界」知識的必要，儘管「中國」與「世界」在概念與知識上被作了如此不盡合理「分裂」，但「分裂」的結果卻是對盲目的自大的終結，是對我們認識能力的極大的擴展。這，大概不能被我們輕易否定。

二

1990 年代以後人們憂慮的在於：這些以西方化的「世界」知識爲基礎的思想方式會在多大的程度上壓抑和遮蔽了我們的「民族」文化與「本土」特色？我們是否就會在不斷的「世界化」追逐中淪落爲西方「文化殖民」的對象？

其實，100 餘年前，「世界」知識進入中國知識界的過程已經告訴我們了一個重要事實：所謂外來的（西方的）「世界」知識的豐富過程同時伴隨著自我意識的發展壯大過程，而就是在這樣的時候，本土的、地方的知識恰恰也

〔註 2〕鄒振環：《晚清西方地理學在中國》244 頁，上海古籍出版社 2000 年版。

獲得了生長的可能。

100 餘年前的留日中國學生在獲得「世界」知識的同時,也升起了強烈「鄉土關懷」。本土經驗的挖掘、「地方知識」的建構與「世界」知識的引入一樣的令人矚目。他們紛紛創辦了反映其新思想的雜誌,絕大多數均以各自的家鄉命名,《湖北學生界》、《直說》、《浙江潮》、《江蘇》、《洞庭波》、《鵑聲》、《豫報》、《雲南》、《晉乘》、《關隴》、《江西》、《四川》、《滇話》、《河南》……這些本土的所在,似乎更能承載他們各自思想的運動。在這些以「地方性」命名的思想表達中,在這些收錄了各種地域時政報告與故土憂思的雜誌上,已經沒有了傳統士人的纏綿鄉愁,倒是充滿了重審鄉土空間的冷峻、重估鄉土價值的理性以及突破既有空間束縛的激情,當留日中國知識分子紛紛選擇這些地域性的名目作為自己的文字空間之時,我們所看到的分明是一次次的精神的「還鄉」。他們在精神上重返自己原初的生存世界,以新的目光審視它,以新的理性剖析它,又以新的熱情激活它。

出於對普遍主義與本質主義的批判立場,美國著名的文化人類學家克利福德‧格爾茲教授(Clifford Geertz)提出了「地方性知識」這一概念,在他的《地方性知識》一書中有過深刻的表述。「所謂的地方性知識,不是指任何特定的、具有地方特徵的知識,而是一種新型的知識觀念。而且地方性或者說局域性也不僅是在特定的地域意義上說的,它還涉及到在知識的生成與辯護中所形成的特定的情境,包括由特定的歷史條件所形成的文化與亞文化群體的價值觀,由特定的利益關係所決定的立場、視域等。」它要求「我們對知識的考察與其關注普遍的準則,不如著眼於如何形成知識的具體的情境條件。」〔註3〕作為後現代主義時代的思想家,克利福德‧格爾茲強調的是那種有別於統一性、客觀性和真理的絕對性的知識創造與知識批判。雖然我們沒有必要用這樣的論述來比附百年前中國知識分子的「地方意識」的萌發,但是,在對西方現代化的物質主義保持批判性立場中討論中國「問題」,這卻是像魯迅這樣知識分子的基本選擇,當近現代中國知識分子提出諸多的地方「問題」之時,他們當然不是僅僅為了展示自己的地方「獨特性」,而是表達自己所領悟和思考著的一種由特定區域與「特定的歷史條件」所決定的價值追求。而任何一個不帶偏見地閱讀了中國現代文學作品的人都可以發現,這些價值追求既不是西方文化的簡單翻版,也不是地方歷史的簡單堆積,它們屬於一

〔註3〕 盛曉明:《地方性知識的構造》,《哲學研究》2000 年 12 期。

種建構中的「新型的知識觀念」。

所以我認爲，近代中國知識分子這種依託地方生存感受與鄉土時政經驗的思想表達分明不能被我們簡單視作是「外來」知識的移植和模仿，更不屬於所謂「文化殖民」的內容。

同樣，在新時期的當代中國文學批評中，在重點展示西方文學批評方法的「方法熱」之同時，也出現了「文化尋根」，雖然後來的我們對這樣的「尋根」還有諸多的不滿；1990 年代以降，文學與區域文化的關係更成爲了文學研究的重要走向。竭力倡導「走向世界」的現代學人同樣沒有忽視中國文學研究的地方資源問題，在「後現代主義」質疑「現代性」、後殖民主義批判理論質疑西方文化霸權的中國影響之前，他們就理所當然地發掘著「地方性」的獨特價值，1989 年的中國現代文學研究會蘇州年會就以「中國現代作家與吳越文化」議題之一，在學者看來：「20 世紀中國新文學是在西方近代文學的啓迪下興起的。但就具體作家而言，往往同時也接受著包括區域文化在內的中國傳統文化的影響——有時是潛移默化的濡染，有時則是相當自覺的追求。」〔註 4〕爲 20 在中國當代批評家的眼中，引入「地方性」視野既是一種「豐富」，也是一種「尊嚴」，正如學者樊星所概括的那樣：「在談論『中國文化』、『中國民族性』、『中國文學的民族特色』這些話題時，我們便不會再迷失在空論的雲霧中——因爲絢麗多彩的地域文化給了我們無比豐富的啓迪。」「當現代化大潮正在沖刷著傳統文化的記憶時，文學卻捍衛著記憶的尊嚴。」〔註 5〕在這裏，「地方性」背景已經成爲中國學者自覺反思「現代化大潮」的參照。

三

重要的在於，「世界知識」與「地方知識」完全可以擺脫「二元對立」的狀態，而呈現出彼此激發、相互支撐的關係，中國文學從晚清到人民共和國的演化就說明了這一點。

在「世界知識」與「地方知識」相互支持的關係構架中，起關鍵性作用的是中國知識分子的自我意識的成長。對於文學批評而言，自我意識的飽滿

〔註 4〕嚴家炎：《二十世紀中國文學與區域文化叢書·總序》，《二十世紀中國文學與區域文化叢書》，湖南教育出版社 1995 年版。

〔註 5〕樊星：《當代文學與地域文化》21 頁，華中師範大學出版社 1997 年版。

和發展是我們發現和提煉全新的藝術感受的基礎，只有善於發現和提煉新的藝術感受的文學批評才能推動人類精神的總體成長，才能促進人生價值新的挖掘和發揚。在我們辨別種種「知識」的姓「西」姓「中」或者「外來」與「本土」之前，更重要是考察這些中國知識分子是否將獨立人格、自由意志與人的主體性作為了自覺的追求，換句話說，在「知識」上將「世界」與「本土」暫時「割裂」並不要緊，引進某些「外來」的偏激「觀念」也不要緊，重要的在於在這樣的一個過程當中，作為知識創造者的我們是否獲得了自我精神的豐富與成長，或者說自我精神的成長是否成為了一種更自覺的追求，如果這一切得以完成，那麼未來的新的「知識」的創造便是盡可期待的，從「世界知識」的引入到「地方知識」的重新創造，也自然屬於題中之義，而且這樣的「地方知識」理所當然也就不是封閉的而是開放的。

從「世界知識」的看似偏頗的輸入到「地方知識」的開放式生長，這樣的過程原本沒有矛盾，因為知識主體的自我意識被開發了，自我創造的活性被激發了。

在晚清以來中國的思想演變中，浸潤於日本「世界知識」的魯迅提出的是「入於自識，趣於我執，剛愎主己」，即返回到人的自我意識。〔註6〕

在 1980 年代，不無偏頗的「方法熱」催生了文學「主體性」的命題：「我們強調主體性，就是強調人的能動性，強調人的意志、能力、創造性，強調人的力量，強調主體結構在歷史運動中的地位和價值。」〔註7〕雖然那場討論尚不及深入展開。

過於重視「知識」本身的辨別和分析，極大地忽略了「知識」流變背後人的精神形態的更重要的改變，這樣我們常常陷入中/外、東/西、西方/本土的無休止的糾纏爭論當中，恰恰包括中國文學批評家在內的現代知識分子的精神創造過程並沒有得到更仔細更具有耐性的觀察和有說服力量的闡釋，其精神創造的成果沒有得到足夠的總結，其所遭遇的困難和問題也沒有得到深入細緻的分析。

在這個意義上，我們也可以認為，現當代中國文學研究與「世界知識」、「地方知識」的關係又屬於一種獨特的「依託──超越」的關係，也就是說，

〔註6〕魯迅：《文化偏至論》，《魯迅全集》1 卷 50 頁，人民文學出版社 1981 年版。
〔註7〕劉再復：《論文學的主體性》，《文學主體性論爭集》3 頁，紅旗出版社 1986 年版。

我們的一切精神創造活動都不能不是以「知識」爲背景的，是新知識的輸入激活了我們創造的可能，但文學作爲一種更複雜更細微的精神現象，特別是它充滿變幻的生長「過程」，卻又不是理性的穩定的「知識」系統所能夠完全解釋的，對於文學創作與文學研究的考察描述，既要能夠「知識考古」，又要善於「感性超越」，既要有「知識學」的理性，又要有「生命體驗」激情，作爲文學的學術研究，則更需要有對這些不規則、不穩定、充滿偏頗的「感性」與「激情」的理解力與闡釋力。

人類不僅是邏輯的知性的存在物，也是信仰的存在物，是充滿感性衝動與生命體驗的複雜存在。

自晚清、民國到人民共和國，中國文學現象的發生發展，不僅是與新「知識」的輸入與傳播有關，更與「知識」的流轉，與中國知識分子對「知識」的「理解」有關。我們今天考察這樣一段歷史，不僅僅需要清理這些客觀的知識本身，更要分析和追蹤這些「知識」的演化過程，挖掘作爲「主體」的中國知識分子對這些「知識」的特殊感受、領悟與修改，換句話說，我們今天更需要的不是對影響中國文學這些的「中外知識」的知識論式的理解，而是釐清種種的「知識」與現代中國人特殊生存的複雜關係，以及中國知識分子作爲創造主體的種種心態、體驗與審美活動，所謂的「知識」也不單是客觀不變的，它本身也必須重新加以複述，加以「考古」的觀察。這就是我們著力強調「民國歷史文化」、「人民共和國文化」之於文學獨特意義的緣由。

所有這些歷史與文學的相互對話，當然都不斷提醒我們特別注意中國知識分子的自由感受、自我生成著精神世界，正如康德對文藝活動中自由「精神」意義的描述那樣：「精神(靈魂)在審美的意義裏就是那心意付予對象以生存的原理。而這原理所憑藉來使心靈生動的，即它爲此目的所運用的素材，把心意諸和合目的地推入躍動之中，這就是推入那樣一種自由活動，這活動由自身持續著並加強著心意諸力」〔註8〕

〔註 8〕康德：《判斷力批判》上卷第 159～160 頁，宗白華譯，商務印書館 1964 年版。

目
次

引　言

　　中國科學和非科學幻想文學均有著悠久的歷史積澱，只不過當代本土幻想小說與全球同類小說的發展進程和影響力相比，確實略顯滯後。本土幻想文學甚至一度遭到懷疑、曲解甚至批判，以致於「一種包含有豐富時代特徵和數不清好處的文學形式，在中國當代文壇上，還僅只佔有非常可憐的地位」。〔註 1〕所幸的是，它的地位雖然相對可憐些，創作積累卻從未停歇。經歷了世紀之交的蛻變，幻想世界的身量日漸增長，空間也逐步撐起，階段性回顧和梳理的時機已然降臨。

　　作爲當下中國幻想文學兩大陣營：科幻與奇幻，它們能夠各據一方，生根發芽，取決於各自相對獨立的文學品格，也符合文學創作多元化的時代趨勢。那麼科幻與奇幻能夠在同一片天空下聚首、交融，則取決於它們在思維方式上存在某個交集——那就是幻想、亦即反映人腦機能之一的想像力之存在。

　　整體上研究中國當代幻想文學的意義除了對本土幻想文學進行階段性回顧與反思，還能將科幻、奇幻、玄幻武俠等不同形態納入大幻想文學的框架之下，對於世紀之交科玄兩種思維方式在幻想文學內部的聚焦，進行深度探討。有人甚至認爲：「現代的人類也需要一種新興的，同時又是懷舊的文化，一種大幻想文學的復興和回歸，以代替我們承擔精神上的衰老，表達對自然和自由的嚮往」，並看到了「科技時代」〔註 2〕下，科幻與奇幻既競爭又互補，

〔註 1〕 吳岩、呂應鍾：《科幻文學入門》，福州：福建少年兒童出版社，2006 年版，第 38 頁。
〔註 2〕 屈暢：《巨龍的頌歌　世界奇幻小說簡史》，蘇州：古吳軒出版社，2011 年版，第 3 頁。

或平行或交疊的立體關係。

在業內，已經有不少作家、學者開始接受幻想文學這一提法，並逐漸被學界、外界接納。2012 年 8 月，就以「幻想文學」為名，由中國作家協會兒童文學委員會、中國少年兒童新聞出版總社主辦、《兒童文學》雜誌承辦的「中國幻想文學創作研討會」在北京召開了。從參會者構成來看，既有兒童文學作家，也有科幻、奇幻作家。創作者和研究者分別參加了科幻與奇幻分論壇。2012 年《中國現代文學研究叢刊》發表了馮鴿的《中國現代幻想小說際遇之探究》，此文還是國家社會科學基金項目「中國現代幻想小說史論」的階段性成果，必須承認，以「幻想文學」為主題進行的本土幻想小說研究是一個年輕的論題。此論題或者說本土幻想小說概念，最初是借助《中華讀書報》、《中國文化報》、《中國圖書商報》等報刊得以傳播的，一開始篇幅不大，影響力也不甚廣，且這其中還有超過五分之一是從兒童文學角度進行論述的。

2000 年後，像高俊傑《全新的幻想文學》（《文藝報》，2002-03-05）；王炎的《幻想文學的前景到底有多大──兼評阿益的〈克隆天下〉》（《全國新書目》，2002-07-01）和《走進幻想》（《中華讀書報》，2002-08-21）；《文學的幻想傳統哪去了？》（《四川日報》，2003-02-08）；楊展的《讓本土的幻想文學騰飛》（《北京日報》，2004-11-14）；孔凡飛的《探索中國本土幻想文學》（《長春日報》，2005-04-11）；渠競帆的《中國原創幻想文學離大獎有多遠》（《中國圖書商報》，2007-04-13）；謝迪南《中國幻想小說還是「無根」文學》（《中國圖書商報》，2007-07-10）；黃仲山的《失序‧失範‧失真──關於當下幻想文學發展的幾點隱憂》（《理論與創作》，2007-07-15）和《幻想文學：走出民族性缺失的尷尬》（《中國文化報》，2007-07-17）；韓雲波《幻想文學與幻想文化》（《重慶三峽學院學報》，2007-07-20）；李強的《曹文軒 8 年前就傾心「大幻想文學」》（《中國新聞出版報》，2007-12-18）；徐妍《探索當代幻想小說的中國敘事》（《文藝報》，2008-04-19）；舒偉《幻想文學的傳統與創新──從「黑暗降臨」系列之〈灰國〉談起》（《中國圖書評論》，2008-11-15）等學術論文不論是從宏觀審視，還是微觀細讀上，都對幻想文學的當下存在狀態進行了嚴肅而具學理性的思考。

2009 年之後，對中國當代幻想小說的研究繼續走向深入，出現了一些對幻想作家的專論。如韓雲波把燕壘生的作品納入「大幻想」旗下，發表了《文

明架空歷史的「大幻想」展示：以燕壘生奇幻武俠文學爲例》（《重慶三峽學院學報》，2009-01-20）。還有學者將作家江南的幻想小說分成三類：「武俠小說（以《此間的少年》、《中間人》與《光明皇帝‧業火》爲代表的）；奇幻小說（以《九州‧縹緲錄》系列、《龍族》系列爲代表的）；科幻小說（以《上海堡壘》、《蝴蝶風暴》爲代表）」〔註 3〕，這等於進一步證明「大幻想」理念在研究個案時的包容性和可行性。

以「中國幻想小說」爲篇名進行博碩士論文檢索，2006 年之前這種提法幾乎是空白，可喜的是從 2006 年至今已經有 10 篇，雖然其中除去四篇關於日本、美國、英國、德國的幻想小說研究，再加上三篇從兒童文學角度來談中國當代幻想小說，完全屬於本土幻想小說研究的只有三篇。

在這三篇中，2008 年東北師範大學彭龍英的碩士論文《異度空間中的生命體驗——中國當代幻想小說的「形象」解析》就直接以「中國當代幻想小說」爲題名進行了小說類型研究。這可以算是較早的一篇幻想小說形象論，對當代幻想小說中幾種常見的形象群體做了歸納和展示。如作者所說，主體部分共分爲三個層面，第一部分通過對魔法師、戰士、平凡人這幾種人物形象的分析，挖掘中國當代幻想小說的精神指向和藝術價值，並對中國當代幻想小說產生之初模仿西方幻想小說的類型特徵做出評價。第二部分是對取材中國本土的幻想小說中的人物形象和創作實績的總結，這些人物不再是普通人和平凡人，而是中國古代神話和傳說中的神，並指出中國當代幻想小說作者在借鑒本土資源的過程中兩種不同風格，兩種不同方式之間的區別和聯繫。第三部分對一種特異的存在群體——獸類形象進行分析，進而揭示它們在幻想小說中存在的目的和意義。

隨後，2010 年中國海洋大學李娜的碩士論文《幻想小說中幻想與現實的平衡》，2012 年河北師範大學陳菲菲的碩士論文《論當代人文幻想小說的想像空間》相繼出現，擴展和加深了對中國幻想小說的研究，不論在中西幻想小說比較上，還是對人文幻想空間的審視，都爲這一研究方向帶來新氣象。

顯然，用大幻想理念整合科學幻想和非科學幻想文學於當代能夠實現，是有一定基礎的。二十世紀由西向東湧動的各類文化思潮，科學理性和非科學神秘主義在世紀之交的碰撞，使科學和非科學幻想小說獲得了共同的創作

〔註 3〕 龔潤芝，《淺析江南幻想小說的類型與演進》，載《重慶三峽學院學報》2014-04。

和研究話題。

就科幻文學本身來說，無論是創作還是研究都已經非常豐富了，它本身就是一個比較完整的類型小說形態；至於上世紀末在本土風靡的玄幻、奇幻小說，以其不可抵擋的魅力也擁有了相當廣闊的創作、閱讀、研究空間。這兩個類型都已自成體系。不過，它們在很多地方既有分歧又不缺重疊。

單從創作者來看，就有不少身兼科幻和奇幻兩類幻想小說的作家。如被歸入新生代科幻小說作者，多次獲得「中國科幻銀河獎」的潘海天，近些年不但進行奇幻創作，參與編輯發行奇幻雜誌，還是中國奇幻架空——「九州」團隊中重要的一員。再如陳楸帆和夏笳，前者的《無盡的告別》和後者的《卡門》、《永夏之夢》、《百鬼夜行街》等均獲「中國科幻銀河獎」，但他們同樣進行奇幻小說創作，尤其是夏笳，她的《百鬼夜行街》「我」，寧采臣作為鬼街上唯一的活人，跟小倩、燕赤霞和其它鬼眾生活在一起，並通過自己的犧牲，抵抗住蜘蛛精對鬼街的攻擊。作品完全沒有科學幻想因素，但是獲得的卻是「中國科幻銀河獎」。寫出人蛇大戰奇幻長篇《天行健》的燕壘生還創作出科幻小說《瘟疫》，描繪了人類在未來高科技世界，被「石化病」這一恐怖疫情驅至絕境的命運。

這也就是說，不僅僅於創作個體，目前科學幻想與非科學幻想越走越近，出現交叉地帶的現象在全球範圍內也存在。從創作現狀來看，臺灣知名科幻作家黃海曾感歎：「世界科幻標杆的雨果獎（Hugo Award）長篇小說獎，奇幻小說《哈利·波特》竟然跌破專家眼鏡得獎，李安導演的電影《臥虎藏龍》也獲戲劇表演獎，隨後 2002 年又一部與眾不同的奇幻小說《美國諸神》（American Gods），英國作家尼爾·蓋門（Neil Gainman）的『神』來之筆，以現代鬼神奇幻寓言小說，出奇制勝，再度擊敗傳統科幻，向奇幻歸隊？或是奇幻、魔幻入侵科幻，向科幻領域靠攏？」〔註4〕

黃海說這番話的時候，以科幻作家身份看到了當下科幻小說與非科學幻想糾纏不清的現狀，表現出他個人對科幻小說未來獨立性的擔憂。然而，站在「大幻想」文學的角度，世界科幻大獎「雨果獎」評定界限的模糊趨向，科學或神秘因素在幻想文本中的共存，都表現出在科學理性受到質疑的時代環境下，一方面，神秘、魔幻的幻想元素甚至有反超之勢；另一方面界定的

〔註 4〕 王泉根：《現代中國科幻文學主潮》，重慶：重慶出版社，2011 年版，第 107 頁。

模糊傾向爲兩者交匯提供了可能性，相當程度上印證了從整體上探討當代幻想小說創作的合理性和可行性。

　　畢竟，傳統意義上的硬科幻也就是純科幻，要開闢新的題材難度越來越大，且對科學前沿的把握必須精準。軟科幻、輕科幻則向大眾文學和純文學隊伍靠攏，對文學性的追求、對非科學幻想因子的吸納，均代表了走文藝、文化路線的可能。

第一章　跳出「科普」圈

　　從整體上考量幻想小說創作之前，有必要對當代中國科幻和奇幻兩種類型小說的創作和研究現狀分別加以梳理。只有在這個基礎上才可能發掘幻想文學各支流的思維同源性。不過，雖然科幻、奇幻各領風騷，但是經歷了世紀之交，來到當下，兩者在主題表達，細節設置上竟然出現了部分合流。究其原因在於，成功的幻想小說，無論是科學還是神秘的，都不可能脫離大語境下的思潮與理念，它們兵分兩路卻抵達某些共同的空間。

　　在這樣一個空間中，科玄兩股世界觀通過幻想小說相遇並交織，形成了生動的文學鏡象。「科玄相遇」本身也就成爲研究中國當代幻想文學的重要切入口。只有關注世紀之交，人類文化思維發展狀態、科學哲學內部爭論的宏闊背景，才能出入林林總總的文學幻界，勾勒出當代中國幻想小說的圖景，爲其流轉起承探源、號脈。

第一節　中國科幻小說傳統

　　客觀地說，中國科學幻想有深厚的歷史積澱。《列子・湯問》中「偃師造人」的故事就被稱爲「世界上第一篇科學幻想小說，一篇關於機器人的科幻小說。」〔註 1〕它比西方第一部科幻小說《弗蘭肯斯坦》早了若干個世紀。明・謝肇淛《五雜組》中諸葛亮與能割麥、磨粉、做麵食的木頭人；南宋・洪邁《夷堅志》中晏肅妻子邢氏接受的「下顎移植術」，道士送給店主永遠斷

〔註 1〕吳岩、呂應鍾著，《科幻文學入門》，福建少年兒童出版社，2006 年，第 43 頁。

絕蚊蟲困擾的神秘藥丸和張虞卿從地底挖到的可以自己沸騰的瓦瓶；北宋·沈括《夢溪筆談》中能返老還童的陳允；唐·段成式《酉陽雜俎》中魯班與能飛的木鳶，唐居士家能發光的紙片，陌生人的速行法，范陽山人能在水中作畫的神技等等，皆具鮮明的幻想色彩，可以歸入朦朧的科幻初態。像《夸父逐日》、《女媧補天》、《后羿射日》、《嫦娥奔月》這類中國古代神話也被相關研究者納入中國科幻小說的陣營。

中國現代科幻小說的發展壯大與西方「工業革命」的進程息息相關。對於中國而言，恰逢十九至二十世紀之交，國門初開之際，作為舶來品的科幻小說就這樣傳入內地，落地生根。從那時算起中國科幻走過了一個多世紀的道路。

不過，中國現代科幻小說首先從譯介開始。凡爾納科幻小說是最早被引入中國的。早在 1900 年，由逸儒譯，秀玉筆記的《80 日環遊記》就以文言形式出版了。之後，梁啟超從日譯本也轉譯了凡爾納的《十五小豪傑》。此作是法國著名科幻作家儒勒·凡爾納創作的一部科幻小說，原名《兩年間學校暑假》，後由英國人譯成英文版。日本人森田思軒又將它譯成日文版，改名為《十五少年》。清光緒二十八年（1902）由飲冰子和披髮生二位根據日文版，以章回小說的形式譯成中文版，書名定為《十五小豪傑》，在日本東京出版，並向國內傳播。飲冰子就是梁啟超先生。此書同年曾在東京《新民叢報》上連載過。《十五小豪傑》一書被認為是我國最早的一部科幻小說譯著。

五四時期新文化運動倡導的「民主」與「科學」兩大主題從客觀上為科幻文學在中國的發展、普及做出了貢獻，並為科幻在中國的萌發提供了理論土壤。《十五小豪傑》第一回有一填詞《摸魚兒》，「莽重洋驚濤橫雨，一葉破帆漂。渡入死出生人十五，都是髫齡乳稚。逢生處，更墜向天涯絕島無歸路，仃辛位苦，但抖擻精神，斬除荊棘，容我兩年住。英雄業，豈有天公能妒。殖民儼辟新土，赫赫國旗輝南極，好個共和制度。天不負，看馬角鳥頭奏凱回歸去。我非妄語，勸少年同胞，聽雞起舞，休把此生誤。」讀之便能體會到當年科幻譯著所帶的鮮明時代氣息，它也與梁任公《少年中國說》中的精氣神呼應相諧。

當年不少文學大家都曾翻譯或寫作科幻小說，除了出於個人興趣之外，更多與現實使命感緊密聯繫著。1903 年，在日本弘文書院留學的青年魯迅就

將凡爾納的科幻小說以《月界旅行》爲名譯成中文。魯迅以章回體式，配上詩詞的譯作使凡爾納科幻小說進一步中國化。魯迅的《月界旅行・辯言》則成爲從科學文藝建設角度提倡科幻小說的重要文獻。當代科幻作家韓松在爲「地平線未來叢書」《未來的 108 種可能》作序時就專門談到了魯迅先生譯介科幻小說的動因。魯迅先生在日本留學，接觸西方科學幻想小說時期，發現「中國知識分子的夢是金榜題名、陞官發財、封妻蔭子，而西方先進知識分子的夢想是海底兩萬里、80 天環遊地球、遠征月球。……因此，……喊出了『要改造中國人，必須先改造中國人的夢』的口號。基於這種想法，他在 1903 年翻譯了凡爾納的《月界旅行》（即《從地球到月球》）。同年，魯迅還翻譯了凡爾納的《地底旅行》，希望爲掙扎在鐵籠中的中國人，注入他們從來沒有見到過的新的夢想。」〔註 2〕

　　始於譯介的中國科幻小說走上原創之路後，受到時代語境的制約，在題材上，現實與幻想結合得比較緊密。「精神啓蒙」、「民族意識」、「科技文明」成爲那個時期科幻小說的重要主題。如中國最早的原創文言科幻小說，1904 年發表的《月球殖民地小說》，作者筆名「荒江釣叟」就是以救國爲主題。清風在 1923 年創作的《10 年後的中國》其主人公發明了一種光。在這種光的引導下，腐敗被戰勝，國家也就隨之強大了起來。

　　中國最早的純文學刊物《小說林》的創辦人徐念慈，不僅翻譯國外科幻小說，還創作科幻小說。他 1905 年的短篇《新法螺先生譚》被視爲文言體原創科幻小說的代表。「我」在某一天突然能隨意飛奔，並感覺身體分成兩個人。其中一個輕得像氣球，具有無與倫比的彈力，彈入了月球軌道，飛近水星時，發現水星人把一老人的頭頂鑿了一個洞，把舊腦汁舀出來後重新注入新汁，瞬間老人就返老還童了。「我」便決定回去後一定仿傚水星人，開設一個改良腦子的公司。另一個分裂的「我」則直墜地心，發現了一個地下中國，也有二十二個省，四萬萬同胞，地心的一位老人姓黃名種祖，算來是來自地上中國「我」的三百世祖先。兩個「我」上天入地一番神遊之後，重新合體返回現實世界，這時候的「我」根據多年的奇異經歷，「在各大國的著名報紙上登了一則告示，招收學習腦電的學生。在上海某地，建造一所可容十萬人的大學，共分二十班。開始先叫學生學靜坐，以後教他們學習生電法、發電法、用號法、記憶法、分析法、綜合法。一日教一法，六日畢業……又在許

〔註 2〕 韓松著，《未來的 108 種可能・序》，武漢：湖北科學技術出版社，2014 年。

多大城市設立了分校，培養人才。」〔註3〕無論是小說主人公分身兩半、上天入地；還是換腦、辦學，實際上都表達著求知、求解的實踐探索願望。就像1930～1940年代著名作家老舍的《貓城記》，以其主人公「我」與朋友駕飛機飛往火星，「我」流落到火星上，遇見了在那裡生活的「貓人」，這麼一個典型科幻氣質的構思，使它不僅僅是一部針砭時弊的寓言小說，當下還被視為社會幻想小說。

顧均正《和平的夢》、《倫敦奇疫》、《在北極底下》和《性變》的面世，被學者視為「中國科幻小說成熟的標誌」。〔註4〕這種評價不是隨意而為的。這裡的「成熟」，至少與之前或同期的其它作品相比，創作題材、情節模式、語言表達均呈多樣化趨勢，在發揮想像力基礎上，拜託了初期科幻小說的簡單稚嫩，更多地關注科幻小說本身的創作旨趣。雖說顧均正的上述作品主要集中在1940年前後完成並發表，在情節構思、主題意蘊等方面卻未完全受制於那個時代特有的，諸如革命、戰爭、民族、民眾等話題，也不囿於政治理想的特殊設定，其中的某些科學幻想元素甚至具有很強的超前性。如《和平之夢》中，敵國利用高科技，通過音頻，進行催眠，麻醉「我」方，被催眠麻醉的我方民眾差一點落入敵對勢力的圈套，在不清醒狀態下做出對敵方有利的全民公投。

《倫敦奇疫》竟然有大氣污染、有毒霧霾的情節，就算放到當下來讀讀也很有共鳴。故事講述的是倫敦市流行一種奇怪的瘟疫。患者皮膚髮黃，渾身出酸氣，肺臟組織破壞，眼盲，肌肉腐爛。原來，陰謀者向空氣中傳播有毒的粉塵類觸媒，加上倫敦的大霧污染，引發了上述症狀，造成瘟疫假象。

《在北極底下》給讀者展示了北極豐富的礦產資源——石油、磁鐵礦。小說中的陰謀實質就是不擇手段地爭奪資源、瘋狂攫取財富。卡梅隆想把北極地底的石油全部抽光，油層下面的磁鐵礦就很容易被他們破壞。毀掉了北極地底的磁鐵礦，必然會影響磁極的穩定。當全世界的羅盤失靈、不辨南北時，他兜售鐵自己的鐵合金，獲得巨大利益的最佳時機也就到來了。

《性變》講的就是一個比較純粹的變性悲劇故事，不涉政治。小說中的倪博士和女兒倪靜嫻突然失蹤，其研究室發現一個老婦人的屍體和一個昏迷

〔註3〕饒忠華主編，《中國科幻小說大全》（上），北京：海洋出版社，1982年，第10～13頁。

〔註4〕杜漸著，《中國科幻開始起步》，收錄於王建元等主編，《科幻‧後現代‧後人類——香港科幻論文精選》，福建少年兒童出版社，2006年，第46頁。

不醒的少年。沈大綱，作為倪靜嫻的未婚夫去警局自首，並事先服毒。這一椿慘案都是因為倪博士癡迷性別轉換試驗，希望不通過轉換第二性徵，而是直接改造第一性徵，把自己的愛女轉變成兒子。這樣一來，女兒就可以不用出嫁，一直當他的試驗助手。沈大綱面對徹底變成男人的戀人，強烈要求博士把她變回來，並強行給博士注入變性藥水，因為配方問題，博士變成了老婦，情緒失控的沈大綱錯手殺死了老婦（倪博士），打昏年青人（未婚妻），隨後自己走向絕路。

　　1949 年，中華人民共和國成立後，科幻文學創作一度呈上昇趨勢，只不過更多是面向低年齡段讀者，普及科學知識，預構社會主義國家的美好未來，在主題上被納入「社會主義文學」的大帳下。50 年代的重要科幻小說家有鄭文光、劉興詩、童恩正、蕭建亨，尤異等。其中，鄭文光在大陸被稱為「中國科幻小說之父」。

　　文化大革命時期，中國大陸科幻文學發展陷入停滯。文革後，葉永烈的兒童科幻作品《小靈通漫遊未來》標誌著中國科幻文學的復興。鄭文光也在 1970 年代重新投入創作，1980 年成為世界科幻小說協會（WSF）成員，代表作有《飛向人馬座》。童恩正的作品《珊瑚島上的死光》曾被改編為中國內地第一部具有科幻色彩的電影。魏雅華、王曉達等作家也開始從事科幻小說創作。

　　1980 年代是一個萬象更新的時代，復蘇、蘇醒、崛起成為評價那個時代文學多次出現的字眼。敢於大膽幻想的意願也在那個節點上被喚醒了。幻想文學的一支「科幻」開始逐步走入人們的創作和閱讀視野。

　　現實中，中國科幻本身的發展確顯滯後。當代幻想文學甚至一度遭到壓制、曲解甚至批判。這樣「一種包含有豐富時代特徵和數不清好處的文學形式，在中國當代文壇上，還僅只佔有非常可憐的地位」。〔註 5〕「科普讀物」和「兒童文學」成為中國科幻小說的近鄰，它們一度被捆綁在一起。

　　郭建中在研究科普與科幻翻譯時接受了阿西莫夫的觀點，認為兩者性質不同，不能因為都有一個「科」字，或者都有傳播科技知識功能，而在它們之間劃等號：「科普著作：1.科普作品是科技文體的一種變體，是文學和科學相結合的寫作體裁，其目的是『普及科學技術知識，倡導科學方法、傳播科

〔註 5〕吳岩，呂應鍾著，《科幻文學入門》，福建少年兒童出版社，2006 年，第 38 頁。

學思想、弘揚科學精神』；2.科普作品應該採取『公眾易於理解、接受、參與的方式』。科幻小說：1.科幻小說是一種文學樣式，屬於通俗小說的範疇，其目的與一般的通俗文學一樣，是給讀者消遣和娛樂的。『科幻小說』不直接擔負普及科學知識的使命。2.儘管科幻小說不直接承擔普及科學知識的任務，但能激發讀者對科學的興趣。」〔註6〕

　　雖然這兩個概念的表述不是絕對共識，「消遣和娛樂」也不能算科幻小說唯一功能，但是著者把兩者區分對待的努力，從另一個角度證實了當代中國科幻小說在認識起點上存在的問題。當然，現在的不少作品早已具備深刻的反思精神，對科技文明、人類存在乃至星際、宇宙奧秘進行了全方位描摹。系統梳理，辨析概念成為進入此類型作品研究的前提。

　　其實，1980 年代以前，中國科幻文學原創力量還沒有形成一個強有力的陣營。雖然前有清末民初的譯介，還有五四時期文學家的原創，但是科幻小說的創作團隊還未成形。直到 1980 年之後中國才出現了真正意義上的第一波當代科幻小說熱潮。此熱潮被納入科學文藝的大語境之下，完成了一系列重要的動作，遠非復蘇，實則拓荒。這期間《科學畫報》、《知識就是力量》、《科普創作》、《科學文藝》、《科學之窗》等科普雜誌大量出現。

　　以《科幻海洋》雜誌為例，它充滿戲劇性的命運就很能代表 1980 年代初，本土科幻文學理念和創作的狀態。1981 年 4 月，《科幻海洋》創刊了。自創刊之初，重量級人物紛紛為其助威。茅盾為刊物親筆題寫刊名，高士其、茅以升、繆俊傑、華羅庚、饒忠華、杜漸等科學家、科幻文藝研究專家們紛紛為其撰稿。

　　科幻小說的上昇勢頭在 1983 年突然戛然而止。那一年爆發了對周揚、王若水等關於人道主義和異化的批判，「清除精神污染」運動開始。作為十年動亂之後正式開展的第一場「大批判運動」雖然只維持了二十七天就鳴金息鼓，但對剛剛萌動的中國科幻文學創作卻打擊很大。

　　原本就被邊緣化的科幻小說很容易成為反精神污染的靶子，再加上國家對於《科幻海洋》的經濟支持政策轉變成自負盈虧之後，《科幻海洋》終未逃脫停刊的命運，到 2000 年《科幻海洋》籌備復刊，卻又因為出版機制等原因，僅辦了 3 期再度停刊，至此再無下文。

〔註 6〕 郭建中著，《科普與科幻翻譯　理論、技巧與實踐》，北京：中國對外翻譯出版公司，2004 年，前言頁。

不過，切勿小看這短暫的兩三年時間，《科幻海洋》的存在見證了文革後的中國幻想文學，尤其是科幻小說姍姍起步的劃時代意義。科幻熱潮下，海洋出版社於 1982 年出版了《中國科幻小說大全》（上下冊），還曾策劃一年出一本「中國科幻年鑒」。

《科幻海洋》的創刊代表著中國當代科幻小說的突破。所謂突破，是多方面的。首先創刊號中的編者按就介紹，除了刊登本土科幻作家原創之外，還會譯介國外優秀科幻作品，同時開闢專欄探討科學幻想作品的理論問題，整理科幻小說史料和流派研究，關注世界科幻創作動態。

可想而知，如果它能夠持續不斷地辦下去，本土創作、理論建構、中西科幻交流等方面必將取得驕人的成績。至少，在辦刊宗旨和策劃上體現出了一種整體推進的思路，並完成了一次原創力量的集結。

其次，刊物對歐美科幻佳作及文學批評的譯介、對港臺科幻翻譯與創作的介紹，縮短了本土科幻創作者和讀者與世界科幻文學的差距，開拓了科幻迷們的視野。至少，刊物中介紹的一些西方科幻作家或批評家對於科幻小說的態度就給人耳目一新的感覺。

如美國科幻作家麥金泰爾稱，被普遍認為是一種娛樂工具的科幻小說「有時已經超出，並將日益超出娛樂的範圍。科幻小說是進行感情和心理探索的一種工具，其可靠性猶如航船探索世界、太空程序探索太陽系一樣。任何主張就此止步不再向既定目標前進的人，等於是在一個已無資源可揮霍的世界上鼓吹揮霍資源」。〔註 7〕當本土讀者看到這樣的科幻小說定義時，無疑會大大提升他們對科幻小說價值的認定。

不過當年對於科幻小說本體的理解仍顯單一。中國科普創作家協會名譽會長高士其，在創刊號中預祝：「我國的科學文藝創作更加繁榮」，並認為：「科學小說或科幻小說，是以小說的體裁，描寫人在科學領域內的實踐活動的，它應具有小說的特點。它有故事情節，有典型形象的塑造，有人物性格的刻畫。人類探索、認識和征服自然的活動，有著豐富的內容。」科學文藝的存在將彙入人類「揭露自然界的結構及物質運動的規律……」〔註 8〕的過程。顯然此概念將科幻小說置於科技文明之下，視其為科學的附屬物，對於

〔註 7〕 （美）方達・N・麥金泰爾：《科學幻想小說的潛力與現實》，《科幻海洋》第一輯，第 343 頁。
〔註 8〕 《科幻海洋》1981 年第一輯，第 2 頁。

科學幻想，側重於前半部分的科學成分，至於幻想一方也就忽略不談了。

茅以升在第二輯中說到：「科學幻想小說是文藝結合科學的產物，因而要在文藝範疇內服從科學的規律」，不能違反「能量守恒」，「新陳代謝」，「宇宙一體」等規律，否則就容易侵蝕青少年，從而，有必要嚴格區分「什麼是幻想」，「什麼是胡說」。〔註 9〕要在原本就不發達的本土科學幻想文學創作之初橫亙著幻想與胡說的標準，的確讓人很難辨識。聯想到後來的「清除精神污染」，本土科幻作家在創作時的如履薄冰也就不難理解了。

被譽為「新中國科幻之父」的鄭文光就曾在八十年代中國科幻小說遭遇整體批判之時，大膽站出來，捍衛過這一片幻想的領地。在一封名為「一個危險的先例——寫給 xxx 同志的信」中，鄭文光直言：「……你近來積極組織對科幻小說的評論，我已多次表態，原則上我是贊同的，但是我不能不指出，對科幻小說的評論也出現了危險的先例。四月二十四日《中國青年報》《長知識》副刊上的《不是科學，也不是文學》，就是一篇十分不好的文章，不管論點如何，至少是文風惡劣。我們在科普作協三屆理事會上討論過科普創作中的精神文明問題，那麼，科普評論呢？《長知識》副刊上那篇文章『潑婦罵街式』的態度至少可以說是精神不美。至於借批評個別作品的錯誤之名，矛頭實際上指向科幻小說這種文學形式，理論本身就是錯誤的。我希望你在致力於開展科普評論的同時，是否也開展『評論的評論』呢？」〔註 10〕鄭文光的這段話折射了八十年代科幻創作的現實。首先，大陸科幻一直以來放大了其科普功能。科學常識公認科學定律的普及與的科學決定了科幻小說更傾向於青少年受眾。其情節設置與想像力自由馳騁之間不是同步的關係，前者甚至束縛了後者。

針對科學幻想是什麼？除了偏見之外，在當時已經出現了一個積極的動向，那就是對外國既存科幻概念的譯介。創刊號收錄的西方科幻理論中，提到了「在科幻小說第一階段中，故事的存在是為了炫耀作者的聰明：看，我又發明了一件時髦的新玩具！第二階段的科幻小說是為了擺弄這件新玩具：看我能用這時髦的新玩具做什麼遊戲！下一步是科幻銷售所的第三階段，正如露絲所說，這個階段要更為複雜得多。它不是直接著眼於技術與革新，而

〔註 9〕《科幻海洋》1981 年第一輯，第 6 頁。
〔註 10〕董仁威，《穿越 2012　中國科幻名家評傳》，北京：人民郵電出版社，2012 年版，第 23～24 頁。

是著眼於技術與革新的效果：即這種新玩具所能導致的變革。它關心的是人類和人類價值。這種努力更為艱難；它需要更多的苦功、見識和更好的文筆。」〔註11〕

　　顯然這三個階段的表述不能涵蓋科幻發展的所有進程，但是有一點可以肯定，文革後重新煥發生命力的中國科幻小說家們，在西方科幻作家已經在考慮科幻小說如何承載人類科技文明成果、人類價值等更宏大的話題之時，還完全沒有觸及到這類反思性主題。展示新技術、對人類征服物質世界的狂熱掩蓋了需要深刻反思的問題。

　　如金濤創作的《除夕之夜》中，主人公羅新民在火車站看到四份內容基本一致的尋人啟示，分別是尋找他們丟失的孩子，這些孩子全都患有先天的癡呆症，他們的失蹤在時間上也頗為蹊蹺，都是在前後相差不到一星期之內，且都來自於梨樹鎮。故事最後，以羅新民趕往梨樹鎮，夜探退休後定居於此的著名遺傳學家盧國豪，揭秘了這一神奇事件。

　　原來盧國豪致力於攻克先天性癡呆症的課題，盧教授對他們的造訪竟然毫不掩飾地說：「好了，我們不必捉迷藏了，你是不是要找那幾個小傻子？」「教授，我不懂科學，你能不能告訴我，你把這些小傻子弄來幹啥？」他問。盧教授望著兩個公安人員，為難地說：「簡單一句話，我要把這三個可憐的傻孩子變成和所有的孩子一樣，聰明，善良，有強烈的求知欲和對理想的追求，使他們的頭腦像正常人一樣健全，發達。就是這麼一回事。」「教授，你能不能說得具體一點，你是採用什麼辦法實現這一偉大目標的？」盧國豪進一步揭秘說：「這幾個白癡，包括那個被他父親帶回去的周國寶都是自動找上門的。」這所謂的自動找上門無非是因為盧教授腕上帶著一塊類似手錶的腦電波接收儀，能發射與白癡腦電波一致的波段，不但可以在人群中輕易識低智商者，還能令其尾隨科學家，自覺進入他家接受治療。

　　警方和科學家的對話自此完全沉浸在遺傳基因、染色體異常、腦電波之類的技術性詞彙，沉浸在瞬間能讓他們恢復智力的神奇科技手段中。至於「傻子」、「白癡」之類直白而帶有貶義的稱呼雙方都毫不避忌地多次使用。此外，警方和科學家的對話完全沒有涉及先天愚型兒離家失蹤對於家庭的精神傷害，更沒深究利用腦電波誘惑病患的合法性。

〔註11〕　（美）方達·N·麥金泰爾：《科學幻想小說的潛力與現實》，《科幻海洋》第一輯，第 342 頁。

可見小說中，一方面，科學家本人強調要用最新的科技手段，帶著對患者的同情，徹底消滅先天愚型症的雄心壯志，另一方面卻毫不在意所謂的「傻子」的個體存在事實，僅將其視爲一種活體，這恰恰展示出在實現人本關懷的問題上出現了分裂。

從這個角度上看，當時的大陸科幻小說無論在主題上，還是在文學自省與批評中，距離世界科幻創作及批評都存在著距離。好比，西方學者公開、大膽地批評世界科幻小說之父凡爾納在其文本中展示的矛盾心理和僞科學端倪，即一方面熱情擁抱科學時代，另一方面肆意揮灑想像力，削弱科學眞實和準確性之時，1980 年代的大陸卻用影視介紹、名作欣賞等不同角度大力推介凡爾納的科幻作品，尤其爲那瑰麗的想像力和誇張的發明性細節擊節叫好。又如當港臺科幻評論家已開始嘗試總結並評述西方科幻小說中的諷喻性特徵，並梳理了從 1950 年代到 1970 年代，法國、美國、日本等國科幻作家創作的諷刺現實小說時，至少我們在《科幻海洋》的原創板塊中幾乎看不見對現實的諷刺，就算有，力度、深度都遠不及前者。不僅如此，對於「封建迷信」等非科學幻想的戒備心態隨處可見。

所幸的是，這些不同的聲音和思考方向並沒有被遮蔽。《科幻海洋》從創刊開始就有專門板塊刊登上述科幻文學理論批評，沒有偏廢之意，呈現的是豐富多元的整體風格。不過，西方相關理論譯介引入的同時，原創作品還是體現了鮮明的本土價值觀。也正是從 1980 年開始，對本土科幻史進行系統整理的思路也開始成熟並付諸行動了。《科幻海洋》中有一個欄目非常有意思，它將典籍中的小故事進行改編，彙成「中國古代科學幻想故事」。以創刊號爲例，就收錄了《諸葛亮與木頭人》，《下顎移植術》，《返老還童的藥》，《能飛的木鳶》，《奇妙的染料》，《除蚊藥》，《自沸的瓦瓶》。這其中有傳奇性故事，也有醫學、製造業等領域古人巧妙的技術革新，但是卻能反應出中國本土科幻文學的雛形。1980 年代的科幻人已經具備溯源意識，並形成了整理本土科幻史的思路。

適逢魯迅先生誕辰 100 週年，《科幻海洋》第三輯中還專門開闢了「紀念魯迅誕生一百週年」欄目，收錄了四篇相關論文。其中第一篇就是魯非的《獲一斑之智識，破遺傳之迷信——魯迅先生與科學》。

1990 年代以來，新晉作家的作品中出現了老一輩科幻作家所沒有的品質。有的作品將哲理性、思辨性與科幻故事有機地結合在一起，營造出了縱

深感，如韓松的《宇宙墓碑》，劉慈欣的《三體》不約而同對人類文明、乃至宇宙智慧生物進行了宏觀反思。

　　發展至今，中國當代科幻小說是不能一概而論的。首先從地域上看，內地老一輩科幻作家就被認爲是在「科普的旗幟下長大的」，臺港的科幻作家則是「在文學的旗幟下長大的」〔註12〕。其次，從創作旨趣來看，純科幻和軟科幻都形成了相當成熟的創作隊伍。再次，從主題上看，現實和虛幻主題都有相應的發展，既有科學知識的普及類創作，又有現實批判題材、還有純粹科學技術性展示和預言類作品。從閱讀對象來說，本土科幻小說一直是兒童文學的重要分支，當然還有充滿深刻形上思辨的成人科幻長篇。

　　郭建中曾把妨礙中國科幻小說繁榮的原因歸結爲「誤解」，而「誤解」主要有四條。第一條「認爲科幻小說應當擔負起傳播科學知識的任務」；第二條「把科幻小說僅僅看成是兒童文學」；第三條「關於 Science Fiction 的翻譯問題」；第四條「科幻小說和主流文學（或者說是『嚴肅文學』）的關係」偏見〔註13〕。仔細審視以上四條誤解可以發現，第一條是科幻界已經公認的現實，科學與僞科學、科學與文學、科幻與社會的關係曾一度被翻出來爭論，導致中國現代科幻文學創作一開始就背負著沉重的社會責任，具有明顯的功利性，與自由想像、個性釋放的距離忽近忽遠，創作者在把持這個距離尺度時也就不免糾結搖擺。

　　第二條和第四條彼此互爲因果。兒童文學與成人文學；通俗文學與精英文學這兩組二元對立的關係曾經是一種思維定勢。它們之間存在的等級差直接導致科幻小說地位的劣勢性。有人認爲主流文學目前向通俗文學敞開懷抱，而科幻文學也向主流文學靠攏。這種想法仍然帶有等級烙印。事實是，隨著後現代思潮的滲透，之前穩定的等級劃分、涇渭分明的界限受到挑戰，所謂敞開、靠攏，都只是順應這一趨勢所做的調整。倒是第三條爲大家進一步反思中國科幻發展提供了新角度，將 Science fiction、science fantasy 和 fantasy 被譯爲中文的對應概念「科學小說」、「科幻小說」、「幻想小說／魔幻小說」三個概念的辨析，對釐清誤譯和誤讀很有必要。中西科幻文學交流之後，Science fiction 和「科幻小說」被錯位對等了。從翻譯角度，結合西方科

〔註12〕　王泉根：《現代中國科幻文學主潮》，重慶：重慶出版社，2011 年版，第 114 頁。

〔註13〕　郭建中著，《科普與科幻翻譯——理論、技巧與實踐》，北京：中國對外翻譯出版公司，2004 年，第 131～134 頁。

幻小說的界定,「介於『科學小說』(Science fiction)和『魔幻小說』(fantasy)之間的雜交品種,才稱之爲『科幻小說』(science fantasy)。這類小說其中有科學成分,更多的則是魔幻的成分。在國外,這類小說有時刊登在純 fantasy 的雜誌上,有時也刊登在 science fiction 的雜誌上,其間的界限是十分模糊的。」〔註 14〕雖說這是西方科學幻想小說的情況,但是隨著中西文學的全方位交流,以及本土科幻自身發展情況,恰恰爲大幻想研究、爲各類幻想元素共存一體提供了眞實依據,而且在一定程度上符合中國當代幻想小說創作的客觀現實。

第二節　當代科幻小說創作陣營的集結

若要將中國當代科幻小說創作陣營的譜系梳理清楚,很容易掛一漏萬,而且分類角度也很多。就像吳岩著的《科幻文學論綱》中,就按照性別,分論了女性和男性作家的科幻創作。在此,暫且按照地域分佈來歸類,一來較易操作,二來尊重內地與港臺科幻作家的區別。不過這只屬於第一層面的大致劃分。每一群落之間又存在代際差異,每位作家也有獨特的風格,也就是說,不論生活時代,思維方式,還是創作風格都各具特色,不能被簡單化、平面化。

董仁威在撰寫《中國科幻名家評傳》中除了承認「新中國的科幻之路非常曲折的。在這並不算長的 60 多年中,中國科幻就經歷了兩次劫難,被硬生生地截爲三段,有近 20 年的時間處於奄奄一息的狀態。而科幻在中國的第三次勃興是從上世紀末開始的。」〔註 15〕,並把當代華文世界的科幻名家分成四代。第一代以顧均正等人爲代表,第二代以鄭文光、童恩正、葉永烈、蕭建亨、劉興詩、金濤、魏雅華、姜雲生、倪匡、黃易、張系國等爲代表。第三代以劉慈欣、韓松、王晉康、何夕、吳岩等人爲代表。第四代是目前正在成長的新生代。從第一代到第四代,作者選取了鄭文光、童恩正、葉永烈、劉興詩、劉慈欣、韓松、王晉康、何夕、吳岩、楊瀟和姚海軍作爲評傳對象,基本兼顧了老中青不同層次,這些作家創作特點各具特色,是名副其實的,

---

〔註 14〕郭建中著,《科普與科幻翻譯——理論、技巧與實踐》,北京:中國對外翻譯出版公司,2004 年,第 133 頁。

〔註 15〕董仁威著,《穿越 2012　中國科幻名家評傳》,北京:人民郵電出版社,2012年,前言頁。

中國當代科幻世界領軍人物。尤其是第二代和第三代，人生經歷、創作實踐都具有代表性。像第二代科幻作家，他們創作活動主要集中在 1949 至 1980 年代初。第三代則是在上世紀「80 年代中期的科幻廢墟上逐漸成長起來的，……是當前科幻文壇的中堅力量。」〔註16〕

做這樣的譜系梳理，只是便於人們瞭解中國當代幻想小說創作陣營的大致規模，並且在這樣的簡單梳理中獲得一個較直觀印象：幾十年來，在不知不覺中，中國科幻創作積累已經達到了一個程度，盲目自大很幼稚，但也完全不必妄自菲薄。

首先看看中國大陸知名科幻作家。他們中主要代表有《從月球到火星》、《飛向人馬座》、《神翼》、《戰神的後裔》的作者鄭文光，有創作了《古峽迷霧》、《雪山魔笛》、《珊瑚島上的死光》的童恩正，有《小靈通漫遊未來》、《腐蝕》、《飛向冥王星的人》的作者葉永烈，文革前就從事科幻小說創作的老一輩作家還有蕭建亨、王國忠、劉興詩、遲叔昌等。文革結束後，他們中相當一部分又逐步恢復了創作，並再次煥發了創作熱情。

進入 1990 年代，新生代科幻作家群形成了。其中有創作了《流浪地球》、《中國 2185》、《超新星紀元》、《球狀閃電》、《三體》、《山》等作品的劉慈欣；有創作了《七重外殼》、《生命之歌》、《三色世界》、《拉格朗日墳墓》、《新人類系列》等作品的王晉康；有《流星》、《宇宙墓碑》、《2066 之西行漫記或紅星照耀美國》的作者韓松，還有星河、楊平、楊鵬、凌晨、周宇坤、潘海天、牧玲、錢麗芳、英子、趙海虹、蘇學軍、吳岩、姚海軍、何夕等一大批在文學創作和科幻理論建設等方面都有建樹的中青年科幻作家。

至於中國港臺地區的科幻創作，則是另一道精彩的風景。臺灣方面，張曉風的《潘渡娜》；張系國的《超人列傳》、《星雲組曲》、《城》（三部曲（《五玉碟》、《龍城飛將》、《一羽毛》）；黃海的《銀河迷航記‧科幻小說集》、《大鼻國歷險記》、《永康街共和國》、《千年烽火奇幻遊》、《秦始皇到臺灣神秘事件》、《第四類接觸》、《星星的項鍊》、《奇異的航行》、《黃海童話》、《誰是機器人》、《地球逃亡》、《時間魔術師》、文明三部曲科幻長篇（《最後的樂園》、《鼠城記》、《天堂鳥》）等；黃凡的《上帝們　人類浩劫後》；葉言都的《海天龍戰　葉言都科幻小說集》；林耀德的《雙星浮沉錄》、《時間龍》、《大

〔註16〕董仁威著，《穿越 2012　中國科幻名家評傳》，北京：人民郵電出版社，2012年，前言頁。

日如來》;張大春的《病變》、《時間軸》;蘇逸平的《穿梭時空三千年》、《東周時光英豪》、《封神時光英豪》、《春秋英雄傳說》、《惑星世紀》、《龍族秘錄》、《星艦英雄傳說》、《星座時空》、《炫光時空學院》、《楚星箭戰紀》等;洪凌的《宇宙奧狄賽》、《肢解異獸》、《不見天日的向日葵》;葉軒的《結構殺人》等,他們的科幻作品給讀者帶來富有中國風情,「通俗文學的非通俗化」〔註17〕震撼。

香港當代科幻小說始於 1950 年代,趙滋藩《太空歷險記》、《飛碟征空》、《月亮上看地球》三個科學故事被認為是香港最早的科幻小說。倪匡的「衛斯理科幻小說系列」,黃易的《凌渡宇系列》,《超級戰士》,《龍神》等則成為香港科幻文學難以超越的高峰。

尤其是倪匡,從 1960 年代開始創作科幻小說開始至今,甚至形成了龐大的「倪匡派」〔註18〕。杜漸、李星雲、馬雲、季子、張君默、李逆熵、楚雲、鍾子美等為香港科幻小說的創作和理論建設耕耘至今。譚劍則是繼他們之後,近兩年比較活躍的香港年輕科幻作家,其《人形軟件》系列在業內影響頗大,其中第一部還曾獲得「首屆全球華語科幻星雲獎最佳長篇小說獎」,受到倪匡的大力推薦。

無論怎樣列舉,從內地到港臺,科幻小說創作隊伍的名單都不可能窮盡,但是至少從這樣一張不全的名單中,可以感受到科幻小說的無窮魅力與無限生機。2013 年 2 月《新幻界》雜誌官方博客發佈了「我們都曾到過那裡:二十年最佳內地科幻小說(1991~2012)評選活動」。這是一個網絡票選活動,針對長篇科幻小說,短篇科幻小說分別評比,投票活動時間從 2012 年 11 月 30 日~2012 年 12 月 31 日。科幻作家遲卉以「我們都曾到過那裡」為題,為這次活動在官方博客中撰文發聲:「我們都曾到過那裡。我說的是群星之間,黑暗深處,光明絢爛的地方,被名之為未來或者幻想的地方。我們都曾在那裡飛翔,展開年少時都有過的寬大翅膀,聽風聲從耳畔掠過,絮語著我們不曾見過卻堅信的將來,講述著我們不曾經歷卻不會忘記的故事。」〔註19〕

〔註17〕 王泉根:《現代中國科幻文學主潮》,重慶:重慶出版社,2011 年版,第 316 頁。

〔註18〕 白錦輝:《香港中文科幻文學 50 年年表》,收錄於《科幻‧後現代‧後人類——香港科幻論文精選》,福州:福建少年兒童出版社,2006 年版,第 23 頁。

〔註19〕 見《新幻界》雜誌官方博客 http://blog.sina.com.cn/xinhuanjie。

　　2013 年 2 月《新幻界》官方博客接著公佈了「感謝你曾經到過那裡——二十年最佳內地科幻小說評選活動總結」。雖然這個票選排名不是絕對的，參與人數不夠多，投票活動時間也僅僅一個月，但是基本上囊括了內地近二十年最活躍、最優秀的科幻小說作家，具有一定的代表意義。

　　二十年最佳內地長篇科幻小說（1991～2010）十五強依次是：

1. 劉慈欣《三體》（2006）
2. 劉慈欣《三體 II：黑暗森林》（2008）
3. 劉慈欣《三體 III：死神永生》（2010）
4. 劉慈欣《球狀閃電》（2004）
5. 劉慈欣《超新星紀元》（2003）
6. 錢莉芳《天意》（2004）
7. 江南《上海堡壘》（2006）
8. 韓松《紅色海洋》（2004）
9. 今何在《我的征途是星辰大海》（2010）
10. 遲卉《卡勒米安墓場》（2010）
11. ShakeSpace《持鐮者》（2007）
12. 王晉康《生死平衡》（1997）
13. 韓松《2066 之西行漫記》（2000）
14. 韓松《地鐵》15 票（2010）
15. 王晉康《十字》15 票（2009）

二十年最佳內地短篇科幻小說（1991～2010）十三強依次為：

1. 劉慈欣《鄉村教師》（2001）71 票
2. 柳文揚《一日囚》（2002）68 票
3. 何夕《傷心者》（2003）66 票
4. 劉慈欣《全頻帶阻塞干擾》（2001）65 票
5. 何夕《六道眾生》（2002）57 票
6. 劉慈欣《朝聞道》（2002）48 票
7. 潘海天《大角，快跑》（2001）37 票
8. 馬伯庸《寂靜之城》（2005）26 票
9. 王晉康《水星播種》（2002）26 票
10. 劉慈欣《詩雲》（2003）24 票

11. 劉慈欣《中國太陽》（2002）23 票
12. 潘海天《餓塔》（2003）23 票
13. ShakeSpace《馬姨》（2002）20 票

第三節　科幻主題學術研究情況

　　國內以科幻文學爲主題的學術研究，絕大多數集中在 2000 年來的近十幾年間，較早的有 1993 年陳許《美國科幻文學簡論——美國文學類型與流派研究之四》（見《鹽城師專學報（哲學社會科學版）》）。不過該文只是在研究外國文學過程中，順便介紹到科幻文學。

　　報紙一向以其靈活敏銳的特點，成爲介紹、傳播和研究本土科幻文學的重要陣地。《中華讀書報》、《科學時報》、《北京日報》、《中國教育報》、《中國藝術報》、《大眾科技報》、《中國新聞出版報》、《解放日報》、《文藝報》等都曾多次刊登關於科幻文學的文章。近幾年來，隨著幻想文學，奇幻興起、傳統武俠「幻武化」等創作新潮的出現，期刊上對於科幻文學的學理研究也逐漸多了起來。《中國圖書評論》多次介紹最新科幻讀物和創作的問題。

　　對於科幻文學的功能性研究，已經逐步擺脫簡單的科普功能，如 1997 年資民筠《論神話與科幻文學的認知功能》（載《文藝理論與批評》）；葛紅兵《不要把科幻文學的苗只種在兒童文學的土裏》（載《中華讀書報》，2003-08-06）；金濤《科幻文學：技術時代的謳歌者和懷疑者》（載《中國讀書報》2004-02-25）；姜韞霞《解讀中國科幻：中國科幻文學的人文精神與科學意識》（載《學術探索》2005-06-25）；吳岩《中國科幻文學不是科普讀物》（載《科學時報》，2005-07-21）等。

　　隨著議題的不斷深入，韓松《科幻文學與東方民族的現代性》（載《中華讀書報》2007-09-26）；劉陽《百年中國科幻小說的現代性書寫》（載《太原師範學院學報（社科版）》2008-01-15）；鄭瑩《現代性視野下的中國近期科幻小說創作》（載《科學文化評論》2008-06-10）；唐苗《現代科幻的矛盾美學》（載《安徽文學（下半月）》，2008-06-15）；等相繼出現。

　　關於本土科幻文學發展之路的研究有吳岩《科幻文學裏的經濟秩序》（載《經濟與信息》1998-02-24）；王泉根、焦華麗《科幻文學：第三次高潮的收

穫與迷惘》（載《中華讀書報》，2000-07-12）；《90年代中國科幻文學掃描》（楊鵬《文藝報》，2000-08-01）；吳岩《中國科幻研究發展的三個時期》（見《2007年「中國（成都）國際科幻"奇幻大會文集》）；2009年《安徽文學（下半月）》還刊登了張博、左鵬《對於中國九十年代科幻文學的總體印象》。

對國外及港臺地區科幻進行介紹的有呂超《歐洲科幻文學「前傳」》（載《世界文化》2006-03-01）；李琳、謝家順《張曉風：用詩人情懷傳達人文意識——重讀臺灣第一部科幻小說〈潘渡娜〉》（載《華文文學》，2008-10-20）等。

近幾年一批博碩論文也陸續出現了。這些以中國科幻小說爲研究對象的博碩論文，從科幻譯介、本土科幻小說發展歷程、中國科幻作家創作個案分析等角度，進行了較爲系統的挖掘整理。其中碩士論文較博士論文，在數量上占比更大。

碩士論文有 2001 年蘇州大學芮萌《穿越科學的「魔障」：論中國科幻小說之發展變革》；2007 年大連理工大學王雪瑩《我國科幻文藝傳播存在的問題及對策研究》；2008 年江西師範大學王瑋瑋《中國科幻小說的受眾心理解讀》；2008 年新疆大學鄭瑩《現代性視野中的中國近十年科幻小說創作》；2008 年房立華《論中國科幻文學對人與自然關係的書寫》；2009 年河南大學李珊《中國當代科幻期刊出版傳播特色與比較研究》；2009 年復旦大學劉珍珍《後現代主義視野下的劉慈欣科幻小說研究》；2009 年首都師範大學王丹《論科幻文學中人造人對承認的追尋》；2009 年華東師範大學蕭雯《晚清科幻小說現代性研究》；2010 年湖南大學郭豔《從翻譯研究綜合法看科幻小說翻譯——A Loint of Paw 兩中譯本案例分析》；2010 年山西大學趙建慧《從目的論視角看科幻小說翻譯》；2010 年上海外國語大學蘇子峰《科幻小說在中國的形態流變——取法文類學》；2010 年東北師範大學鄒德輝《科幻小說在我國的傳播困境與發展對策》；2010 年安徽大學劉珊珊《從科普人文到天馬行空——論中國當代科幻小說的發展與變異》；2011 年南京師範大學孫旭《新時期以來中國科幻小說的主題意蘊和敘事形式反思》；2011 年復旦大學王俊逸《面對「技術」的先鋒寫作——論韓松科幻小說對異化的表達》；2012 年中南大學曾婷《接受理論視域下科幻小說翻譯——以阿瑟・克拉克〈太空漫遊〉系列漢譯爲例》；2013 年湘潭大學曾逸群《從改寫理論看科幻小說翻譯——以 The Invisible Man 四個漢譯本對比研究爲例》；2013 年浙江師範大學付豔豔《郭建中科幻

小說翻譯思想與實踐研究》；2013 年廣西民族大學左凌飛《Starcraft:Ghost Spectres 翻譯實踐報告——兼談劉慈欣科幻小說特點及其對翻譯策略的指導》；2014 年山東師範大學李曉《論中國科幻小說中的科技觀》；2014 年山東大學顧葉《宇宙流浪意識與劉慈欣科幻小說創作》；2014 年湖南師範大學王欣《目的論視角下科幻小說的翻譯方法研究——以 Do Androids Dream of Electric Sheep 抬的漢譯為例》；2014 年華中師範大學呂婕《1900～1919 中國科幻小說翻譯的社會學研究》；2014 年四川外國語大學陳捷《2002～2012 年西方科幻小說在中國的譯介》等。

博士論文則包括 2005 年東北大學吳致遠《技術的後現代詮釋》；2006 年復旦大學姜倩《幻想與現實：二十世紀科幻小說在中國的譯介》；2014 年蘇州大學劉媛《中國現當代科幻小說的發展歷程、本土特點及大眾傳播》等。

相關專著有福建少年兒童出版社 2006 出版的「科幻新概念理論叢書」系列，其中包括吳岩、呂應鍾著《科幻文學入門》；林健群編《在經典與人類的旁邊——臺灣科幻論文精選》；吳岩著《賈寶玉坐潛水艇——中國早期科幻研究精選》；陳潔著《親歷中國科幻——鄭文光評傳》；王建元、陳潔詩編《科幻後現代後人類——香港科幻論文精選》；張治、胡俊、馮臻著《現代性與中國科幻文學》。國家圖書館關於科幻理論方面的專著目錄就有吳岩主編《科幻文學理論和學科體系建設》系列叢書；王逢振主編《外國科幻論文精選》；孫天緯編著《科幻文學之父凡爾納》；黃海著《臺灣科幻文學薪火錄 1956～2005》；呂金駿著《科幻文學》等。

2014 年長江出版傳媒集團出版了「地平線未來叢書」第一輯六冊，即劉慈欣的《劉慈欣談科幻》、楊書卷《未來的 101 張面孔》、吳岩《追憶似水的未來》、武夷山《一個情報學者的前瞻眼光》、陳潔《將來進行時》和韓松《未來的 108 種可能》。

目前國內比較權威的科幻雜誌則有《科幻世界》（SFW）、《科幻大王》、《世界科幻博覽》、其中的《科幻世界》創刊於 1979 年，前身是《科學文藝》和《奇談》，至今已有三十年的歷史。它是現在國內發行量最大的本土科幻雜誌，其發行量最少時一期僅七百份，

除了《科幻世界》，科幻世界雜誌社旗下還有《科幻世界·譯文版》（單月科幻、雙月奇幻）、《飛·奇幻世界》和《小牛頓》；曾辦過《科幻世界畫刊》、《科幻世界·幻想譯文版》（現與《科幻世界·譯文版》合併）、《驚奇檔

案》等，並且不定期地推出《星雲》，刊登一些優秀原創中長篇科幻小說。目前，《星雲》已經出版多部，如《星雲》、《星雲 II・球狀閃電》、《星雲 III・基因戰爭》、《星雲 IV・深瞳》、《星雲 V 格蘭格爾 5 號》、《星雲 VI・掉線》。

《科幻世界》的官方網站（幻想在線 www.sfw.com.cn）上有不少幻想小說，以及科幻世界的十年數據庫。此外，科幻世界雜誌社還與多家出版社策劃了「世界科幻大師叢書」、「世界奇幻大師叢書」、「世界流行科幻叢書」、「遊戲科幻小說」和「美國最佳科幻小說年選」等系列叢書。誠然，科幻世界雜誌社在中國當代幻想文學中扮演著一個比較重要的角色，但是仍然存在另一種聲音。

2006 年，網絡上就有一篇名為「倪匡才是 20 世紀最偉大的科幻小說作家」的長貼（參見網址 http://tieba.baidu.com/f 抬 kz=142064291）。乍看標題，是一個很個人化，甚至帶有偏見的文章，但是讀完全文才發現這是一篇批評中國科幻文學界權威雜誌《科幻世界》，探討中國科幻文學現存問題的文章。文中有言過其實的地方，但的確觸及了本土科幻的部分事實：1.當代中國科幻的起點並不高 2.科幻文學陣營尤其是涉及商業利益後的封閉性 3.科幻創作與讀者群體的規模 4.辦刊宗旨與科幻文學健康發展的矛盾。其實，不光是科幻，整個幻想文學發展過程中都注定不會單純。

顯然，不論是專業學者、科幻作家，還是匿名網絡帖主，一直以來都從不同角度，以嚴肅的態度關注著中國科幻小說這樣一株綠樹，讀之、思之、贊之、責之皆因愛之。中國當代科學幻想小說也沒有讓人失望。2014 年 11 月，《文匯報》發表了錢好的《面對科學「封鎖」科幻如何「破壁」》一文傳來一個消息——劉慈欣《三體》英文版即將在美國上市，一些網站已經開始預訂。

有學者得知「在以《星球大戰》《阿凡達》《侏羅紀公園》等科幻小說或科幻電影火爆全球的科幻帝國美國，著名科幻讀物出版社托爾出版社宣佈，中國科幻作家劉慈欣的科幻扛鼎之作《三體》，即將登陸美國——這是中國大陸長篇科幻小說首次在海外主流出版社出版。」甚至激動地宣告劉慈欣「轟開科幻帝國大門」〔註20〕。針對此作品的成功輸出與作者在全球化趨勢下的強大整合力，有觀點認為「《三體》的獨特魅力在於繼承了當代文學兩種話語資源，並書寫了後發國家面對全球化衝擊的時代症候，同時為中國科幻小說

〔註20〕塵緣，《劉慈欣：科幻小說轟開科幻帝國大門》，載《華人時刊》2014-03。

化解民族性與西方現代性的矛盾提供了想像與可能。」〔註21〕先不談《三體》的文學價值如何，也暫不論它對本土科幻的貢獻，至少英文版的出現證明本土科幻終於扭轉只進不出的歷史，對中西科幻文學交流的不對等事實，逆轉雖談不上，但至少不再絕對。

〔註21〕黃帥，《後發國家科幻小說現代性症候之魅——以《三體》為中心的考察》，載《合肥學院學報（社會科學版）》，2014年第5期。

第二章　非科學幻想之潮

第一節　奇幻文學的崛起

　　中國當代奇幻小說在二十世紀最後十年在中國大量出現，至今仍然擁有龐大而年輕的創作和接受群體，出版發行量也曾取得過傲人成績。以郭敬明的《幻城》來說，這部帶有典型奇幻風格的小說在 2003 年初被春風文藝出版社推出之後，上市只有兩個多月就接近三十萬冊的銷量，在當年三月份全國文學類圖書排行榜上排名第二，「僅次於《王蒙自述：我的人生哲學》，是小說類第一名」。這個銷量還在不停攀升，到了 2005 年，已經突破 100 萬冊。繼春風出版社之後，2008 年，長江文藝出版社又推出了 200 萬冊紀念修訂版，2012 年新世紀出版社出版了《幻城》的漫畫版。

　　其實，《幻城》最開始只是郭敬明高三時的一篇短篇小說，刊登在《萌芽》雜誌上之後，引來無數幻迷。後來，作者將其重新調整擴充成了長篇小說。主人公卡索是幻雪帝國的皇長子，他和弟弟櫻空釋是幻雪帝國最後幸存的幻術師。200 年前與火族的一場激戰後，家族除了他倆都在戰爭中死亡。儘管很不願意，卡索注定要成為幻雪帝國的王。弟弟櫻空釋幫想哥哥解脫，不惜犧牲周圍所有生命，也包括他自己。哥哥為了讓弟弟復活，歷盡千辛萬苦尋找仙藥，結果依然徒勞。就這樣一個情節頗為簡單的故事，何以讓眾多人迷戀至今，其魔力究竟在哪裏？

　　北大中文系教授曹文軒曾評價說：「這是一本奇特的書。一邊是火族，一邊是冰族；一邊是火焰之城，一邊是幻雪帝國。作品來自純粹的虛構和幻想。

而這種幻想是輕靈的，浪漫的，狂放不羈的。它的場景與故事不在地上，而是在天上。作品的構思，更像是一種天馬行空的遨遊。天穹蒼茫，思維的精靈在無極世界遊走，所到之處，風光無限」。〔註1〕曹文軒提到的天馬行空的構思實際上就是奇幻作品中常見的故事背景設置。這類背景遠離現實模型，在背景中活動的物種也與人類關係不大。傳統審美和創作原則基本失效，現實世界的運行規則也受到顛覆，因此一種從語言表達到情感輸出各方面的純粹感成為激發讀者共鳴的重要原因。

　　純粹感在現實世界是稀缺的，也許追求純粹就是一種極端體驗，幻想文學恰如其分地提供了一種極端體驗的可能。這種可能也許是精神上抽離嚴酷現實的片刻輕鬆，也許是寫作或者閱讀雙方之間的會心對視。這也就是為什麼有人會說：「《幻城》之所以還能夠感動許多成人，部分原因在於它成功地再現了這個時代最為稀缺的一些情感：忠誠、毫無功利目的的純潔的友誼、兄弟間的骨肉親情。《幻城》滿足了我們因缺失而帶來的渴望，讓躁動的心靈得到些許撫慰。當櫻空釋流盡最後一滴血，微笑著親吻著卡索的眉毛，他說『哥，請你自由地……』，我久違的淚水從眼角悄悄滑落。」〔註2〕正是這個「純粹」，可以讓人在不純粹的環境中，既不向上、也不向下地懸浮起來。看來，純粹與不純粹注定了人生分裂的必然。這不是病，不必治，也沒得治。幻界的常態即分裂的變態。幻界人士估計也是分裂著的一群，否則，郭敬明如何能寫出如此冰雪空靈的《幻城》，繼而還能駕馭至俗的《小時代》。

　　無獨有偶，韓松在他的一部科幻小說中設置了一章，與「幻城」〔註3〕同名的一章。兩個「幻城」被造出的時間雖然不同，格調也特異，但均為幻想世界的奇特空間。前者是一個冰天雪地的幻雪帝國，後者則是神秘地鐵、陸地城市、宇宙空間站、外星智慧飛碟交錯疊加的高科技世界。幻想力分別構築了科學與非科學的不同領地，徜徉其中將無比直接地感受到幻想文學的審美魅力與文化內涵。

　　繼傳統紙媒的出版奇迹《幻城》之後，網絡世界再一次驗證了奇幻小說的魅力。「2005 年初，世界最大的搜索引擎 Google 和最大的中文搜索引擎百

〔註1〕 葉輕舟編著，《暢銷書》，北京：北京工業大學出版社，2005 年，第 64 頁。

〔註2〕 溫去非，《〈幻城〉何以如此火爆》，收錄於葉輕舟編著，《暢銷書》，北京：北京工業大學出版社，2005 年，第 66～67 頁。

〔註3〕 韓松，《讓我們一起尋找外星人》，成都：四川少年兒童出版社，1999 年，第 284 頁。

度先後公佈了 2004 年十大中文搜索關鍵詞，一部名爲《小兵傳奇》的玄幻小說在 Google 搜索關鍵詞中位列第三，在百度搜索關鍵詞上排名第十，而且是唯一與文學有關的入選詞語。這在某種程度上成爲一個具有象徵性和標誌性的事件，表明興起不久的玄幻小說在文學地圖中呈異軍突起之勢。」〔註4〕小小的士兵形象「唐龍」從無名之輩幾經磨礪一躍成爲地球甚至宇宙的守護者和大元帥，進一步將奇幻小說塑成炫目的成人童話和傳奇。2005 年還是玄幻小說《誅仙》從網絡走向傳統出版界，並大獲全勝的一年。之前的《幻城》突破 200 萬用了將近 10 年，而玄幻小說《誅仙》從 2005 年 6 月，第一卷和第二卷出版發行僅僅兩個月就突破了 12 萬冊；「8 月上市的《誅仙 3》《誅仙 4》，在短短幾周內便躍上各大書店的暢銷書榜。……到了 2006 年初，《誅仙》前 5 冊銷量超過 100 萬冊，網上點擊率超過 3000 萬次，且以每天 200 萬條的速度遞增。……2005 年度十大網絡小說榜單前三位均被玄幻小說佔據，依次爲《誅仙》《小兵傳奇》和《壞蛋是怎樣煉成的》。」〔註5〕一時間，大家必須承認並正視這類作品的存在。它們從線上到線下的火爆程度對某些斥責奇幻小說爲迷信復活、裝神弄鬼的偏見而言，重新反思游離於主流文學之外的幻想小說，尤其是奇幻小說的眞實價值，顯得很有必要。

正當中國奇幻小說覆蓋了從網絡到傳統紙質出版物的陣地，進入越來越多人的閱讀視線，而奇幻創作本身也日益壯大之時，當代學者、首都師大教授陶東風對於中國奇幻小說卻進行了完全否定的批評。2006 年 6 月 18 日，他先在新浪博客發表名爲《中國文學已經進入裝神弄鬼時代》的文章，批評對象正是當時火爆的奇幻小說。他認爲以《誅仙》爲代表，正走紅的「玄幻」文學不同於傳統武俠小說的最大特點是「它專擅裝神弄鬼」，其所謂『幻想世界』是建立在各種胡亂杜撰的魔法、妖術和歪門邪道之上的。因爲 80 後「玄幻」寫手本人價值觀的混亂，導致了作品缺乏人文精神。

陶教授以 2005 年新浪網評選的最佳玄幻小說前三名爲例。它們是《誅仙》、《小兵傳奇》和《壞蛋是怎樣煉成的》。在逐一的批評之後，他得出一個總的評價：當下奇幻小說是嚴重缺失「人文關懷」、「現代性反思精神」，連「傳統的、模式化的、簡單的道德主題」都沒有的「犬儒主義」文學。這裡首先

〔註 4〕 蔣曉麗主編，《傳媒文化與媒介研究》（上冊），成都：四川大學出版社，2007 年，第 51 頁。

〔註 5〕 蔣曉麗主編，《傳媒文化與媒介研究》（上冊），成都：四川大學出版社，2007 年，第 51～52 頁。

要質疑的就是這三部作品的代表性究竟有多大。網絡評選通常最直接的標準就是點擊率。點擊率高的作品站在網站的立場通常就是受網民歡迎的標誌。然而，數以萬計點擊者的文學素養的高低就根本不能通過數字來表現出來，因此這三部作品與其說是當年最優秀的奇幻作品，還不如說是點擊率最高的奇幻作品。這與文學批評的標準存在著較大的距離。如果依此而推斷當下奇幻創作水平低下，無異於掩蓋了背後更為龐大而多樣化的創作成果。就筆者所知，這三部作品能否在奇幻創作圈內獲得如網絡上同樣的聲譽，是否算得上頂尖之作，就很成問題。聯繫到當年電影領域中的《神話》、《英雄》、《無極》等，他將之均列為裝神弄鬼之作，進而得出結論：「裝神弄鬼已經成為當今中國文藝界的一個怪現象」。

陶東風的批判在網絡上激起了大批奇幻小說迷和奇幻作家如蕭鼎、明寐、林千羽等圍攻的同時，也引出了其他學者、文學評論家，如王幹、張檸等的商榷之聲。這一事件也使陶教授成為網絡上所謂的「2006『十大最具爭議教授』排行榜」〔註6〕中的上榜人物。

曾擔任過《今古傳奇·武俠版》雜誌主編的鄭保純，作為當時國內為數不多的奇幻文學研究者，覺得陶東風對奇幻小說的批評主要是因為不瞭解，就算有一些接觸充其量只是走馬觀花。他還指出奇幻文學領域，網絡上的作品只是一個方面，而江南、滄月、燕壘生、沈瓔瓔、步非煙等人的創作更能代表眼下奇幻文學的最高成就。不瞭解他們的作品來全盤否定奇幻小說是沒有說服力的。文學評論家王幹看到《中國文學已經進入裝神弄鬼的時代》後，對於「裝神弄鬼」的觀點覺得不能接受，有些以偏概全，並直言文學從來不怕鬼神。從《山海經》到《西遊記》、《聊齋誌異》，中國文學始終有這樣一種「鬼神傳統」。

這次爭論在某種程度上使人們重新回到文學研究與評論的客觀公正問題上：對文學現象，尤其是新興事物不能抱有成見，文學批評首先要建立在對文本全面瞭解的基礎上；其次，文學現象的出現不是憑空而來，其間的關係是錯綜複雜的，傳承與創新向來共存。

網絡的普及使得交流與爭論變得更加便捷。陶教授在博客中發表的這篇文章還使得網絡上瞬間點燃了「陶蕭之爭」（陶東風與《誅仙》作者蕭鼎）的

〔註6〕 http://post.baidu.com/f 抬 kz=156567798，『百度_異人傲世錄吧』，2006 年 12 月 20 日。

戰火。有的關注者認為這一事件還牽扯出文學批評的尺度、奇幻文學未來、如何評價 80 後作家群體、市場化背景與文學創作的關係等一系列話題。單純就當代學者陶東風使用的「裝神弄鬼」這個字眼來看，他在對奇幻小說提出批評時表露了明顯的否定態度。此言論同樣引發了奇幻小說創作圈內不少人的強烈反感。雙方為了捍衛自己的觀點通過網絡和期刊還曾發生了思想和言語上的衝突。不過，陶東風和奇幻文學擁護者之間發生的這一場爭執正好為中國奇幻小說現象獲得公眾的關注拉開了帷幕。奇幻類文學創作究竟是「裝神弄鬼」的封建迷信糟粕之復蘇，還是文學創作者通過幻想進行的精神突圍，又或是「科玄相遇」的具體表徵？

在網絡上打「口水仗」對於奇幻文學本身的發展並無多大裨益。對於研究中國奇幻文學來說，此爭論發起者陶東風的觀點倒是有分析和借鑒價值的。通過對其論文觀點的深入分析，如果是中肯客觀的批評對奇幻小說創作的未來必然會起到警示作用，偏激不實之處還可以為肯定奇幻文學的價值提供依據。

不僅如此，陶東風先生寫下那篇針對國內當下奇幻小說的檄文並非偶然為之。根據他在此前後，發表的系列學術論文，我們可以發現，他對奇幻小說創作的批評與其當時一直思考的「大話文化」與文學經典之間的關係，以及有關「文學的祛魅」這兩個話題有緊密的承接。

當下的大話文學作品在作者看來永遠也成不了經典。在這樣一個指導思想下，當代大話文學的創作主流，也就是作者所說的「當代年輕人」的文化心態就被他描述成「不盲從，但也沒有責任感」，並且斷言這樣的文化心態很容易轉變成「一種類似犬儒主義的人生態度」。至於「大話一代」作者更是在年齡上確指為「20 世紀 80 年代以後出生的大學生」。作者當時對當代文壇的創作潮流，以及「80 後」等問題所持的否定態度還是很明顯的。

至於「文學的祛魅」，源於馬克思・韋伯的觀點。他用之描述自從世界的一體化宗教性統治與解釋的解體，即「祛魅」（disenchantment）後，世界就進入了價值多元時代的哲學概念，並移用到文學上來。不過，陶東風擴展了「魅」的概念，不限於宗教權威，而是泛指「霸權性的權威和神聖性」。作者細數了中國文學史上的兩次「祛魅」。第一次發生在 80 年代。祛的是文革影響之魅。從 80 年代前期的繼承五四精神啟蒙傳統，到中後期「純文學」思潮，都是以當時文化界精英為主力的。作者承認這其中既有祛魅，也有賦魅，

但是總的說來，「文學自主性和自律性在起作用」。也就是說，作者在總體上是非常推崇第一次「祛魅」的。

當他談到第二次「祛魅」時，態度就發生了明顯的轉變。90 年代的「祛魅」發生在「文化市場、大眾文化、消費主義價值觀，新傳播媒介的綜合衝擊下」。代表精英文化的知識分子又受到了一次衝擊。他們在 80 年代的輝煌遭遇了解構。這裡我們要看到，作者列舉的綜合衝擊因素其矛頭直指市場經濟條件下應運而生的物質至上的一股時代思想潮流，其反對的最大目標就是在這樣一個大的時代語境之下的文學藝術所表現出來的種種具體現象。就像作者感歎的那樣，網絡文學的低門檻使得文藝創作成為「人人可以參加的文學狂歡節，是徹底的去精英化的文學」，並在網絡文學的質量良莠不齊的情形下，將它們比喻成「網絡排泄」。

事實上，中國，乃至全球範圍內的幻想類文學的復興跟一個時代文化氣質和社會環境有著密切的聯繫。它們不是罪大惡極的精神毒藥，它們只不過是時代精神的一個釋放口。我們必須承認時代精神這個字眼過於籠統。追根究底還是一個如何看待現代科學權威地位的問題，如何解決由科學思維方式，這樣一個單一模式指導下的世俗物質生活方式怎樣應對價值多元時代的到來，怎樣接受來自社會、科學內部以及文學的挑戰。

當代學者劉增傑為白春超的專著《再生與流變——中國現代文學中的古典主義》所作的（代序）「用古典精神詮釋古典主義」中引用了周作人於 1922 年 10 月 2 日《晨報副刊》上對「學衡派」所作的預言：「我相信等到火氣一過之後，這派的信徒也會蛻化，由十八世紀而十九世紀，可以與現代思想接近；他只是新文學的旁支，決不是敵人，我們不必去太歧視他的」。〔註 7〕雖然這段話是特別針對五四時期，新文學陣營對「學衡派」古典主義在文學上和政治上的聲討所作的調和性預言，卻為如何處理主流文學與非主流甚至帶有一些叛逆性質的文學或思想現象設置了可能的寬容態度。

這種態度對目前學術界對奇幻文學的冷漠旁觀或嚴厲聲討同樣有效。當代奇幻文學創作在近十年的發展歷程中，從過去的零星為之到現在的出版熱潮，跟其它種類的創作一樣經歷了從醞釀到高峰再到徘徊的不同階段。作為一種文學創作形式，它有傳統影響，也有外來刺激，更有內部整合與消化，

〔註 7〕 白春超：《再生與流變——中國現代文學中的古典主義·代序》，見劉增傑《用古典精神詮釋古典主義》，開封：河南大學出版社，2006 年版。

更會有分裂與裂變。不同的是，它產生並得以進一步發展的具體語境決定了這一文學現象的豐富和多義性。

如果說周作人用「火氣」二字形容某一形態最旺盛時期所體現的特色，那麼，與當代奇幻文學近年體現出來的火爆相比較，它們之間的確有一個共同點。那就是「火氣」與火爆通常會有遭遇迅速冷卻的可能。「火氣」過後甚至會銷聲匿迹。曇花一現的結局也絕非沒有可能。在過去，某一原本火爆並且游離於主流之外的現象歸於沉寂很有可能是經受外界打壓的結果，但是在經歷了現代性批判、進入後工業時代的今天，尤其在文學領域，試圖通過強硬手段使某一距離常規慣性較遠的事物不再發出聲音的可能性幾乎已經消失。可以說，二十世紀以來，尤其到了新世紀，多樣形態不管其未來發展道路會通向何方，其本身是否存在致命缺陷，都有其自由發展的空間。這也就是說，中國奇幻小說既然在上世紀末嶄現了，並且擁有巨大的創作和接受群體，人們就應該準備接受或認清於此蘊涵的深層文化意義以及由此產生的各種效應。

雖然網絡對文學的滲透無處不在，奇幻作品良莠不齊，奇幻創作群和接受群的年輕化都是事實，人們對此抱有一定的懷疑和不信任情緒完全可以理解，卻不能因此取消中國奇幻小說出現並存在的文化意義。從整體上說，不加甄別地將其貶為「裝神弄鬼」之說只能說明有相當數量的人群仍然持有「科玄」不相容的觀念。這不僅是科學理性支配下的世界觀在起作用，更是在思維慣性下，為人們接近玄想、神秘、虛幻的未知精神世界主動地設置屏障。固守在傳統科學理性思維模式之中來評價奇幻小說既不能以開放的心態重新認識新世紀文學現象的真實面貌，也不能對後現代思潮顛覆權威、多元化理念等諸多理論加以圓滿。

比如奇幻小說中喜歡引入的巫術、魔法等概念就不能簡單看成封建迷信的復活。與之聯繫的巫師形象更因其歷史古老，來源難探，成為不少奇幻小說中的標配形象。如上文提到的郭敬明《幻城》，文中守護雪國王子的頂尖級巫師和護送王子逃離的數十位大小巫師就是代表。巫師在中西方文明史上，最初的形象是高大、神秘、超能的，代表了所處族群的最高智慧。有觀點認為：「中國最早的大巫師就是在史書上聲名遠播的三皇五帝……黃帝就是巫師當中的頂尖高手，他和另一位大巫師蚩尤之間鬥法……在西方，古希臘時代的荷馬最先提到巫術，當時最著名的巫師就是美狄亞。她是希臘神話中最著

名的女巫,是太陽神阿波羅的前輩,克爾克斯國王的女兒,阿耳戈英雄伊阿宋的妻子,精通許多巫術。」〔註8〕

　　著名科普作家葉永烈認爲奇幻小說是「科幻小說、魔幻小說之外」的「第三類幻想小說」,並將「大幻想小說」、「玄幻小說」、「奇幻小說」看成能夠等價互換的三個稱呼。基於這個理解,有學者直接將玄幻小說視爲類型小說對待,「通常以冒險、戰爭爲主題,時代背景、世界觀等皆無拘束,可任憑作者的想像力進行自由發揮。玄幻小說與科幻、奇幻、武俠等幻想性質濃厚的類型小說關係密切。」〔註9〕實際上,這幾個稱謂不但來源各異,在層次上也存在落差。不過,它們之間的確存在一個平衡點,那就是迥異於傳統理念上已獲定型的科幻小說,統一於非科學的超自然力幻想。

　　「玄幻小說」的概念自 1998 年香港作家黃易率先提出後,其最初的意思是指在玄想基礎上的幻想小說。而他自己更是創作了諸如《月魔》、《尋秦記》、《大唐雙龍傳》、《幽靈船》、《龍神》、《域外天魔》、《靈琴殺手》、《超腦》、《時空浪族》、《文明之秘》等大量影響巨大的幻想小說。像最早於 1987 年出版的《月魔》是一部科幻小說,他的「凌渡宇」系列也是科幻小說。1987 年至 1995 年,黃易與博益出版社合作先後出版了《上帝之謎》、《光神》、《湖祭》、《異靈》、《獸性回歸》、《聖女》、《烏金血劍》、《超腦》、《浮沉之主》、《爾國臨格》、《諸神之戰》等作品。1991 年,黃易出版社成立後至 2014 年,先後出版了兩大系列幻想小說「玄幻系列」和「異俠系列」。其實,早在 1996 年,內地的廣西民族出版社就出版了黃易的穿越類奇幻小說《尋秦記》。

　　黃易「玄幻系列」有《超級戰士》兩卷、《大劍師傳奇》十二卷、《幽靈船》一卷、《龍神》一卷、《域外天魔》一卷、《迷失的永恒》一卷、《靈琴殺手》一卷、《時空浪族》兩卷、《星際浪子》十卷、《尋秦記》(港版二十五卷,修訂珍藏版六卷、臺灣時報版七卷)、《雲夢城之謎》(港版六卷,臺灣時報版四卷)、《封神記》(港版十二卷、臺灣時報版四卷)。「異俠系列」包括《破碎虛空》(三卷)、《荊楚爭雄記》(兩卷)、《覆雨翻雲》(港版二十九卷,修訂珍藏版十二卷、臺灣時報版十二卷)、《大唐雙龍傳》(六十三卷,修訂珍藏版二十卷,臺灣時報版二十卷,雲南人民版十卷)、《邊荒傳說》(港版四

〔註8〕搜奇研究中心編著,《不可不讀的巫師魔法故事》,北京:中國書籍出版社,2009 年,第 3、6 頁。

〔註9〕丁振宇主編,《文學知識通》,北京:北京工業大學出版社,2009 年,第 35 頁。

十五卷、臺灣時報版十五卷）、《盛唐三部曲》、《日月當空》十八卷、《龍戰在野》。

與此同時，日本劍魔題材動畫、漫畫，歐美奇幻（fantasy）文學也通過網絡、紙質出版物、影視劇源或網絡遊戲等形式源源不斷地傳播到中國內地。短短十年間，網絡遊戲、網絡寫作世界中率先刮起了一股玄幻、魔幻風。魔法師、劍士、幻術、妖怪等細節大受歡迎。就連本土武俠、科幻、歷史、言情等傳統小說類型的創作中都屢現這類元素。隨後，多種相關的幻想文學雜誌也先後面市。2005 年甚至掀起了奇幻小說出版潮。

時至今日，圍繞「玄幻小說」所生成的奇幻文學現象顯然已經超出了黃易先生當年的設想。在歐美奇幻文學強大攻勢之下，日本此類動漫作品對本土幻想小說，尤其是奇幻小說影響也頗深。從中日文化交流角度看，日本的妖怪傳說雖然受中國文化影響很大，很早就有類似於中國「志怪小說」的「怪談文學」，但經過多年融彙，早已形成了自己一整套妖怪文化，而那些各異的「妖、魔、鬼、怪、精」〔註 10〕形象進入文學、動漫作品後，反過來又大大影響了本土玄幻小說的創作。科幻銀河獎獲得者夏笳的《百鬼夜行街》故事情節雖然是本土倩女幽魂模板，但其中的鬼眾形象、鬼街氣氛以及「百鬼夜行」這個篇名無不帶著日式妖怪文學的影子。

隨著此類幻想小說在創作內容上的不斷擴容，「玄幻」逐漸被「奇幻」所替代。實際上，以時間來論，「奇幻」的提法比「玄幻」的歷史還要長幾年。奇幻小說作為英文 fantasy novel 的中譯名是由臺灣奇幻文化藝術基金會的負責人朱學恒，於 1992 年在臺灣知名月刊《軟件世界》中，開設為期一年半的「奇幻圖書館」（Fantasy Library）專欄時確定下來的。

目前的創作界和讀者群基本上還是默認「玄幻」和「奇幻」這兩種不同提法其實所指向的就是同一個文學對象。更多時候，為了避免稱謂上的糾纏不清，人們甚至玄幻／奇幻並稱。

嚴格地說，「奇幻」一詞的包容度明顯高於「玄幻」。無論取「玄」的學術或世俗意義都不能完全囊括目前此類小說中的所有幻想成分，而「奇幻」的提法至少可以在最大限度上將「玄」收入囊中。只是要承認，玄幻恰恰是中國奇幻小說最為突出的本土文化特質。不過，「玄幻小說」、「奇幻小說」這

〔註 10〕周英著，《怪談：日本動漫中的傳統妖怪》，北京：中國傳媒大學出版社，2009 年，第 10 頁。

兩種提法雖然存在提出人、提出時間上的不一致，對於人們體驗中國奇幻小說整體文學風格，體會創作者心態，理解小說內容等方面並沒有不可調和的矛盾。

《中國新聞周刊》2006年第一期「玄幻小說：80後的速食讀本」一文就曾對中國奇幻小說下過如下定義：其「架構或取自武俠小說，或引入西式魔幻題材，佐之以修仙、道術、鬼怪、魔法、幻想和神話等超自然元素，不受現實的科學邏輯約束，是武俠小說或科幻小說的變種」。

從出版角度出發，天津人民出版社副總編輯王華在討論「奇幻之旅」叢書出版計劃之時，也曾對奇幻小說進行過評定：「奇幻文學集武俠、科幻、神話、童話、遊戲特點於一身，具有相當的可讀性，它不僅爲青少年，同樣也爲成年人提供了一個綺麗的幻想空間，在這個另類空間裏，人們以大無畏的勇氣頌揚正義，鄙棄邪惡、貪婪與自私，倡導人類與自然、與其他種族平等地和睦相處……」，這是業界對奇幻小說創作較早地進行正面評價的一次，也預示著到本世紀初，人們親歷了「美女文學」、「少年文學」、「七十年代文學」、「網絡文學」等短暫出版輝煌之後，奇幻文學不但成爲通俗閱讀主流，還成爲通俗讀物出版的重要支柱。

第二節　創作與傳播成果

1998年黃易的「玄幻小說」概念被明確提出之後不到十年時間，此類小說創作就呈現出一種爆發態勢。網絡傳播，書籍出版，期刊發行成爲中國奇幻小說生存的三大形式。大量奇幻小說的出現爲研究這一類型文學提供了豐富的文本資源。

除了概念提出者黃易先生本人創作的一批玄幻小說外，經過幾年的積累和淘汰，到了2005年，Tom網站根據點擊率，公開了百部熱門的中國奇幻小說。《傭兵天下》、《小兵傳奇》、《誅仙》、《我的超級異能》、《天魔神譚》、《異人傲世錄》、《熾天使傳說》、《少林八絕》、《再生勇士》、《飄邈之旅》就是當時排行前十名的作品。先不評價這些作品的優劣，僅從數量上而論，這百部奇幻小說只能是所有中國奇幻小說中的冰山一腳。

2005年之後，玄幻奇幻類小說呈幾何倍數增長。幾乎每年各大網站都會更新本年度最新排行榜，先後次序主要按照點擊率來定，網絡上還專門有

小說排行榜網站。像 2008 年最新玄幻前五名爲《盤龍》、《神墓》、《百世重修》、《星辰變》、《琴帝》。2009 年上榜的有《鬥羅大陸》、《魔王神官和勇者美少女》、《異界重生之打造快樂人生》、《大魔王》、《異界之光腦威龍》、《慶餘年》、《鬥破蒼穹》等；2010 年有《龍蛇演義》、《狂神》、《異界之劍師全職者》等。2011 年有《武神》、《鬥破蒼穹》、《武裝風暴》、《酒神》、《異世邪君》、《獵國》等。2012 年的《將夜》、《吞噬星空》、《武動乾坤》、《贅婿》等。2013 年的《絕世唐門》、《吞噬星空》、《莽荒紀》、《贅婿》、《遮天》等。2014 年玄幻小說前三名《戰皇》、《修羅武神》、《混沌劍神》。以上作品有的跨年度連載更新依然深受讀者喜愛，連續進入年度排行榜。有的作者如「我吃西紅柿」，曾完成多部玄幻小說，如《九鼎記》、《盤龍》、《星辰變》、《寸芒》、《星峰傳說》、《吞噬星空》、《莽荒紀》。他的不少作品都在不同年度登上受歡迎玄幻小說榜。

在傳播途徑上，網絡成爲奇幻小說最初發佈的重要陣地。「幻劍書盟，翠微居，逐浪網，舊雨樓－清風閣，龍的天空，異俠二代，紫宸殿網絡，天鷹文學，起點中文，玄幻書店」就曾是公認的十大奇幻小說網站。到了 2006 年，「起點中文」已然成爲目前影響最大、收錄奇幻作品最豐富的網站了。包括 17k 在內的六個新興網站甚至組成了網絡文學聯盟，以此希望能夠與「起點」一爭高下。而奇幻小說則成爲網站之間彼此爭奪點擊率，相互較量的重要砝碼。

雖然網絡文學存在跟風注水現象，低劣之作也比比皆是，但是不能因此無視大量作者通過網絡參與奇幻創作和傳播的事實，更不能否認網絡對於中國奇幻文學創作來說的重要性。就以蕭鼎創作的長達 150 萬字的小說《誅仙》來說，未出版之前，它率先在網絡上獲得了巨大的成功，並在「百度吧」文學藝術類作品排行榜中位居榜首，被譽爲後金庸時代的扛鼎之作。本書的中心議題並不是要研究網絡媒介在中國奇幻小說發生、發展中的作用。雖然學術界對網絡的研究已經取得相當大的成績，但是必須看到，對於網絡與中國奇幻小說關係的研究目前是一個新興熱門話題。

2007 年底在中國科幻世界雜誌社的主持下，將科幻世界官方網站改版爲三大板塊，其中之一被稱爲：「幻想維基」（http://wiki.sfw.com.cn）。「幻想維基」（Wiki）的醞釀生成旨在建立國內唯一以科幻、奇幻爲主題的網絡版中國科幻、奇幻百科全書。也就是說，通過科幻世界官方添加和外部人員的主動輸

入，這部百科全書將會是一部開放的，既有搜索功能也有添加功能的，活動著的中國科幻、奇幻文學知識庫。

網絡除了是中國當代奇幻小說最早的棲息地，還是人們發現並出版優秀奇幻小說的重要來源。天津人民出版社的資深編輯金震，作為「奇幻之旅」叢書出版的重要參與人以其多年積累的敏銳洞察力，在偶然閱讀了網絡版《秘魔森林》之後，用他自己的話說：「快速閱讀後，我意識到，這就是我要找的東西」〔註11〕。這正是中國最早、也是目前為止規模最大的奇幻文學叢書「奇幻之旅」叢書的出版計劃應運而生的偶然中包含必然的原因。從 2001 年這個計劃開始啟動，迄今為止已經出版了方曉的《秘魔森林》，段瑕的《艾爾帕西亞傭兵》，讀書之人的《迷失大陸一禁咒之門》、《迷失大陸二亡靈島》、《迷失大陸三陰影中的英雄》、《死靈法師》，光牙的《龍遊》，老豬的《紫川》，楊叛的《中國 A 組》，文舟的《騎士的沙丘》，鳳凰的《詛咒之石》，孔雀的《青蝠酒吧》等優秀的奇幻作品。

2003 年長江文藝出版社出版了林瑟主編的《2003 年中國網絡文學精選》，不過當時只收錄了任曉雯《我是魚》，木餌《半個女人》，滄月的「聽雪樓系列」之《神兵閣》三篇小說。書中也沒有用「玄幻」或者「奇幻」的字眼為這三部作品歸類，而是將它們分別歸入「幻界」和「傳奇」兩個部分。

其實，從 2003 年開始至今，長江文藝出版社同時出版了由胡曉輝等集體編選的年度《中國奇幻文學精選》。2007 年，韓雲波開始接手主編了 2006 年度的《中國奇幻文學精選》；2008 年元旦《2007 年中國奇幻文學精選》也已面世。至此，可以看到，長江文藝出版社在過去的 6 年中，對網絡文學，尤其是在網絡文學中獲得傲人成績的奇幻小說給予了持續的關注。事實上，長江文藝出版社的這一系列精選，也是較早用「奇幻」為此類幻想作品命名的書籍。

奇幻小說成為一種類型文學被關注，最早始於 2004 年葛紅兵組織編寫的一套類型文學雙年選。漢語大詞典出版社推出葛紅兵主編的《中國類型小說雙年選》(《奇幻王》、《幽默王》、《校園王》三卷) 叢書。這是第一次從專業的學術角度，給予「80 年代後」、以及由此衍生出來的網絡文學、校園文學、魔幻、新武俠等等新事物一個「合法」的解釋。

葛紅兵表示要突破傳統的「純文學」觀念。把文學分成「純文學／通俗

〔註11〕 金震：《奇幻之旅精彩無限》，《出版廣角》2004 年第 3 期。

文學」的傳統觀念迴避著認識文學創作的類型化趨勢，阻礙了奇幻小說、幽默小說、恐怖小說、校園小說等等新興事物進入文學研究領域的通道。一味的視而不見無異於取消這些新興事物的研究價值。這套叢書中的一卷就是由葉祝第負責編選的《奇幻王　2003～2004中國奇幻小說雙年選》。此書將奇幻小說分爲魔法世界、靈幻王國、東方奇境三個部分。「魔法世界」中收錄了狼小京的《人偶師》，信陵公子的《幻聽》，阿豚的《禍母》，鳳凰的《第七顆頭骨》。「靈幻王國」部分有傅塵瑤的《千秋碎：催花雨》，天依兒的《冰火》，水妖的《煙花・塵燼》，弦音《人魚傳說》，燕玉梅《第八季的雪花》，葉滄浪《墨朵岡拉》。「東方奇境」部分有江南的《九州・縹緲錄・威武王》，傲小癡的《星穹》，騎桶人《鶴川記》，再世驚雲的《修羅・破天之城》。

　　在經歷了2005年奇幻出版年之後，2006年燕壘聲的《道可道》，香蝶的《眼兒媚》和《無名》，柳隱溪的《山鬼》，被作爲「新神話主義」書系的四部小說（迦樓羅之火翼的《葬月歌》、12龍騎的《地獄刑警》、傅塵瑤的《練妖師・四皇靈珠》、又是十三的《龍蛇之混沌》）等作品相繼出版面世。

　　2006年底到2007年初，經過一年的沉澱，對於奇幻小說的收集整理工作開始多層面地進行起來。學者、網絡文學知名創作者和奇幻界權威人士都參與了選集或精選集的出版。如上文提到的長江文藝出版社繼續出版的韓雲波主編《2006年中國奇幻文學精選》。這一年值得一提的選集還有黃孝陽選編的《2006中國玄幻小說年選》〔註12〕以及姚海軍主編《2005～2006中國奇幻小說選》〔註13〕。前者是江蘇省作協會員及簽約作家，已經完成《時代三步曲》、《網人》等九部長篇小說的元老級網民、資深網絡寫手、多個網絡論壇的版主。後者作爲《科幻世界》的主編，可以說是奇幻世界陣營中的領軍人物，並對國內外幻想文學現狀有全方位的把握。《科幻世界》雜誌社下屬的《飛・奇幻世界》更是當今中國內地歷史最久、彙聚目前國內實力最強的奇幻作家、市場佔有量最大的奇幻小說權威雜誌。

　　2006年之後，四川人民出版社「中國奇幻小說年選」叢書應運而生。在隨後的各年度，中國幻想小說年度精選就不僅僅只有科幻小說一門。年度精選集全文收錄中短篇，也有長篇節選，還有一些優秀長篇存目，便於查詢。

〔註12〕黃孝陽：《2006中國玄幻小說年選》，廣州：花城出版社，2006年版。
〔註13〕姚海軍：《2005～2006中國奇幻小說選》，成都：四川科學技術出版社，2007年版。

像《2007 年度中國最佳奇幻小說集》收錄了《碧空雄鷹》（cOMMANDO）、牧羊曲（于意雲）、《江湖異聞錄‧兩則》（本少爺）、《魅生？銷香脂》（楚惜刀）、《劍道列傳？石乞》（韋芊）、《長安之森》（劉一）、《蘇沙利爾的三個詛咒》（易別景）、《愚者》（糖果）、《童話》（goodnight 小青）、《蘇珊與姜餅人》（程婧波）、《火神》（楊貴福）、《九州？龍淵》（唐缺）、《高橋鄉的魃》（雷文）等作品。《2008 年度中國最佳奇幻小說集》全文收錄了《石用伶》（于意雲）、《正在發生的赤壁》（馬伯庸）、《羅亞的寶物》（一守）、《粉色暖瓶裏的沙羅曼蛇》（李多）、《俠貓十三婆小傳》（遲卉）、《天道奇譚》（張進步）、《老僧已死成新塔》（公子木）、《三春暉》（杜納聞）、《江湖異聞錄》（四則）（本少爺）、《高橋鄉夜》（雷文）《奈何天》（竊書女子）、《龍宮記》（舒飛廉）、《弒神書》（麗端）、《面人麻生》（張曉雨）。2009 年度的精選小說有《成都魃事》、《LOMO 先生》、《念奴嬌》、《芳草萋萋》、《魔法師的初戀》、《關王》、《白馬》、《冰之眼》、《射日》、《貓夢街》、《九州‧終末之章》。

及至 2010 的年度精選，編者專門於集首發佈了《光榮與夢想──中國原創奇幻文學十年回眸》。這一年收錄了《天與火》（燕壘生）、《最後的夏日幻想》（潘海天）、《醍醐堂記》（三醍醐）、《閣樓上的天光貓》（本少爺）、《月葬河》（檀潗）、《壯志淩雲》（王文浩）、《蜜蜂失蹤案》（Bruceyew）、《夜行者》（羅塞邁）、《夸父紀行‧殤之卷》（狙擊王）、《鐘錶匠（外一則）》（白亞）、《海底監獄》（于意雲）。2011～2013 年，精選集收錄的範圍擴大了，除了之前主要關注《九州幻想》和《飛‧奇幻世界》兩大期刊之外，收錄作品也考慮了《新幻界》、《阿飛幻想》等幻想文學期刊以及單行本正式出版物。2013 年就收錄了《詭迹獸》（馬伯庸）、《春惑》（燕壘生）、《破夢之翼》（goodnight 小青）、《鬥龍之夜》（于意雲）、《完美天賦》（米澤）、《陰謀論故事》（拍耳朵）、《鬼狐夜話》（射覆）、《貓路過》（冥靈）、《綠林前記》（舒飛廉）、《九州‧無缺》（荊澤曉）。

十年的追蹤，集中回顧性分析一下，可以發現，不少幻想小說作家從未放棄幻想創作理想，有的比較統一地保持了鮮明的個人風格，給中國幻想文學的類型化和本土化發展融入個性，最重要的是他們始終堅守在幻想小說創作領域，這種堅持成爲構築本土幻想園地最爲可貴的品質。

比如本少爺就特別擅長寫中式傳奇故事，其作品素材多來源於傳統神話傳說典籍。還如 2010 年結集出版 17 萬字《綠林記》的作者鄭保純，筆名舒

飛廉、木劍客。身兼作家、主編兩種身份的他現爲今古傳奇報刊集團所屬的《今古傳奇武俠版》雜誌社社長、主編，曾出版過隨筆散文集《飛廉的村莊》，2008 年當選中國期刊十大新銳主編之一。有人按照出刊時間梳理了《綠林記》中諸篇的信息：《登月記》（《恐龍‧九州幻想》2006 年 4 月刊「太陽號」），《洞庭記》（《恐龍‧九州幻想》2006 年 12 月刊「紫宸」），《金驢記》（《飛‧奇幻世界》2008 年增刊），《浮舟記》（《南葉‧幻想縱橫》2008 年 10 月刊），《木蘭記》（以《1066 年的母系氏族》爲題刊於《九州幻想‧七瓣蓮》2008 年 10 月），《綠林記》（《飛‧奇幻世界》2009 年增刊）。

　　《綠林記》結集後，被多位知名幻想圈內或圈外作家推薦。它被稱作舒飛廉繼《飛廉的村莊》超越武俠與幻想的邊界的新作，一發表就感動了《今古傳奇‧武俠版》、《九州幻想》、《飛‧奇幻世界》的大批讀者。兩位作協主席方方和陳村，三位文學教授謝有順、湯哲聲、韓雲波；十位暢銷作家蔡駿、滄月、江南、步非煙、小椴、鳳歌、樹下野狐、潘海天、飛花、時未寒聯袂推薦。在圖書出版推介中，此作品被拿來與王小波的作品相比，還被認爲是繼承了王小波風格。不僅如此，還從敘事手法和文學理論的高度對之進行了評價：「王小波以『豪俠小說』復興唐傳奇，《綠林記》是舒飛廉以『綠林小說』復興宋話本的嘗試。舒飛廉受到符號學與結構主義影響，努力將中國的古典語感，與後現代主義的敘事與觀念交匯，作品呈現出近乎帕慕克、埃科、卡爾維諾等西方作家的先鋒品質，代表著國內由類型文學、傳統敘事領域向新文學探求的努力。」〔註 14〕

　　蔡駿在爲《綠林記》作序時，在其博客中大大激賞了一番：「《綠林記》，飛廉精華之集大成者，載《浮舟記》、《洞庭記》、《金驢記》、《連瑣記》、《龍宮記》、《綠林記》、《登月記》、《木蘭記》諸篇。飛廉自謂取材唐傳奇、《金瓶梅》、《閱微草堂筆記》、《聊齋誌異》、《山海經》諸奇文，甚及古羅馬阿普列尤斯《金驢記》。然余觀之，皆遙遙脫出原典之枷，而龍飛於九天之外，非凡夫俗子能及。君不見，帝王將相，販夫走卒，儒法釋道，中西聖賢，盡能信手拈來。君不聞，堂前屋後，飛禽走獸，湖海山川，日月星辰，皆可率性運籌。

　　試舉一例——

　　那胡塞爾的一雙碧眼，也是越睜越大，他命海德格起身，坐到他身邊，

〔註 14〕見 http://yuedu.baidu.com/subject/bd93a7ea998fcc22bcd10db4。

對他講道：「爲師癡迷現象學，終生與象爲伍，無非是摸象、騎象、殺象、想像，此象非彼象，無非是死象，爲師亦非師，無非是象奴而已。這空山大師，以驢爲徒，超越宇宙執見，衝出物我狃識，我也頗受啓發。咱們回大秦以後，當解放象園，我即是象，象即是我，以我象入他象，方可破除心障，我們的現象學，也不會被中原之武功邊緣化。幸甚至哉，歌以詠驢啊，我們不遠萬里，來到野葫蘆寺，今夜必將成爲現象學派最爲重要的一個晚上。」

嬉笑怒罵皆成文章，看似遊戲，實涵至理！Ｎ年之前，余讀古人王小波之小說，最愛《夜行記》，今讀舒飛廉之《綠林記》，方才醒悟：小波黃泉之下，已傳衣缽於飛廉！

古人王小波，今人舒飛廉，「古今多少事，都付笑談中」。〔註15〕

與此同時，中國奇幻文學圈無人不知的「九州」創作團體與新世界出版社聯合出版了一系列「九州」系列小說，目前已經出版了近十部作品，它們是江南的《縹緲錄》（Ⅰ、Ⅱ、Ⅲ、Ⅳ、Ⅴ、Ⅵ）系列、《龍族》（Ⅰ、Ⅱ、Ⅲ）、《蝴蝶風暴》，今何在的《羽傳說》、《海上牧雲記》，蕭如瑟的《織羅》、《斛珠夫人》，斬鞍的《朱顏記》、《秋林箭》，潘海天的《白雀神龜》、《鐵浮圖》，以及唐缺的《英雄》、《星痕》、《雲之彼岸》、《龍痕》、《登雲》、《輪迴之悷》、《龍淵》、《魅靈之書》、《喪亂之瞳》、《戲中人》、《黑暗之子》、《無盡長門》、《殤翼》等。面對精蕪交錯，數量龐大的奇幻小說創作，實現精品意識與經濟效益之間的平衡對整個出版界提出了更高的要求。在這個問題上「九州」奇幻系列完全可以列居目前中國奇幻文學出版的重量級別。

除了上述單行本之外，大量的「九州」題材幻想小說主要集中在《九州幻想》和《九州志》這兩類素有淵源的期刊上。最初「九州」幻想小說刊登在《科幻世界‧奇幻版》以及後來的《奇幻世界》上，之後脫離《奇幻世界》。江南、潘海天、今何在等主創人員於2005年夏創刊《九州幻想》，發行了兩期試刊號後，從2005年九月正式發售，每月一期。

實際上，《九州幻想》並沒有固定的出版日期，每年發行情況都有不同。像2005創刊那年就發行了六期：破軍號（7月試刊號）、貪狼號（8月）、巨門號（9月正式創刊）、密羅號（10月）、北辰號（11月）、印池號（12月）；2006年最全，每月一期共12本：寰化號（1月）、歲正號（2月）、明月號（3月）、太陽號（4月）、互白號（5月）、裂章號（6月）、鬱非號（7月）、暗月

〔註15〕見蔡駿博客 http://caijun-vip.blog.163.com/blog/static/136193711201001 64341290/。

號（8 月）、休彤號（9 月）、塡壑號（10 月）、谷玄號（11 月）、紫宸號（12 月）。之後，期數開始不定，如 2007 年 10 本：1 月號（無名稱）、2 月號（無名稱）、3 月號（無名稱）、4 月號（無名稱）、5 月號（無名稱）、6 月號（無名稱）、暑期合刊（7～8 月）、九月風華（9 月）、十月流金（10 月）、烽火燎原（11 月）；2008 年 8 本歲正盛典、兩生花、三春暉、四時好、五湖煙、六橋柳、七瓣蓮、八月槎；2009 年 7 本：立春號（1 月）、驚蟄號（2 月）、九州幻想‧四年精選集、九張機（9 月）、十日錦（10 月）、十一光年（11 月）、鳳麟之書（又名十二城記 12 月）；2010 年 10 本：賣書鐵券（1～2 月）、鐵三角（3 月）、魚人節（4 月）、悟空號（5 月）、飛屋號（6 月）、在希望的田野上（7 月）、太陽照常升起（8 月）、天空之城（9 月）、風與花的秋天（10 月）、一意之行（11～12 月）；2011 年 7 本：荒原守望（4 月）、朱庇特（5 月）、美人醉（6 月）、任平生（9 月）、青之界（10 月）、火之舞（11 月）、夜之嵐（12 月）；2012 年 2 本：鐵甲依然、衣上征塵；2013 年 6 本：鋒芒畢露（7 月電子刊）、花重錦城（8 月電子刊）、擊劍酣歌（9 月電子刊）、暗裏韶光（10 月電子刊）、獨釣寒江（11 月電子刊）、碣石滄海（12 月電子刊）。

　　至於《九州志》則又是在《九州幻想》基礎上衍生出來的又一種重要「九州」刊物。2007 年，「九州」創始人之一的江南，與另兩位創始人今何在、潘海天，因在理念上產生分歧，江南離開《九州幻想》雜誌，而創辦《幻想 1 ＋1》，《幻想 1＋1》後改名爲《幻想縱橫》。《幻想縱橫》停刊後，江南帶領團隊開始打造以歷史設定爲主的《九州志》。《九州幻想》則由潘海天、今何在編輯，繼續發行。

　　2007 年至 2010 年間，《九州志》不定期發行，以書代刊的形式，按照系列發佈了三季。其中第一季爲「獅牙之卷」，共三冊，完成「風炎時期」的世界觀設計。第二季爲「葵花之卷」，分六冊出齊，完成的是葵花王朝的歷史設計，並提供特定歷史環境下的九州主題小說。第三季爲「啓示之卷」，分五冊，由「復仇的姬武神」、「豹與狼」、「白虎的崛起」、「獅子咆哮」和「蜂蛇暗影」組成。之後，《九州志》以月刊的形式，重新編號，連續出版了 31 卷，從 2011 年 3 月直至 2014 年 2 月。其掌門人江南在 2011 年 3 月第一卷「卷首語」中說的：「這是我們做《九州志》的初衷，我們要設計一個世界，浩瀚博大，我們仗劍策馬奔馳在黃土之上青天之下，年少飛揚。《九州志》有點像《指環王》。托爾金創作《指環王》，是想爲英國創造一部神話。《九州志》則用中國歷史

和上古神話為筋骨，要創造一個從未真正出現，卻極其真實、透著地道中國味的世界。」〔註16〕據悉，《九州志》的出版將暫告一個段落，但是回顧主創人員的分分合合，辦刊過程的起起伏伏，展開一大摞《九州志》，這個第二世界已經活生生地存在了。它活在字裏行間，活在讀者的精神世界，還活在致力於幻界構築的本土作家的夢中、筆尖。

當然，中國奇幻文學並不僅僅只有以奇幻作品為主體的期刊也層出不窮，其中影響最廣，發行量最大的第一品牌當屬成都科幻世界雜誌社出版的《飛·奇幻世界》。科幻世界雜誌社在全國發行量最大的科幻文學期刊——《科幻世界》的基礎上，於 2003 年新刊了《飛·奇幻世界》。此雜誌推出後僅四年的時間，就廣受讀者好評，被眾多奇幻作者和讀者認為是代表國內原創奇幻小說最高水平的雜誌。傳統科幻創作陣地在新時期向奇幻創作陣地的退守，一方面說明奇幻創作的來勢迅猛，另一方面則為科幻與奇幻作品共存提供了一種模式。

2007 年第三期的《飛·奇幻世界》上的《市場新概念：奇幻雜誌》一文就專門針對奇幻雜誌大興現象提出了中肯的評價。參考此文提到的部分雜誌，結合目前的實際情況，現在市場上的主要奇幻文學雜誌呈現著一個明顯的梯級方陣：《飛·奇幻世界》和《今古傳奇·奇幻版》屬於第一梯隊。它們在奇幻出版界的地位與雜誌的經濟實力以及存在年份的長短不無關係，但關鍵還在於它們周圍會聚了目前奇幻文學創作水平最高的作者群。主流奇幻作家們的力作以及奇幻創作圈的最新動態都可以通過這兩份雜誌第一時間傳遞出來。

不過，2013 年 5 月 20 日這天，科幻世界雜誌社和《飛·奇幻世界》雜誌社於同日發佈《飛·奇幻世界》的停刊聲明。科幻世界雜誌社的聲明比較簡潔，直接宣佈：「經科幻世界雜誌社社委會研究決定，《飛·奇幻世界》出刊至 2013 年第 6 期後停刊。……」。《飛·奇幻世界》的「《飛》編輯部關於停刊的說明」則更令觀者唏噓：「經科幻世界雜誌社社委會研究決定，2003 年 12 月創刊的《飛·奇幻世界》出刊至 2013 年第 6 期後停刊，總計出版 117 期（含增刊）。感謝廣大作者和讀者多年來對《飛·奇幻世界》的關注和支持，很抱歉不能繼續陪大家飛下去。《飛·奇幻世界》是中國大陸最早的專業奇幻

〔註16〕江南主編，《九州志·龍淵繪卷》（總第 001 輯），武漢：長江出版社，2011 年 3 月。

期刊之一。十年來，《飛・奇幻世界》發掘了一大批極具實力的奇幻作者，吸引了眾多讀者關注和熱愛奇幻文學。在廣大作者、讀者的支持下，《飛・奇幻世界》和其他奇幻期刊一起，共同掀起了原創奇幻文學創作出版熱潮，共同使原創奇幻文學成為當代文學中不可忽視的重要分支。《飛・奇幻世界》的停刊，是老派專業奇幻期刊的全面落幕，讓人遺憾；但另一方面，今天的奇幻文學已經擁有了廣泛的作者和讀者基礎，並受到了社會各界的廣泛關注和接受，奇幻文學創作也已經得到了長足發展。我們堅信：一種或者幾種奇幻期刊的停刊，絕不能停止中國原創奇幻文學發展的腳步，奇幻文學必將以更多彩的形態出現在更多各種類型的期刊以及期刊之外的更多媒介上。……」

　　《新京報》的記者曾經撰文探討停刊的真實原因，得出的結論是：根本上還是因為市場問題。由於網絡平臺的開發、智慧手機的廣泛運用，雜誌的出版機制已經跟不上市場腳步。寫作者與閱讀者都在從傳統出版平臺上流失。「《飛・奇幻世界》停刊並非個案。之前停刊的知名奇幻雜誌還有《今古傳奇・奇幻版》、《九州幻想》等。探究原因，曾任《今古傳奇・武俠版》主編的鄭保純說：『奇幻文化越來越多地以網遊、影視、動漫等產品形式展現，奇幻小說越來越多地發佈在手機、計算機等介質上。傳統紙媒的奇幻小說雜誌，車不多以一個月為周期向讀者發佈小說，徹底失去競爭力』。」〔註17〕

　　一個陪伴幻迷十年的老牌雜誌的停刊必然會引起傷感和惋惜，但從另一個角度來看，這並不在宣告本土奇幻文學的終結。相反，十幾年前通過網絡走進人們文學審美體驗的幻想小說，一度以從網絡走向傳統出版平臺為榮。那時候，得到出版社和雜誌社推介成為幻界人士獲得承認的標誌。時至今日，網絡持續發力，在高科技智慧客戶端席卷之勢下，不止傳統出版業，所有傳統運營的模式，甚至工作、生活模式都面臨挑戰。大可不必對幻想類紙質期刊的停辦唉聲歎氣。因為這連轉移陣地都算不上，實際應該是向網絡、高科技新媒介再靠近的一種回歸。只不過這次的回歸對象，經過十幾年鍛造磨煉，早已成為一支身量龐大的幻想大軍，不再是當年不為主流文界正視的散兵遊勇了。

〔註17〕　《中國老牌奇幻期刊全面落幕》，載《新京報》2013 年 5 月 23 日。參見新京報網 http://www.bjnews.com.cn/ent/2013/05/23/265077.html。

第三節　奇幻主題學術研究

　　對於中國奇幻小說現象，目前已經有不少研究者或作家紛紛對此表達了各自的見解，甚至進行了細緻的研究。孔慶東在《中國科幻小說概說》一文中〔註 18〕認爲科幻小說以科學爲對象和線索進行幻想並構成重要內容。中國古代神話中的幻想表現爲以創造發明手段提高生活質量的「技術願望」，西方文學的幻想反映對理想生活的嚮往和對廣闊世界的探索願望。世界科幻小說由早期三大師奠基，於 1940 年代形成「黃金時代」，並經歷了從新浪潮到賽伯朋克的發展迎來更加紛紜繁複的前景。

　　中國科幻小說經由近現代的開拓，建國後形成第一個創作高潮，新時期進入第二個發展階段，1990 年代新生代科幻作家崛起，同時臺灣科幻小說隊伍走向成熟。黃易發明了一種「玄幻小說」，力圖結合科學與玄學。這就說明，黃易的玄幻小說中，「科玄」結合的特點已經有學者在當時就看到了，不過因爲所論的主要議題是中國科幻小說，僅僅是一筆帶過。至於黃易以外，具有其它特點的當代奇幻作品則完全沒有提及。

　　在《玄幻小說：二十一世紀神魔的重生》一文中〔註 19〕，作者認爲玄幻文學在西方興起於十九世紀，以托爾金的《魔戒之王》爲標誌，經歷百年發展，所以有今天《龍槍》系列的輝煌。中國的哲學思想爲「入世說」，代表作品是世情小說，與奇幻小說的指導原則大相徑庭。奇幻小說雖然因爲中國年輕人的熱衷而興起，但是先天水土不服。很明顯，他將中國奇幻小說的成因歸於西方影響，實際上忽略了中國傳統文學創作中神魔、傳奇、鬼怪等幻想類作品存在的事實，也沒有看到中國傳統哲學思想中「出世」的一面。

　　著名科普作家葉永烈同樣關心當今網上風靡的奇幻小說。他個人一貫提倡青少年讀科幻小說，因爲科幻文學不僅更激發想像力，還有利於科學知識的學習。不過他同時認爲奇幻小說只要堅持走健康的文化路線，在中國必定具有廣闊的前景。2005 年 8 月 3 日的《中華讀書報》上就刊登了他的「奇幻熱、玄幻熱和科幻文學」的文章。

　　李陀、蘇煒在《新的可能性：想像力、浪漫主義、遊戲性及其他——關於〈迷谷〉和〈米調〉的對話》〔註 20〕中批評至九十年代，文學創作中現實

〔註 18〕孔慶東：《中國科幻小說概說》，《涪陵師範學院學報》2003 年第 3 期。
〔註 19〕遙遠：《玄幻小說：二十一世紀神魔的重生》，《中文自修》2004 年第 10 期。
〔註 20〕李陀、蘇煒：《新的可能性：想像力、浪漫主義、遊戲性及其他——關於〈迷

主義演化爲一種更「白」、更平庸的寫實主義，而且在一定意義上，簡直成了當代寫作的統治性的觀念，同時提出在網絡寫作中的武俠小說和奇幻小說卻沒有落入平庸寫實主義的窠臼。可以看出兩位作者對充滿想像力的文學創作的呼喚與推崇。

　　葉祝弟在《奇幻小說的誕生及創作進展》〔註 21〕中認爲奇幻小說在中國的興起是近一兩年才有的事情。確切地說，《哈利波特》和《魔戒》的風靡，以及相關中譯本西方奇幻書籍的出版帶動了奇幻作品的升溫。葉祝第認爲目前對奇幻小說還沒有公認的定義，奇幻小說的創作和研究主要在網絡上，正統文學理論批評界還少有人認可這種小說類型。如何給奇幻小說一個界定？他個人覺得可以從「奇」和「幻」這兩個字入手。

　　廣義地說，那些以通過非現實虛構描摹奇崛的幻想世界，展示心靈的想像力，表達生命理想的文學作品，都可以稱之爲奇幻文學。狹義上講，奇幻小說是集科、魔、玄等小說技法於一體，又創造了獨特的新體式的小說類型。

　　可以說，這篇論文爲完整認識神魔－科幻－玄幻－奇幻小說概念在當代的演變與發展有一定的幫助，但同時也存在著認識上的錯誤。很明顯，作者在縮短了中國奇幻小說存在歷史的同時，將奇幻小說視爲西方影響下的空降部隊。這樣的論點無疑割斷了來自本土的實際創作傳統。另外，他對奇幻文學在狹義上的界定，偏於技法，忽視了各類型文學樣式，尤其是上述幻想類文學體裁中的共通性與特異性是共存的。當談到概念的時候，我們更應該突出的是文學類型的特異性。

　　以研究武俠小說和俠文化精神著稱的韓雲波是較早從正面肯定並對奇幻小說中體現出的文化特質進行歸納的當代學者。在他的研究中經常將奇幻小說與武俠小說這兩種文學樣式放在一起進行比較。

　　他的《大陸新武俠和東方奇幻中的「新神話主義」》一文，將上世紀七十年代被提出來的「新神話主義」概念運用到新武俠小說和奇幻小說的文本解讀，挖掘出奇幻作品中表現的「『世界是什麼』的狂歡化思考」〔註22〕。這篇文章涉及的奇幻小說文本並不多，但是事實證明「新神話主義」文化思潮對

　　谷〉和〈米調〉的對話》，《當代作家評論》2005 年第 3 期。
〔註21〕葉祝弟：《奇幻小說的誕生及創作進展》，《小說評論》2004 年第 4 期。
〔註22〕韓雲波：《大陸新武俠和東方奇幻中的『新神話主義』》，《西南師範大學學報》（人文社會科學版）2005 年第 31 卷第 5 期。

中國奇幻小說創作的滲透是明顯的，甚至逐漸成爲中式奇幻主題上起支配性地位的文化表徵。

新神話主義概念的興起是上世紀科學主義受到動搖，後現代理論大行其道這一條世界文化思潮的主幹上分離出的支流。它與上世紀其它文化思潮一起彙入二十世紀以來世界文化思潮的大語境之中。

也有研究者嘗試著用文學史研究中常用的階段劃分來爲中國奇幻小說分期。《網絡小說中的一枝奇葩──中國網絡玄幻小說的興起及現狀初探》〔註23〕中將 2001～2002 年劃爲奇幻小說模仿階段，2003～2004 年爲本土創作階段，而目前經歷的就是大玄幻階段。先不談年輕的中國奇幻小說從擺脫單純外來影響開始呈現自身特色所經歷的時間本身就很短，分期研究的思路還爲時過早。僅就高冰峰的劃分而言，用嚴格的起始時間進行機械的割裂，很明顯沒有從奇幻創作的實際出發，同時在時間點的確認上也顯得簡單粗糙，有失準確。

在 2007 年之前，以「玄幻」或「奇幻」小說爲主題的博碩士論文比較少。只有三篇碩士論文。第一篇名爲《文化交融與幻想空間中的眾聲喧囂──論中國網絡「玄幻小說」中的文化交融、改造與承傳》（西南大學，陳東，2005 年）。陳東在論文中提出，近幾年的網絡上，大量以「玄幻」小說爲名的幻想類作品不斷地湧現出來，成爲了一個頗爲醒目的文學現象。他認爲玄幻小說產生前的中國網絡幻想小說本是網絡文學中的邊緣文類，以電腦遊戲爲主。

此論文對網絡幻想小說的發展及網絡「玄幻小說」的產生、發展、分類、含義進行了梳理。對前幻想時期的電腦遊戲小說產生的原因，對模仿西方現代奇幻創作的網絡玄幻小說中出現的異域文化的誤讀與改造問題、黑社會題材類對中國武俠文化與傳統民族文化心理的傳承問題、神怪類小說對西方神怪文化的改造與融合及對中國傳統神怪文化的傳承問題這四大問題進行了一些研究。實際上，此文僅集中討論了玄幻小說潮與電腦遊戲的關係，沒有深刻闡釋玄幻小說產生的多元文化因素。在按題材劃分現存的玄幻小說類型時，還有界限重疊的現象。

另一篇碩士論文是《數字化時代的「魔幻風潮」探析──以〈哈利·波

〔註23〕高冰鋒：《網絡小說中的一枝奇葩──中國網絡玄幻小說的興起及現狀初探》，《承德職業學院學報》2006 年第 4 期。

特〉、〈魔戒〉為個案》（山東師範大學，段新莉 2006 年）。此文以信息化、數字化時代為背景。高科技的發展、電子計算機的發明和運用、多媒體網絡的逐漸普及、信息高速公路的建立，使一個擁有 60 億人口的世界逐漸變成了一個「地球村」。信息化、數字化技術的高速發展是人類社會走向現代文明的重要標誌。然而就在這樣一個現代科技高度發達的數字化時代，卻掀起了一股全球範圍內的「魔幻風潮」。那麼產生這股「魔幻風潮」的根源是什麼，現代魔幻小說究竟指的是什麼樣的文學類型，又有著怎樣獨特的審美魅力，它對我們文學的發展與研究有何啟示呢？

對於以上問題，此文進行了初步探析。在簡要介紹關於現代「魔幻風潮」在全球興起的基本情況、現代「魔幻風潮」的研究現狀基礎上，對現代魔幻小說的內涵，這一目前國內的學術界還沒有公認的概念，進行了嘗試性的概括。嚴格地說，後一篇碩士論文並未涉及本土奇幻小說，但是，在中國奇幻小說眾多成因中，西方魔幻小說的確起到過推進劑的作用，因此結合該文對《哈利·波特》和《魔戒》的個案分析，對思考中國奇幻小說的西方影響問題有一定的參考價值。

第三篇是華中科技大學趙星《當代中國玄幻小說粗窺》（2006 年）。此文對包括已出版發行或者於期刊雜誌正式發表的中國當代玄幻小說進行的整體觀照，對其具有代表性的文本進行分析。

不過，到了 2007 年中旬，一批相關的碩士論文集中出現了。本土奇幻文學現象，網絡與奇幻文學的關係以及西方經典奇幻小說文本研究分別成為這些學術論文的中心議題。蘭州大學姜貴珍的《大陸奇幻小說概論》將大陸奇幻小說與西方奇幻小說和港臺奇幻相區別，通過對西方奇幻文學的溯源試圖釐清大陸奇幻小說的定義，提出了為大陸奇幻小說正名的迫切願望，並嘗試說明採用「奇幻」一詞作為此類文學總名稱的緣由。雖然，此篇論文對大陸奇幻小說近十年的發展脈絡和代表作家進行的梳理略顯簡單，但是卻已將大致的線索和相關人物譜系清晰呈現出來了。

吉林大學孫小淇的《論網絡玄幻小說》和西南大學高冰鋒的《網絡玄幻小說初探》則集中將網絡設置為中國奇幻小說傳播和興起的重要背景。另外，東北師大王璐的《〈魔戒〉中的基本衝突初探》，吉林大學刑晉的《〈魔戒之王〉的原型分析》，湖南師範大學李涵的《從系統理論的角度比較〈指環王〉的兩個中文譯本》則分別以西方奇幻代表小說《魔戒》為主題進行不同

角度的研究。很明顯，奇幻小說和相關文學現象已經日益受到研究者們的關注了。

2007 年後，以中國玄幻或奇幻小說爲題名的碩論文有南昌大學周淑蘭的《文學人類學視域下的中國當代奇幻小說》（2008 年）；蘇州大學衛婷《網絡傳媒中的中國玄幻武俠文化》（2008 年）；四川師範大學趙秋陽《中國當代網絡玄幻小說研究》（2008 年）；首都師範大學劉保鋒《中國當代玄幻小說與文化思潮研究——以蕭鼎的小說研究爲例》（2008 年）；蘇州大學鞏亞男《中國當代奇幻小說研究》（2009 年）；山東大學王海軍《接受美學視角下的網絡玄幻小說發展研究》（2010 年）；延邊大學陳飛《〈山海經〉神話形象與當代中國網絡玄幻小說研究》（2010 年）；南京師範大學游傑《試論玄幻小說及其審美價值》（2011 年）；湘潭大學王珂《網絡玄幻小說受眾分析》（2011 年）；暨南大學徐熙《互文性視野下的網絡玄幻小說形象研究》（2012 年）內蒙古師範大學許聞君《論網絡文學中的「玄幻」小說》（2012 年）；華東師範大學馬寧《當代中國流行文化生態研究——以網絡玄幻小說爲中心的考察》（2012 年）；湖南大學陳怡辰《新世紀中國玄幻小說敘事研究》（2012 年）；齊齊哈爾大學任豔麗《網絡玄幻小說研究》（2013 年）；河南師範大學高雲《高中生網絡玄幻小說閱讀現象及策略研究》（2014 年）。

2007 年 8 月 24～30 日在成都召開了「2007 中國（成都）國際科幻・奇幻大會」，這是繼十年前北京國際科幻大會之後的又一次幻想文學盛會。奇幻文學被首次列到與科幻齊平的醒目位置。以「科學・幻想・未來」爲主題的大會最引人注目的地方就是舉行了一場幻想文學高峰論壇和 23 場主題報告會。

與奇幻創作有直接關係的報告會有四場。雖然在絕對數量上還遠遠不能跟科幻主題的報告會相比，但這絕對是到目前爲止，中國奇幻小說獲得公開承認，取得獨立地位的第一次。這四場主題報告分別是三位中國奇幻女作家佘慧敏、東海龍女、冰石吉它一同暢談「本土奇幻與武俠之間的淵源」；英國著名奇幻作家尼爾・蓋曼的「蓋曼論奇幻」，中國奇幻作家今何在、文舟、鳳凰談「中國架空，路在何方？」以及中國科幻作家陳楸帆的「現實・超越・想像」。

綜合以上這些報告會，有一個很有意義的信息傳達給了我們：在科幻創作備受衝擊的今天，西方奇幻、本土奇幻已經逐漸走出了簡單的影響與被影

響的階段。在諸如科幻、武俠等傳統類型文學自我反思的同時，中國奇幻創作的主力軍已經開始了自覺的反省，並有意識地提高自身的創作要求。年輕的中國奇幻文學正在經歷著可喜的由內而外的意識覺醒。

以第一場報告爲例，佘慧敏（《身爲一個美人魚》、《揚州鬼》作者）、東海龍女（《女夷列傳》、《東海龍宮》、《妖之傳奇》作者）、冰石吉它（《冰中的火焰》、《情殤》作者）分別介紹了各自的奇幻創作歷程和心態。

其中，東海龍女的發言圍繞文學語言和小說文體特徵這一個傳統話題，以一位奇幻作家的身份客觀剖析外界對奇幻小說粗製濫造風氣的批評。她從切身體驗出發，認爲一部小說的眞正魅力是「情節」與「語言」。兩者就像「樹幹」與「花葉」一樣相得益彰。她承認尤其是語言，說得明確一點就是文采問題。許多粗製濫造的奇幻作品連起碼的文學語言問題都沒有解決。對中國古典文學一貫傾心的她用「音律與意象的完美結合」來形容漢語得以煥發魅力的根本原因，並認爲「文學是一部用字來表達的電影」。

她對目前網絡上大量出現的「穿越」、「宮廷」爲主題的奇幻小說在語言的錘鍊上提出質疑，甚至對「玄幻小說」概念的提出人黃易先生的文筆提出批評。她在肯定黃易作品豐富想像力、引人入勝的情節之餘，著重批評其在語言節奏處理、文筆錘鍊等方面的粗糙簡陋。這裡提到了流瀲紫的《後宮》在宮廷系列奇幻小說中以「氣象萬千的文字」和「蕩氣迴腸的情節」使讀者和作者都能從乏味的現實世界進入奇幻世界。

東海龍女的發言可以顯示奇幻創作圈中從粗放到精細的轉變，從量的積累到質的提升這樣一個趨勢。很明顯，目前有相當一部分寫作者已經自覺地從文學性角度考慮此類型文學作品若要在藝術上獲得持久魅力所需要的元素。

在「科幻・奇幻」大會舉辦期間，會務方還安排了多場讀者見面會。當前中國奇幻小說一線作家、編輯都出現在見面會現場。除了上文提及的公開作報告、撰寫論文的作家之外，還有《飛・奇幻世界》的編輯拉茲，其他原創寫作者楚惜刀（代表作《魅生》系列）、阿弩（代表作《朔風飛揚》）、秋風清（代表作《西陵闕》）、楊叛（代表作《中國 A 組》）、冥靈（代表作《夢神》）、本少爺（代表作《江湖異聞錄》）、荊洚曉（代表作《漢魂騎士》）、夏笳（代表作《逆旅》）、柳隱溪（代表作《山鬼》）、小青（代表作《變身吧！龍貓》）等。

　　2007 年國際「科幻‧奇幻」大會爲中國奇幻文學創作帶來了非凡的契機，並使得所有關注、熱愛中國奇幻文學創作的人都能深切感受到：一方面讓世人進一步瞭解中國奇幻創作現狀，總結它前段所走過的道路；另一方面給中國奇幻創作的未來提出了更高的要求，指明了壓力與動力的同時存在。

第三章　科幻與奇幻：雙姝共生之態

第一節　「大幻想」天空下的聚首

　　2014 年，中國社會科學院研究生院全南玧完成了他的博士論文《中國現當代幻想文學研究》，試圖從整體上研究本土大幻想世界的歷史、現在和未來。論文搜集整理了中國現當代文學中的幻想文學作品和研究資料，通過論述幻想文學的定義和價值以及海外幻想文學的創作情況，勾勒出此類型小說的創作歷史和基本特徵。論文首先介紹以兒童文學家爲主導的中國大陸對幻想文學研究的歷史狀況，再梳理中國古代文學早已有幻想文學傳統，即從《山海經》到明清神魔小說的古代幻想文學的發展脈絡，將中國現代幻想文學分成寓言體、神話體、志怪體三種類型。通過具體作品，分析萌芽期的中國現代幻想小說所具有的基本特徵。並關注 20 世紀 80 年代到 90 年代中國幻想文學在成長期的發展情況，並追蹤 2000 年後中國當代幻想小說的發展狀況與出版傳播。

　　單純從文學史研究角度出發，「新世紀以來的中國文學，無論是文壇格局，寫作策略，閱讀方式，作家姿態還是對作家的要求，都發生了很大變化。文學空間的複雜性已經超出以往文學史的領域。新世紀文學形成尚未清晰的文學史線索，缺乏明確的動力，找不到邏輯遞進關係，這也造成了我們對其進行文學史價值判斷的艱難。」〔註1〕而中國幻想文學在世紀之交的文學天地間，其呈現出的複雜特性以及尚未定型的現狀爲文學研究者提供了生動

〔註 1〕　白燁：《當代文學研究兩題》，《南方論壇》2006 年第 2 期。

的觀察面。

就事實而論，中國當代幻想小說的出現和火爆完全可以印證文學世界在新世紀呈現出來的複雜景象，而文學世界的複雜性與外在於文學領域的現實世界的複雜性往往緊密交織在一起。它們相互影響，彼此溝通。

就文學本身價值而言，若想從文學史角度對中國當代幻想小說進行徹底梳理也的確爲時尚早。文學評論家，文學史研究者們看到了新世紀文學的多元性，感到宏觀上可把握的文學圖景目前還有一定困難，這是很容易理解的。畢竟二十一世紀的中國，幻想文學在不到二十年的時間裏，就像蜷縮的四肢還未充分伸展，甚至連整體輪廓還沒有完全顯露。不過，從微觀上講，各類文學創作的確有了相當的發展。某些具體文學類型之中，甚至出現了巔峰之作。比如本土幻想文學中的奇幻創作從萌芽學步，到日趨成熟，一路走來，已經積累了大量可供研究的原始材料，完全具備提供深入研究，甚至溝通科幻與玄幻的可行性。

劉再復曾經表示除了傳統的哲學和政治學角度，觀察文學還可以從美學、心理學、倫理學、歷史學、人類學、精神現象學等多個角度出發，「把文學作品看作複雜的、豐富的人生整體展示，這樣就用有機整體觀念代替了機械整體觀念，用多向的、多維聯繫的思維代替單向的、線性因果聯繫的思維」。〔註2〕多角度審視文學作品，開拓解讀思路對於透徹研究具體文學作品是很有必要的。

創作和接受主體的心理積累、文化思維習慣、時代背景以及文學內在規律等因素共同影響著文學現象所呈現出來的面貌。中國幻想小說於當下的火爆、新變與融合同樣通過了相當的積累才能呈現出來。二十世紀是一個變動不居、思想活躍的世紀。對十七世紀以來形成的科學理性觀念的全盤接納或拒絕排斥兩種對立態度以及處於兩者之間的審慎反思態度都影響著包括宗教、哲學、文學在內的人文學科的發展進程，滲透到貫穿其中、大大小小的分流和轉向。

科學理性支配的世界取代神的世界之後並非一勞永逸地牢牢處於支配地位，尤其是後現代主義思潮將可能性、多元化最大限度地放大之後，更是爲此話題得以繼續提供強大的精神力量和理論支持。直接影響到文學領域中最

〔註2〕 中國社科院文學研究所編：《文學思維空間的拓展》，北京：工人出版社出版，1988年版，第3～4頁。

有代表性的例子當數魔幻現實主義小說的出現了。這正是堅持寫實和理性的文學傳統自身所做的調整。不過，將神秘、虛玄重新召回到被現代科學主義主宰的人類意識與心理活動中，在當代中國奇幻小說之中更是被發揮得淋漓盡致。

　　曹文軒在研究中國 1980 年代文學現象的時候就在其發現的眾多新動向中提到了「大自然崇拜」、「原始主義傾向」、「浪漫主義的復歸」〔註 3〕三種傾向。雖然他論及的是當時的文學創作趨勢，在時間上與我們要談的新世紀幻想文學有距離，但是我們在通過閱讀大量此類小說文本之後竟然發現，不少科幻、奇幻作品的確無時無刻不流露著對大自然、甚至對萬物有靈的原始信仰的回歸，以及對建造一個迥異於現實世界的虛構架空世界的無比狂熱勁頭。我們不能將新世紀幻想小說跟 1980 年代的這類創作劃上等號，但是我們可以說，至少在群體意識的反映上兩者存在著明顯的相通和延續性。

　　正因為這樣，經歷了二十世紀針對科學實證主義，科學理性，物質文明廣泛而持續的反思過程之後，關注當下中國幻想文學現象的最緊要意義倒並不在於文學性和文學史價值定位上的精細化研究。中國幻想文學從內部到外圍，作為一個整體現象蘊涵著相當豐富的時代文化特質。在紛繁的時代文化細節包裹下的中國幻想文學作品所表達的意圖不約而同集中到了時代文化眾多氣質中的一個點上，這就是「科玄」當代相遇的問題。「科玄相遇」不但是話題展開的中心，還是研究的意義所在。它使散落著的、平躺著的大量中國科幻、奇幻小說以及相關現象聚合併站立了起來，並為它們提供了聚首的條件。

　　在反思科學主義、哲學思辨等等形而上重大課題，審視人類現實生存狀態，對神秘、不可知世界的包容和想像等方面中國幻想小說都進行了許多有意義的生發。就拿奇幻小說最典型的一類「架空」世界奇幻而言，「架空」的世界不但是對現實世界的有意疏遠，而且也有別於一般意義上理想王國、烏托邦的建造。在這個超於烏托邦理想的世界，不但可以看到目前人類文明輝煌的影子，還有那不可避免的黑暗與醜陋。神秘的、野蠻的、原始的、審美的各種元素都被收入「架空」世界的萬花筒中。其實，眾多幻想文學個別現象諸如形態各異的文學文本，紛繁的創作、出版、接受陣營，意義表達方面

〔註 3〕　曹文軒：《中國八十年代文學現象研究》，北京：北京大學出版社，1988 年版，第 156、175、195 頁。

的混雜等等都離不開當代「科玄」聚首的現實。

在此，首先要強調「科玄相遇」而非「科玄相爭」這樣一個前提。中國幻想文學現象表現的並不是玄學和科學非此即彼的分立對峙關係。如果說「科玄相遇」是人類文明發展的必然，「科玄相爭」就只能算是歷史偶然。人們始終沒有停止對於「科玄」關係問題的思考。上世紀科學主義受到整體反思的文化思潮之時，「科玄」相爭的事實自然不能迴避。現代化在本質上是一場社會知識的轉型，是從傳統的認知方式向科學認知方式的轉型。雖然現代型的（科學的）社會知識在歐洲和中國都與自身傳統的社會知識類型構成緊張關係，但西方人自古以來的「天人相分」的認知方式本身就與科學的認知方式是內在契合的。而中國傳統文化中「天人合一」的認知方式與現代型的知識原則存在著根本的對立。在傳統與現代的衝突中，認知方式的衝突最具根源性。也正因爲如此，我們民族在邁向現代化的道路上才會如此艱難。

新文化運動的先驅們正是看到了中國傳統文化的認知方式與現代化的激烈衝突而提出要請來「賽先生」。然而，對於一個有著五千年歷史的古老文明來說，完成這樣一個具有根源意義的轉型注定不是輕鬆順利的。1923 年在中國知識界爆發的「科玄」論戰，可以看作中國思想界對這一根源性衝突的第一次大論戰。這次論戰是歷史的必然。它的歷史使命是對傳統的認知方式進行檢討與批判，完成向科學認知方式的轉型。然而，由於論戰的雙方對於傳統文化與現代科學的理解都存在著不足，「科玄」論戰的主題常常被置換了，變成了機械科學主義與非理性主義的較量。本文在一定程度上認識到「科玄之爭」的歷史複雜性，只是更強調「科玄之爭」發生的歷史必然。事實上，從論辯雙方的言論、從當事人的背景來看，此次論爭還具有相當的主觀性與偶然性。

上世紀發生的「科玄」相爭，作爲歷史偶然既反映了對科學本身的誤讀，還表現出人們在處理「科玄關係」時慣用的單一思維模式。關於對科學概念的誤讀這一說法雖然不夠嚴密，但是可以從胡塞爾對二十世紀歐洲科學主義和海德格爾存在主義所進行的批判中一瞥科學概念本身存在著的含混性，從而進一步理解「科玄相遇」透過中國幻想文學所表現出來的獨特形態。

在胡塞爾看來，科學是一個典型的歷史概念。也就是說，隨著時代的變遷，人們對科學的界定也在發生著變化。不過，從總體上看，他認爲在古希臘時期、文藝復興時期甚至十八世紀，人們對科學的理解都還是比較全面的，

只不過到了十九世紀，實證主義科學觀佔據了支配地位，才使原本豐滿的科學概念淪為機械、狹窄的精確科學的代名詞，把原本科學與形而上學的和諧關係破壞掉了。他對近代以來對健康科學觀的扭曲和狹窄化深表不滿，還曾斷言實證主義科學觀「拒斥形而上學必然導致拒斥事實科學本身」；「拋棄作為普遍的科學的哲學的觀念將導致喪失科學研究的最內在的動力」；「拋棄理性的、普遍的哲學的理念必然導致歐洲的人性危機」。〔註4〕

　　基於這樣的理解，使得胡塞爾跟海德格爾對待科學的觀點產生了差距。前者對後者的批判也可以通過這個差異集中反映出來。跟海德格爾不同的是，胡塞爾從來沒有反對、否定科學。他真正不以為然的是實證主義一統天下的科學觀念，試圖恢復歐洲從古希臘時期就已經形成的全面而不排斥形上學的科學觀。事實上，科學陣營內部，人文學者對現代科學的反思，歷史上發生的「科玄之爭」在科學發展的整個歷程中都沒有停止過對科學究竟是什麼的追問。

　　「大幻想」天空下的聚首，在涉及中國當代奇幻文學本身存在的合理性與價值問題的同時，還深入邁進科學主義與神秘玄想交織的時代語境之中，從而獲得對於新世紀之交，幻想文學乃至全球範圍內其它生活領域中這股貌似神秘虛玄、反科學主義潮流的生成及內涵的進一步認識。除此以外，科幻與奇幻能夠各據一方，生根發芽，取決於它們相對獨立的文學品格，也符合文學創作多元化的時代趨勢。那麼科幻與奇幻能夠在同一片天空下聚首、交融，則取決於它們在思維方式上存在某個交集——那就是幻想、亦即反應人腦機能之一的想像力的存在。

　　當然，要實現聚首，還離不開二十世紀以來後現代思潮席卷下的時代背景。為了避免分析任何當下的問題都習慣先把後現代這個大帽子扣上，在這複雜的背景之中將二十世紀以來世界範圍內的對現代科學的反思傾向抽離了出來。對科學概念的回顧也是為「科玄相遇」，甚至「科玄」之間的對話與溝通成為可能找到有力的支持。在這個基礎上看待中國科幻、奇幻小說會師的合理性問題，擺脫單純的科學與反科學狹窄視野也就不再困難了。

　　不過，也正是因為當今時代科技文明獲得高度發展，先是科幻文學的低迷，後是奇幻文學以醒目的方式喧囂登場，使得對「大幻想」理念本身更加

〔註4〕　（德）埃德蒙德·胡塞爾：《歐洲科學危機和超驗現象學》，張慶熊譯，上海：上海譯文出版社，1988年版，第9～10頁。

耐人尋味。一方面，我們必須承認人類精神力量具有不可壓制的多元特徵，現代科學觀中對科學萬能的信心必將遭遇挑戰。至少，人類的精神力量既有可能化作對現存秩序或思維定勢的反思，也可以繼續人類心靈世界在回歸中生長的旅程；另一方面，曾經一廂情願堅持科學會取代甚至消滅不可知與神秘虛幻的論調，不但會受到文學創作實際情況的衝擊，如果執著於此，還會走入非此即彼的狹隘世界，更談不上正確認識兩者的本質關係。

這裡就要牽涉到心靈的學問這一人類文明的主要話題。從科學意義上說，心靈功能是人類相關臟器功能和機體循環運動的結果。在宗教中，心靈交流不約而同反映出一種實現中的人與神自由對話的願望。「人，是能夠以心靈來觀照心靈、以心靈來開悟心靈，以心靈來珍愛心靈的動物」。〔註5〕無論人類用何種方式來解讀心靈，越來越在一個根本問題上趨向一致：物質文明高度發展，科技能力顯著加強並不能與心靈能量成正比，相反，心靈間的屏障日漸彌漫，人與人真誠的交流漸行漸遠。

事實上，人類文明開始至今就從未徹底離開過神秘的氛圍。古希臘許多著名的哲學家、文學家本身就是數學家。數學在他們眼中就具有無比的神力與魔法。以數學為例，在古典科學家眼中就具有無比的神力與魔法。另外，近代法國著名的哲學家、宗教學家巴斯葛（Balise Pascal，1623～1662）還同時是一位傑出的物理學家。而現在的尖端科學，天文學更是脫胎於古代占星術。

當代英國科學家史蒂芬‧霍金在其《時間簡史》中談到科學終極目的時，認為大部分科學家通常分兩步走來解答這個問題。「首先，是一些告訴我們宇宙如何隨時間變化的定律；第二，關於宇宙初始狀態的問題」。〔註6〕霍金發現現代科學家對第二個問題往往不太熱衷，還常常將其歸於宗教、哲學的範疇。比如中國唐朝初年道士成玄英作為宗教人士在表達他對因果關係論的否定態度時就間接涉及到宇宙初始狀態，即第一推動力的問題，不過他得出的結論是不存在第一原因、第一環節，進而第一結果便「無所對待」〔註7〕，將

〔註5〕 趙士林：《心靈學問——王陽明心學》，昆明：雲南人民出版社，1997年版，第1頁。

〔註6〕 史蒂芬‧霍金：《時間簡史》，杜欣欣、許明賢、吳忠超譯，北京：商務印書館，2004年版，第16頁。

〔註7〕 盧國龍著，王志遠主編《宗教文化叢書8：道教知識百問》，高雄：佛光出版社，民80年，第60頁。

第一推動力歸於虛無。有趣的是，現代科學研究尤其是關於時空存在形態的研究卻隨著愛因斯坦廣義相對論原理的不斷被證實，諸如虛時間、時空的彎曲、宇宙形成的第一推動力等概念日益浮出水面，基礎科學研究的目光也開始向虛玄、不確定的未知世界移動。曾歸入形而上的、玄學範疇的一些探討話題也漸漸進入科學家的視野。

2006 年度最新的諾貝爾物理學獎得主美國科學家約翰·馬瑟和喬治·斯穆特就是憑藉發現了宇宙微波背景輻射的黑體形式和各向異性獲得此項殊榮的。這項發現恰巧是霍金提到的以往被忽略的關於宇宙初始狀態的基礎科學研究。因此，圍繞當代中國科幻、奇幻小說共存、相融、相衝現象，探討「科玄」在當代的相遇，重新審視兩者之間的本質關係，在瞭解這一文學新現象外部面貌的同時，又能夠透過現象，洞察這些文化成因滲入文學創作領域本身所發散出來的耀眼光暈。

「科玄」雙方在當代發生接觸之後至少會向兩大方向運動。要麼，兩者互相排斥，彼此不容；要麼，彼此糾纏，相互結合。而這兩大可能進入中國幻想小說之後表現出來的真實情形卻又並非兩兩劃分這麼簡單。所謂排斥不容，既有可能在幻想文本內外發生衝突，比如表現都市生活的奇幻小說中就充滿了「科玄」兩種思維模式和生活方式的碰撞；還有可能出現表現相對獨立狀態的作品，比如，那些致力於描繪純粹神奇世界，又或者是將故事時間設置在史前或者原始時代，有意識與現存科學理性和機械運行模式相絕緣的奇幻小說。

當然，若要嚴格地說，上面的劃分還是偏於絕對。以當代中國奇幻小說為例，從發生至今，外部諸多現象和文學作品本身體現得更多的是兩者的糾纏不清。這不是單純的排斥問題，而是一種矛盾的取捨狀態，即透露出對與現代科學理性關係密切的種種模式既有批判和厭棄的心態，又存在無法割捨的矛盾心情。更有甚者，當人們無法真正解決針對兩者情緒和認識上的矛盾時，又或者對它們有了更加超拔的認識時，「科玄」出現了一定程度的相融。兩者在某種程度上達成的和解，儘管可能出於無奈，但更多的是因為「科玄」本身就存在著可以溝通的空間。這一空間在人類自身晚近的思想發展過程中被蒙蔽，甚至被放棄了。這使得原本和諧的雙方走向了分立。

當二十世紀後現代思潮的顛覆力量動搖了從十七世紀到十九世紀居於權威地位的科學理性及以它為中心的一整套運行模式和思維方式之後，在二十

世紀最後十年間，西方世界，尤其是歐美地區掀起了魔幻、奇幻文學以及包括影視劇在內等等相關文化表現形式的熱銷傾向。西方世界的奇幻風潮是繼後現代思潮，在文學藝術方面的承續。它從神魔、宗教等神秘世界中找到了與現代科學權威相平衡，相匹配的重要資源。與此同時，通過走向現代科學的反面，努力嘗試著對被物化、異化的現代人類的精神重建。

毫無疑問，中國當代幻想小說在上世紀末的興起受到了來自西方的影響。不過，出於不同的地域、種族、文化傳統，當下中國與歐美奇幻文學在想像，表達等方面存在很多差異。早年曾出現的單純模仿也只能算是中國當代奇幻小說發展的初始階段。暫不論，全球範圍內的幻想文學在向神秘的精神世界回歸，對現代科學體制的反思上達到了怎樣的一致，在細節上體現了怎樣的差異，中國此類型作品所傳遞的信息更值得細細體味。

如果不是因爲上世紀末互聯網絡的普及，全球經濟一體化引發的世界思想文化大交流趨勢，中國當代幻想小說恐怕還不會以橫空出世的態勢來到國人面前，更不會在發生時間上與西方奇幻文學銜接得如此緊密。以互聯網爲中心的全球信息、文化交流方式和理念恰恰是科技發展、物質文明的典型代表。此事實進一步決定了中國當代幻想小說根本無法脫離「科玄相遇」後所形成的種種糾纏與矛盾。

只不過，從目前人們對中國幻想小說的認識理解以及研究評價的材料上看，將「科玄」問題與中國幻想小說綜合在一起加以審視還是一塊不曾被觸及的園地。2006 年 9 月 24 日至 29 日在華中科技大學舉行的名爲「科學與二十世紀中國文學」的研討會也沒有直接涉及當代幻想文學的話題。然而，與會的現當代文學研究者們對於科學與文學的關係問題還是大致理出三個層次。

第一層，科學之於文學（即科學對文學的影響），其中包括科學對文學創作題材、文學主體、文學生產、出版機制的影響；科學思維方式對文學創作、研究的滲透以及歷史上科學性對文學性的驅逐。

第二層，科學與文學的異同比較，即兩者內部判斷尺度的區別，科學思維與文學思維的差別；科學精神與文學精神的演變。

第三層，文學之於科學（即反作用力），學者們較多地談及文學對科學的宣傳、普及作用，對文學創作中體現出來的反思科學的精神提得不多。

儘管，在這次會議上仍然有學者將玄學與科學截然對立，將玄學等同於

反科學的蒙昧主義，將科學自近代以來取得的支配地位視為由「鬼」到「人」的勝利。但是，不管怎麼說，這次會議的中心議題：科學與文學的關係，為研究當代中國幻想文學，為驗證新世紀「科玄相遇」在文學上的反映提供了一定的參照。

看到當代「科玄相遇」在中國幻想文學中的種種投影，從文學現象入手呈現「科玄相遇」後的典型表現，探討「科玄」雙方在當下發生了怎樣的接觸，不但有助於深入瞭解中國幻想小說的內在特質與存在價值，還可以從文學的鏡象中就人類文化動向、理想中的精神力量、物質世界運行方式等終極問題的反映中得到更加直觀的啟示。

從這個意義上說，在陣營歸屬問題上，中國幻想小說既不是玄學，也不是科學在文學上的單方面表述，而是新世紀「科玄相遇」後，通過文學傳達出來的一種新的時代思維傾向。中國幻想小說本身也借助「科玄」關係所構成的視角超越了簡單的存在價值判定，擺脫了煩瑣的正名要求，而其中囊括的駁雜主題和人性話題也因此可以得到更高層面的解讀。

確切地說，當代「科玄相遇」新動向反映到中國幻想文學中，正是從科學幻想文學開始的。海德格爾曾說過：「思想之路本身隱含著神秘莫測的東西，那就是：我們能夠向前和向後踏上思想之路，甚至，返回的道路才引我們向前」〔註8〕這裡，哲學家對思想之路非線性特徵的思考，援引到當下文學現象以及思想狀態的分析中具有很大的啟示作用。如果說「科玄」之爭揭示了它們之間曾經的水火不容狀態，在當下的大幻想文學創作中，人們沒有料到，其中包含的玄想和神秘的因子恰恰是從傳統科學幻想小說中最早分離出來。

臺灣當代科幻小說家黃博英曾創作過一篇名為《飛碟夫人》〔註9〕的科幻短篇。小說的第一幕配合了柳宗元那首千古絕句「江雪」，描繪出年邁蓑笠翁獨釣寒江雪的畫面。一位從地球民國聯邦政府科技研究部退休的垂釣者「趙漢民」經常流連往返於山水之間，追尋千年前李白、杜甫的世界。儘管他的行為多少有些復古傾向，他本人也非常追求空靈的古典意境，他終究還是生活在一個科技高度發達的時代。他用來釣魚的魚竿就是先進的鐳射杆，魚兒

〔註8〕　（德）海德格爾：《在通向語言的途中》，北京：商務印書館，2004年版，第97頁。

〔註9〕　張之傑、黃海、呂應鍾：《中國當代科幻選集》，臺北：臺北星際出版社，民70年版，第290～295頁。

進入射線區域就會被捕獲。那身蓑笠也是用超級射線纖維織成的極薄極暖的高科技產品。主人公在釣魚的間隙，只要用食指一指旁邊的啤酒罐，啤酒就會形成細長的弧形酒束，直接飛入他張開的口中。

而這位孤獨垂釣者的家庭成員更是出奇，兒子墨生、妻子墨玉竟然是戰國時代墨翟的外孫和女兒。墨玉從「大同星座」上開著「兼愛號」飛碟來到他生活的星球，建造好「非攻號」飛碟後就毅然離去。兒子為了追尋母親也選擇離開了地球。當這對母子為了宇宙大同，浪迹太空的時候，趙漢民只能一邊等候他們的歸來，一邊孤獨地回味著家庭溫暖，想像著心愛的家人在遙遠星際間的穿梭。雖然這篇小說真正的議題是希望將增進全人類生活作為個體生活的最高價值追求，作者還是表露出科幻文學向原始意境、古典文明、虛幻境界的靠攏意識。作者在試圖將對科技文明的反思與對古典意境的神往兩相結合時多少流露了焦慮心態，反應到文學外觀上也有捏合痕迹，略顯簡單粗糙。雖然，高科技與古典意境在科幻小說中這樣被處理，會帶給讀者反差太大、極不協調的閱讀感受，但是這篇早在 60 年代末就出現的科幻短篇卻透射出一種「科玄」結合的新動向。

隨著新世紀的到來，上面的現象早已不再是個別作家偶而為之的舉動了。舉一個更明顯的例子，現在國內有的主要奇幻雜誌根本就是由科學雜誌社主辦的。有的知名科幻作家甚至轉而創作起奇幻小說了。一年一度的科幻大會，從奇幻小說誕生之日起，就不再是科幻作家的私家花園了，搖身變成雲集著科幻、奇幻形形色色的幻想類文學創作者和愛好者的盛筵。奇幻在逐漸遠離科學理性的同時，科學發展的諸多成果仍然是奇幻小說得以存在的重要寫作資源。隨著互聯網絡的普及，網絡遊戲等科技文明產物的參與，奇幻文學得以發展的物質條件就更加豐富了。

事物結合的方式是多樣的，黃易玄幻小說系列，擁有高點擊率的網絡幻想小說《小兵傳奇》和奇幻類文學精選中經常收錄的劉慈欣的作品分別代表了當代中國幻想小說「科玄」結合的三種風格。

黃易的玄幻小說對人類精神力量發展預測，科學未來圖景的描繪，個體生命、社會運行等許多問題都有涉及。他的不少作品並不是純粹武俠、科幻，或者玄幻，通常雜糅著諸多幻想元素，稱之為幻想小說更貼切。其玄幻小說之一《超級戰士》就濃縮表現了這一雜糅特點。

故事發生在一個名叫「邦托烏」的最偉大的都會中。作為最古老的城市，

地球上所有民族經過幾千年的歲月，由經濟共同體發展成政治大一統的國家，代表權利核心的聯邦政府就坐落在「邦托烏」城中。這個名字會使讀者不由想起英國作者托馬斯‧莫爾那本「關於最完美的國家制度」小冊子，也就是從十六世紀起一直未被人們遺忘的「烏托邦」理想。

只不過，《超級戰士》中的「邦托烏」卻是一個無奈的選擇。它的形成並不是建立在全人類獲得全面共識的基礎之上，而是經歷了全球毀滅性戰爭之後，這顆歷盡劫難的星球上唯一剩下的一塊所謂的「淨土」。城外則是受到核污染和宇宙輻射侵襲的廢墟，被宣佈為不適合任何生命的死地。當然，其中的機制與莫爾所建構的「烏托邦」社會還是有類似之處的。

在經濟上，「代表某種經濟統一性」的「烏托邦」社會中「國家彷彿是城鎮的聯盟」；同樣，「邦托烏」也是被四十八個大城市包圍著。不過，兩者區別也很大。在「烏托邦」「家庭是基本經濟核心」〔註10〕，只有在必要時，國家最高機關才會重新分配產品；而在絲毫沒有溫情可言的「邦托烏」，除了統治階層外，大部分人一邊要付出艱辛的勞動，一邊卻生活在嚴格的配給制度之下。

如果說，被馬克思和恩格斯評價為玄想的十六世紀莫爾的「烏托邦」理想是出於對封建關係的批判與矯正，建立在人道主義基礎上，具有一定的進步意義，那麼，黃易的小說中，「邦托烏」則是工業文明高度發達，科學技術主宰世界下結出的一顆酸果。它是人們目前所能想像的最理想與最混亂的矛盾體，具有的卻是反諷的意味。

作為「邦托烏」聯邦最高統治者的聖主兼科學家「馬竭能」，是開發具有超強感應能力的超級戰士的主要策劃人。正是他利用衛星吸取太陽能並將其傳入聯邦，解決了城內能量的永久供給難題。「馬竭能」這個名字本身包含了人類與能源關係的兩種尷尬。第一，以高能耗著稱的現代生活、生產模式用其竭澤而漁的方式必然會導致全球不可再生能源的耗盡。第二，聖主統治下的聯邦早就是一個能源枯竭之地。這位巧媳婦又不得不更加依賴於高科技力量，竭盡所能維持著漏洞迭出的能源型社會模式。這些尷尬正步步逼近已經很脆弱的人類社會。

這使人們聯想到熱力學第二定律中「熵」概念的意義：「熵作為不能再被轉化作功的能量的總和的測定單位，是由德國物理學家魯道夫‧克勞修斯於

〔註10〕　（英）托馬斯‧莫爾：《烏托邦》，北京：商務印書館，1982年版，第7頁。

1868 年第一次造出來」。〔註11〕當人類還對能量守恒定律自信滿滿之時，一些敏感的科學家就已發現熵值的增加將意味著有效能量的減小，「當有效能量告罄時我們稱之爲『熱寂』。當有效物質用盡時，我們稱之爲『物質混亂』。兩者導致的都是熵，都是物質與能量的耗散」。〔註12〕當「馬竭能」在「邦托烏」中施展著他至高無上的權利之時，「邦托烏也是地球上最擁擠的城市，最污染的城市，天堂和地獄對比最強烈的城市」〔註13〕。小說將拯救這個沒落世界的希望寄託在了超級戰士「單傑」身上，而他那高科技打造下的完美生理構造與超強的精神力量無疑成就了「科玄」和諧交融的理想。

玄雨的作品《小兵傳奇》先由鮮鮮文化在臺灣出版後，在中國內地一直沒有紙質文本。不過此部小說已經授權於一個門戶網站，即「幻劍書盟」，以簡體電子書的形式在內地奇幻讀者間廣爲流傳。平心而論，這部作品在思想深度上遠不及黃易作品中蘊含的精神力量。整個故事延續著傳統創作中典型的歷險模式。不同的是一個無憂無慮、卻也沒有更多責任心、使命感的大男孩唐龍的個人冒險經歷不但充斥了機器人、電腦、宇宙戰艦等高科技產品，而且進行的是一場富有戲劇性，不是網絡遊戲卻勝似網絡遊戲的人生遊戲，最終實現了從士兵到將軍的喜劇理想。確切地說，主人公和讀者們在一系列鬧劇中一起做了一場美滋滋的白日夢。

小說在價值觀上的確存在混亂不清的現象，但是，正是這樣一部作品代表了目前奇幻風吹入傳統科幻小說創作後，出現的駁雜格調。它屬於奇幻小說中帶有戲說性質的非嚴肅創作。當然這裡的非嚴肅絕對不是指謫作者創作態度不嚴肅，而是在語言表達、情節設置、主題表現上顛覆嚴肅敘事的整體風格。這種風格的形成不始於奇幻創作，而是傳統戲謔手法，甚至所謂「大話文學」在奇幻小說中的移用。這在當代文學經歷了後現代話語顛覆後，尤其是小說、戲劇創作中早就存在的現象。人們在一邊抱怨這類作品不入流的同時，在閱讀時卻又總是能從這種說話或者敘事方式中得到一種釋放的滿足。也許，作品中流露的痞氣、調侃甚至骨子裏的玩世不恭從道德規範的角

〔註11〕 傑里米·里夫金，霍華德：《熵：一種新的世界觀》，呂明等譯，上海：上海譯文出版社，1987 年版，第 29 頁。

〔註12〕 傑里米·里夫金，霍華德：《熵：一種新的世界觀》，呂明等譯，上海：上海譯文出版社，1987 年版，第 34 頁。

〔註13〕 黃易：《黃易作品集·玄幻系列　超級戰士·時空浪族》，北京：華藝出版社，1998 年版，第 3 頁。

度來看降低了其存在的價值，但是這樣的表達本身富含的時代精神、揭示的思想狀態卻令人深思。

主人公唐龍是一個在高度物質發達的生活條件下長大的孩子。在人生觀和世界觀還沒有定型的時候，他憑著一股興趣報名參軍。在一無所知的情況下，他填報了步兵兵種。要知道，步兵是在冷兵器時代擁有輝煌歷史，在高科技戰爭中早就失去昔日光芒，被人們逐漸遺忘的兵種。作為步兵兵種的最後一個新兵，唐龍的經歷是典型的放大版從奴隸到將軍的傳奇。不同的是，在他成功的過程中，機遇勝過其本人的努力，遊戲成分更大於新兵本應接受的艱苦磨練。

唐龍的機器人教官是一幫已經自動進化到像人類一樣能夠自由思考的高智慧生物。他們對這位懶散甚至有些頑劣的接班人制定了全面的從體能到格鬥、戰艦駕馭、謀略指揮的精英培養計劃。教官們設置一系列高難度模擬遊戲對唐龍進行具體培養。比如恐怖的「戰爭」遊戲就是為了鍛鍊唐龍在危險中不喪失自我，克服恐懼，超越自我，進而提升他的指揮謀略與生存能力。唐龍浸淫在虛擬遊戲之中，開始踏上其得意的人生道路。電腦遊戲、機器人是典型的科技產物，但是其中牽涉的虛擬與現實在想像中接軌。人工智慧獲得自覺意識等現象，關涉了科幻小說內部對於純科學理論的反思。這裡很難斷言肯定是學術上的科學大戰直接影響了科幻小說中出現的「科玄」話題以及對人腦機能和人類意識的關注。有一點卻可以肯定，如果沒有 20 世紀人類自覺反省，即針對科學主義、科學成果所作的重估，就不可能在純學術、文學創作兩方面都有這樣明顯的反應。

至於著名科幻作家劉慈欣創作的《鏡子》、《鄉村教師》、《山》、《三體》等一系列作品分別收存在各類奇幻小說選集之中。以劉慈欣的小說《山》為例，它被收錄在韓雲波主編的《2006 年中國奇幻文學精選》之中。小說中，一艘質量相當於月球的外星飛船突然飛到地球赤道的海域上空。由於飛船的巨大引力，將海水向上牽引起來，形成了一座比珠穆朗瑪峰還要高二百米的水山。情況還不止這些，由於飛船的引力造成了巨大的低氣壓區，即將引發世上最強勁的風暴，更糟的是飛船的引力將地球的大氣層拉出了一個大洞，「就像扎破氣球一樣」，不斷地放跑地球大氣。

如果這種情況持續下去，不到一個星期，海洋都會沸騰、氣壓降到致命極限，地球人類將遭遇滅頂之災。當恰巧在此海域停留的遠洋科考船上的人

們意識到不管是棄船而逃，還是轉舵回航都逃脫不了悲劇的命運時，因為逃避而久居船上的主人公馮帆竟釋然地說：「要這樣，我們還不如分頭去做自己最想做的事」，然後縱身跳入大海朝那座世界最高的水山游去。出人意外的是，他想做的竟然是征服面前的這座水山。戲劇性的扭轉在此刻發生了。

原來，來自另一智慧空間的飛船主人不過是途經地球，意外發現了這裡的智慧生物之後，稍作停留，期望有人能夠爬上山頂與之交流，才形成了這座水山。馮帆在成功登頂之後，竟然誤打誤撞滿足了外星生物的交流欲望，因而消弭了人類的滅頂之災。飛船離去了，水山也隨之消失，但是馮帆剛從 9000 米高的水山上突然降下，生命岌岌可危的那一瞬間，他感受到多年前攀登珠峰遇上風暴時，為了使自己不被同伴拖下山崖，割斷了連接同伴和戀人的登山索時的心態：為了生存，什麼樣的舉動都有可能發生。故事到這裡嘎然而止，但留給人們的卻是一種對生存意識的思考。主人公超強的生存意識超越一切，是殘忍、是果斷、還是堅強？

有人評價劉慈欣的科幻小說富有「人文關懷」〔註 14〕，而劉慈欣本人雖然強調自己是堅定的無神論者，但是對宗教感情有著獨特的興致。他認為科幻與宗教是不能溝通的，但是科幻與宗教感情卻不相衝突。在他看來宗教與宗教感情是兩碼事。

筆者認為作家在科幻創作中洋溢的人文精神正是來源於他對宗教感情的理解。這無形中預設了科學本身與人文精神可以溝通的可能性。科幻作家們的實際創作進一步證實了這一點。當然，劉慈欣的這篇小說科幻的成分絕對占主導。不僅如此，他目前所有被收歸到奇幻文學選集中的作品基本上都是這種風格。相當一部分奇幻作家甚至不認為他的這些小說是嚴格意義上的奇幻小說。

我們暫不分析這其中的原因，但是通過這一些現象，又正好使我們聽到了科學大戰、科學幻想類文學在當代發出的一些新聲。這些聲音與奇幻小說創作交織在了一起，在學術和文學上都形成了「科玄相遇」的鏡象。不過在最初並沒有形成鏡中清晰的影像，倒有些類似於水中倒影。因為在暫時不好定位大幻想文學究竟可以延伸到什麼地步之時，認識上的分歧不可避免的出現了。

〔註 14〕 羅亦男：《淺論劉慈欣小說的人文關懷》，《2007 中國（成都）國際科幻·奇幻大會文集》，成都：科幻世界雜誌社彙編，2007 年，第 77 頁。

　　有人認為但凡有玄想摻入的作品都應該被統稱為奇幻文學。另一些人，如某些奇幻創作圈中的成員，卻始終捍衛奇幻文學領地的純潔性。他們在評論和創作中有意識地突出奇幻風格，避免讓「不純」因子加入。我們只能說這是各自不同處理方法的表現。當然，既然要獨立研究中國奇幻文學的問題，科幻與奇幻的關係就不得不進一步加以澄清。也就是說，科學幻想小說在當下中國奇幻小說中究竟扮演了怎樣的角色呢？

　　雖然奇幻小說與科學本身以及科學幻想小說之間的密切關係是顯而易見的，而 2007 年 8 月 24～30 號的中國（成都）國際科幻‧奇幻大會的召開進一步體現了科學幻想與奇幻文學之間扯不斷理還亂的姻緣關係，但是如果研究奇幻小說，尤其是當代中國的奇幻小說總是圍繞科幻小說的延伸這一個思路來談，無疑取消了奇幻小說作為獨立文學形態的研究價值，還會將奇幻小說的發展道路狹窄化，使其成為傳統科幻小說的附庸。停留在科幻圍牆內轉圈圈是不可能了，因為當下奇幻小說從創作靈感、創作手法到實際創作內容上都已經逐步擺脫對科幻小說創作模式的依附。

　　如果從奇幻小說近十年的發展看，得出的結論正好相反。在這個橫向時間軸上，科學幻想小說與玄想的結合不過是一個前言部分，即引發這樣一個創作潮的當代起點。在這個起點上，西方魔幻小說，網絡遊戲，中國志怪傳奇、神魔小說傳統等作為具體影響成分，再加上純科幻小說本身的式微，為科幻與奇幻相結合創造了歷史的和當下的條件。不過奇幻小說在經過一番整合之後，繼續了它的旅程。這中間既有對西方類似文學創作的追隨或擺脫，也有從「科玄結合」的模式中脫穎而出，營造純奇幻世界的嘗試，更有回到本土文化傳統應運而生的古典氣息濃重的中式奇幻。

　　不過必須承認，中國早期奇幻小說囊括了大量科幻文學中必不可少的高科技元素。收錄在《2003 年中國奇幻文學精選》〔註 15〕中的《兄與弟》（晨雷），《創世之神》、《幻界獵人》（秋風清），《午夜煙火》（九戈龍）四篇奇幻小說就都與電腦遊戲相關。《創世之神》在科幻與奇幻之間架起了橋梁，在原本無生命的電腦程序或遊戲中，創造了真實的生命。程序設計者感應到了自己的創世神力，真的賦予被創造出來的虛構世界和人物生命活力。《幻界獵人》作為奇幻小說《夢幻魔界王》的外傳，最令人震撼的是一位叫丹尼斯的人竟然買兇殺死自己的母親。最後他對自己女兒莉娜的解釋是：「我們其實是生存在

〔註 15〕 胡曉暉：《2003 年中國奇幻文學精選》，武漢：長江文藝出版社，2004 年版。

一個由人類控制的遊戲世界裏，這裡對他們來說只是一個遊戲，而對我們來說卻是生命的全部」。

　　整個故事情節都設置在一個叫「阿適」的少年正在玩著的電腦遊戲中。遊戲中的人物已經獲得真實的自我意識。殺死遊戲中的母親，唯一的目的就是為了能擺脫被操縱的命運。而《午夜煙火》則是典型的網絡遊戲型奇幻。小說講述的不是遊戲中的虛擬人物獲得新生，而是描述遊戲者之間，交織著信任與背叛的情感和心理活動。

　　至於科幻文學中對不同星球文明、種族的想像也向奇幻小說提供了創作靈感。比如《小兵傳奇》中就有跨星球的國家政體。它們包括民主體制、帝王政治、奇特的宗族政治。還有一些奇幻小說通常會圍繞幾種相距現代民主體制更遠一些的古老政體，在它們的背景之下，進行特定架空時代的幻想創作。對於種族來說，雖然在《小兵傳奇》中蠻族是貶義詞，專指被臨近的高等文明強迫接觸發達文明後變得不倫不類的猿人。猿人們在實際生活中只掌握和運用了某些較簡單低級的技術，被一些發達星球上的國家貶斥為蠻族。然而，此後的不少奇幻小說中蠻族成了必不可少的形象。

　　至此，我們可以說，中國當下奇幻小說在文學上的真正起步離不開科幻文學創作的內部調整。在吸收許多科幻元素的同時，早期相當一部分奇幻小說本身的題材、靈感來源都加入了現代科幻文學的不少成果。這正是從文學創作上終結「科玄」對峙不可否認的事實，也是構築「大幻想」世界的依據。

第二節　《新幻界》：科玄雙幻的試煉

　　2009 年 4 月一種名為《新幻界》，網上免費閱讀的電子雜誌出現了。主編「恐拜火」在刊首語上明確表示「用蒸汽和范特西構築的夢想」是他多年來從未動搖過的追求，換言之蒸汽時代開啓了現代科學發展的新紀元，范特西則是西方奇幻文學的代名詞。這部電子期刊創辦者們志在將科幻／奇幻主流雜誌之外的優秀幻想文學，不設邊界地奉獻給幻迷們。它以信息、評論、訪談、原創、譯介等形式關注中國乃至全球的幻想文學發展。

　　創刊號上科幻和奇幻界知名人士，如韓松，劉慈欣、楊貴福，阿豚，吳岩，北星，大角，夏笳，陳楸帆，飛氘和長鋏共聚一個版面，紛紛寄語。

在這些祝賀性寄語中，他們不約而同地表達了對幻想文學的理性或感性認知。如夏笳說：「幻想是碰撞，是海洋，是多重宇宙投影，是無數可能性誕生的時間和地點……」；北星說：「幻想是人類的一大天賦。幻想文學具有前瞻性，警示性，更重要的是，具有娛樂性。」；韓松認爲：「幻想無疆界，熱情和興趣是支持一切的動力。」；陳楸帆則非常文藝地表示：「那野火在地下燒著，我們在炙熱的沙面跳舞，足尖點地，劃出意義未明的圖案，如同頭頂上那億萬年前的星空，旋轉不息，我看到了你，你眼中的我，你眼中的火，在未來燃燒，如同利伯恒之星，照亮此後的征程。於是我知道，我不再孤獨。」

　　創刊號中收錄的主要作品《200000008》與《藍蝴蝶》更傾向於科幻創作風格。當然 2010 年後，《新幻界》的發表彷彿並沒有那麼順利，論壇上有不少幻迷們紛紛詢問爲何總看不到新年後的最新一期，直到 3 月底，2010 年 1 月第一期才面世。儘管如此，這份幻想文學雜誌還是堅持到了今天。

　　不過，「恐拜火」主編還是很有信心地在 2010 年新年第一期的刊首語中說：「我們新一年的目標，就是要將幻想圈最靠譜的電子雜誌進行到底」，並且已經著手編排、準備出版中篇增刊的實體書。事實上，2010 年 9 月《新幻界壹週年精選集》就製作完成並公開發行。2010 年 12 月新幻界編輯部主編的實體中篇增刊《新幻界・鏡象》和《新幻界・安魂師》由四川人民出版社出版。《新幻界》的出現和後續發展實際就是「大幻想」理念的一次自覺實踐，它的存在、實績和命運見證了本土幻想文學的發展。截止 2012 年底，《新幻界》已經出 30 期，其中，2012 年，1～3 月爲合訂本。細讀電子期刊《新幻界》這幾年的作品時，「大幻想」的辦刊思路越來越清晰。

　　首先，從創刊號開始，刊登其上的不少科幻小說就在未來世界框架下，對現存秩序進行了深刻反思，對機械的、科技至上思維定式進行了影射和批判。如《200000008》講述了一個荒誕的未來故事。2 億年後的地球已經實現了「世界政府」的大一統格局。那時的人們被強迫履行各種義務，比如去超市購物單次或累計金額滿 500，就要強制抽獎一次。獎品可不是我們現實世界的日用品，小食品，而是一個孩子。那時候沒人願意生養孩子，只能通過強制性抽獎，抽中了活人「獎品」的人類公民不能私人餵養這個孩子，簽署各種委託書，合同書協議書之後，每月必須向指定賬戶彙一筆撫養費。據說世界最高記錄一次抽獎中過六個，這樣的命運被「我」形容成「謀殺與其比起

來，不過是善意地撓癢癢而已」。「我」稀裏糊塗地去超市買了一堆方便麵之後，也遭遇了一次中獎。中獎後的「我」憤憤然覺得：「世界政府說，如果不實行抽獎撫養制，一百年後人類就要滅絕了。但一百年後有沒有人類關我屁事，非要我現在爲此付出代價！」。隨後「我」決定：「我要報仇！我要去反對黨！」「我」之後混迹反對黨的經歷讓人忍俊不禁的同時，竟然也能生出不少惆悵感。像當局的競選口號「只要我們每人每月少喝一杯下午茶，就能支撐世界政府的太空計劃順利進行……」遭遇反對黨之一「未來黨」的競選口號「我們的伙食比較好」之後，當局在電視競選的收視率在一秒內掉到了萬分之二，而「未來黨」的口號則極具號召力，進而掀起了「下午茶與太空計劃哪個更重要？」的全民大討論。至於「我」在任職公司破產之後的職業之路更是充滿令人啼笑皆非的奇遇。

　　失業的「我」先是成了「世界政府咨詢服務」冷門部門的雇員，打發那些滿腹牢騷，對政府不滿的投訴人，每勸解或指導一個人，對方按下「滿意」鍵後，世界政府會支付「我」三塊兩毛錢。沒想到，「我」對大廳鬧鬧鬧人群發表了一番話後，收到了意想不到的效果：「大家好，我是今天的值班咨詢員……我知道你們都帶著各自的問題前來尋求解決，也許是對抽獎概率不滿，也許是對空路交通有意見，也許只是看鄰居的寵物不爽，諸如此類。……世界其實就這麼簡單，不管你遇到了什麼問題都只有兩種選擇，要麼鬥爭，要麼屈服。」，「我」報出了兩個萬能電話號碼：一個是「世界獨立律師協會」，一個是「世界特困救助中心」，「如果有人已經想好下一步怎麼辦了，那麼就去行動吧！如果你接受了我的指導意見，希望你在離開這裡之前，先按一下咨詢室門口那個『滿意』按鈕，謝謝！」表現出色「我」果然很快就被調換至一個新部門，成爲含金量大大提升的「世界政府反進化部隊戰略評估員」。其工作性質是通過實地觀察，確認其它物種是否進化至可以威脅人類的敵人，並前瞻性提交報告。因爲「自從六千五百萬年前，人類受到了飛天河馬的空襲後，物種進化和資源枯竭和技術停滯一起並稱爲泛人類世界的三大威脅。」「我」在這個部門的最後一次工作就是果斷下令狙擊手解決掉一隻彎刀企鵝，因爲此企鵝在僞裝成石頭的007號偵察員身上磨了一下自己的骨刃，「今天它們知道用石頭磨骨刃，明天就要提煉濃縮鈾了！如果放任不管，長此以往必將天下大亂、江山易主！」最後，「下午茶」戰勝「太空計劃」，未來黨獲得大選勝利，組建了第四千九百九十九萬九千七百一十五屆世界政府，「我」

被提名擔任世界政府的首席安全顧問。這樣一個耀眼的人生巔峰在「我」看來，不過是「本來我並不指望能從政黨輪換中得到任何好處，就像我當初並不認為自己會為世界政府工作一樣。但人要是走運了，喝白開水都補身體。」作家長鋏非常欣賞這部作品，在文末評點時表示：「這些稍顯疏離感的情節都有深層的合理性蘊含其中，這些想像都很有趣，並且發人深省」。

《藍蝴蝶》裏隨處可見未來高科技世界的種種「人類公約」條款，像「每一個人類公民有義務消滅其它物種，以保證人類能夠長期生存與發展」；「凡是不合格的人類，在年滿 5 周歲仍無法通過專業機構的檢驗，在檢驗確定後的 24 小時內由人類衛士送往基地研究所」；「每一個成年女性有義務承擔照顧人類後代的責任」……這些碎片化的條規組合在一起之後，就是一個未來世界人類生活的秩序：「人類發展組織」作為一個高科技部門，提取人類成員中最優秀的基因培育更加優秀的後代，然後根據精準的嬰兒性格分析，在全球範圍內尋找合適的成年女性作為他們的「媽媽」。媽媽們通過多媒體定時與眾多分配給她的孩子們交流，保證他們按照規定的方向發展。與此同時，為了保持人類獨一無二的優勢地位，其它物種皆在消滅範圍內。也就是說，通過多年的努力，除了人類，《藍蝴蝶》故事中的其它物種已經都被消滅掉了。快五歲的塵塵在銀色窗外看見一隻硬幣大小的蝴蝶。理論上，蝴蝶在那個未來世界早就不存在了。聲稱看見蝴蝶的塵塵因此被診斷成「突發性神經系統調節失常」，並被界定為「基因返祖」現象，即患者的基因無法被現代科技手段控制，思維中出現臆想，暗示自己看到或者聽到早已不存在的事物。這在那個世界是一種不治之症，具傳染性。塵塵就這樣被研究組當成嚴重傳染病患者帶走了，並被宣佈不再屬於人類，只是一個研究對象。塵塵堅持看到了蝴蝶，等待他的將是恐怖的機械死亡處理。故事的最後，塵塵被執行機械死亡，他所有的檔案被刪除，但是，外面越來越多的人看到並驚呼：「蝴蝶，藍色蝴蝶」，然而，高科技探測器上「依然一片空白」。「藍色蝴蝶」意象具有多重意義。它既代表了人類與其它物種之間的生存和競爭關係，也體現了人類在認知或者控制這個世界之時的無力與盲目，更代表著未來高科技世界有可能以保護人類為名，卻一次次抹殺人類本質屬性的殘酷和機械。

如果說《200000008》和《藍蝴蝶》都還是對未來人類在自己星球上稱王稱霸的反思，那麼《新幻界》第二期開始連載的《2345 年的母系氏族》則描繪了外星生物對地球某一區域不可思議的襲擊方式。由這個局部襲擊延伸出

來的另一種生活模式和世界格局同樣具有很強的震撼力。一個地處西南七十萬人口的小城「祥州」有一天突然從地理存在上消失。「祥州事件」被稱爲「人類遭遇的第一場星際軍事力量的交鋒。沒有艦隊，沒有星際堡壘，沒有外線戰鬥，更沒有什麼空降部隊，一個城市就這麼毫無生息地淪陷了，如此突然和無抵禦的完美入侵，讓全世界軍界在毛骨悚然的震驚之後，陷入了很長一個階段的心理沮喪期。」外星生物入侵此地，就像拿了個帶屏蔽功能的玻璃碗，將「祥州」整個罩了起來。看慣了星球間動輒光年計的征戰、外星人與地球精英的激戰、高科技武器橫空霹靂，《2345年的母系氏族》中的外星生物入侵則顯得太安靜了，安靜得恐怖——「乾淨利落，瘋狂且冷酷」。它們突然登場，全城男性包括剛降生的男嬰都瞬間死去。每棟大樓裏都只剩下女性，跑出建築物的人則會被殲滅。幸存的女人們只能躲在建築物裏，「每天都有人冒險走出建築然後被擊斃，每天都有情緒失常的人以各種方式自盡」；有的則結成夥伴，臨時同居；有得通過在建築物窗戶上張貼文字，與附近建築物裏的人進行交流爲樂；當然還有的會在有限空間彼此爭鬥，搶佔資源……這是一個末世圖景，更是一個荒島意象。被困建築物的女人們就像荒島上的幸存者。每一位幸存者都有選擇的機會，至於怎樣選擇則因人而異，令人浮想聯翩。

其次，科幻小說只是《新幻界》刊登的一類作品。奇幻小說從第二期開始逐漸出現平分秋色之勢。如第二期「星塵杯徵文」欄目中的兩篇小說《2345年的母系氏族》是科幻小說，《九州‧猙》是奇幻小說。「社團練筆　南瓜地」欄目中的兩篇小說《來自預備女巫米雪兒‧布萊克的信》是奇幻小說，《宇宙彩票中獎記》則是一篇科幻小說。

在眾多奇幻小說中，有奇幻世界知名的「九州」題材單篇獨立小說，也有純魔法巫術作品，還有小清新的、虛實模糊的幻想小說。如《來自預備女巫米雪兒‧布萊克的信》中，十三歲的米雪兒給媽媽寫的信上說：「媽媽，我會努力成爲正式女巫的。畢竟，不是每個亡靈都有機會進入亡靈巫師學院的。最後，最重要的一句話。媽媽，我愛你。你永遠的寶貝女兒：米雪兒　巫曆十月一日」。看到這裡才知道絮絮叨叨寫信給母親的米雪兒原來是一個失去生命的亡靈。而在故事的末尾「那些不幸失去了兒女的女人們，無一例外地露出狂喜的神色。她翻身爬起，衝出了家門。這是悼亡節之前的收信日。狂風從地平線深處卷奔而至，無數信件紛紛飄落，如同一場早到的雪」。這是個看

到最後才能完全體會到的溫暖而傷感的故事。信件究竟是來自虛幻世界中的亡靈之地，還是好心人匿名慰藉喪子母親們的義舉？虛虛實實已經不重要了，重要的是就算浸滿傷感悲哀，依然透著絲絲暖意。

再次，除了刊登科幻奇幻小說，《新幻界》還不定期發佈與幻想文學界有關的各類中外評獎結果、創作發行動態、幻界人士訪談（長鋏、夏笳、遲卉、陳楸帆、華裔少女科幻作家張園）；設有「幻界點評」欄目，對王晉康《十字》、韓松《暗室》等作品加以介紹、點評；對幻想文學進行學理上的整理。比如「幻海雜談」欄目中就曾發表過《中國幻想小說的傳統》（2009年總第二期），《如何創作一部暢銷奇幻小說》（2009年總第五期），關於吸血鬼故事介紹的《難以抵擋的血腥誘惑》（2009年總第七期），《中國神鬼系列之神鬼聯絡圖》（2009年總第八期），《科幻大師康尼威利斯全接觸》（2009年總第九期），《立陶宛的科幻和奇幻文學與文化》（2009年總第九期），《中國科幻的現實生態》（2010年總第十期），《光榮與夢想——奇幻文學十年回顧》（2010年總第十一期），《幻想詩歌鑒賞》（2010年總第十二期），《時間足夠你愛》（2010年總第十三期），《科幻電影的三大元素》（2010年總第十四期），《漫談科幻大會》（2010年總第十八期），《唐人小說中的實事與幻想》（2010年總第十九期），《紙漿雜誌中的美國早期科幻小說》（2010年總第十九期），《虛構與真實——臺灣奇幻文學問卷調查報告》（2011年總第二十期），《風起雲湧的臺灣奇幻書寫新世代》（2011年總第二十期），《黃金時代的科幻》（2011年總第二十一期），《第五類接觸——科幻迷科幻研究的濫觴作》（2011年總第二十一期）等。

這些訪談、點評和學術論文為進一步瞭解中國幻想文學現狀，回顧本土幻想傳統，進行國際幻想文學交流提供了一定的材料支持。像對長鋏、夏笳、遲卉、陳楸帆等的訪談就如實記錄了本土幻想領域獲獎者的創作近況。夏笳還曾在訪談中針對大幻想概念裏科幻和奇幻應該區分還是合併的問題表示：「這種區分是天然存在的，許多讀者對科幻和奇幻的理解就是不一樣的，沒有必要去強行掰彎他們。」這個觀點實際上是承認大幻想概念不應該是機械的捏合概念，而是在幻想天空下，彼此獨立，有可能結合時不排斥的寬容態度。

再如《光榮與夢想——奇幻文學十年回顧》（2010年總第十一期）中為幻迷們從「奇幻」的由來，到奇幻文學網站的消亡與合併，再到本土領軍人物

的代表作品，一一進行細緻梳理。這篇文章不但讓大家知道 2008 年 7 月盛大把「晉江」、「紅袖添香」、「起點中文」等合併成立了「盛大文學有限公司」，2009 年完美時空旗下的縱橫中文網和中文在線旗下的 17K 等網站也紛紛整合幻想文學網絡資源等一系列事件，還介紹了今何在《悟空傳》作爲「中國第一部具有廣泛影響力的原創網絡奇幻小說」的價值，點評了韓寒《幻城》與日本漫畫《聖傳》的淵源，以及江南的系列奇幻小說創作。

至於《虛構與眞實──臺灣奇幻文學問卷調查報告》（2011 年總第二十期），《風起雲湧的臺灣奇幻書寫新世代》（2011 年總第二十期）爲幻迷們打開了一扇通往臺灣奇幻文學創作及接受群體的小窗戶。前一篇問卷調查結果顯示了臺灣幻迷與大陸幻迷在「奇幻文學讀者關注的奇幻文化領域」、「接觸奇幻文學之起源」、「獲得奇幻文學咨詢之渠道：網絡」、「獲得奇幻文學咨詢之渠道：非網絡」、「對幻想文學的定義」、「幻想文學讀者閱讀來源」、「幻想文學讀者閱讀取向」、「重要的臺灣本土奇幻文學出版社」、「對現今臺灣奇幻文學發展程度的看法」九個方面的異同。比如，臺灣接受群體中不少人選擇《魔戒》和《哈利波特》作爲接觸奇幻文學的起源，這與本土受眾情況也頗爲相似。臺灣讀者網絡咨詢途徑主要來源於 BBS，非網絡咨詢渠道則大都通過實體書店或同好交流。他們關注最多的奇幻文化領域降序排列爲小說閱讀、電影、動漫、個人創作、電玩、插畫、桌上角色扮演遊戲、模型公仔。這說明閱讀傳統紙質出版物依然是臺灣受眾們最喜歡，也最習慣的接受方式。

後一篇《風起雲湧的臺灣奇幻書寫新世代》（2011 年總第二十期）讓大陸讀者瞭解到臺灣奇幻創作與出版情況，並於此獲得了一個簡要的書單：星子的《太歲》、《日落後》，可蕊的《都市妖奇談》，九把刀《都市病》系列、《獵命師傳奇》，水泉的《風動鳴》系列、《沈月之輪》，天罪的《魔法戰騎浪漫譚》，蝴蝶的《禁咒師》系列等等。

時至今日，《新幻界》一直堅持辦了下來，雖然期間存在出版時段不固定的問題，也經歷過短暫的休刊，不過 2013 年 2 月 14 日，總第 31 期又復刊了。在復刊聲明中，《新幻界》編輯部宣佈雜誌會變爲雙月刊，每年出六本，6 本電子雜誌＋2 本電子 mook＋更多多媒體內容（有聲書，實驗音樂，漫畫等）。這是經過三個月休刊討論後的決定。《你還相信嗎？──〈新幻界〉復刊聲明暨刊首》上說：「……絕大多數人的意見，都是做下去。但我們應該如何繼續做下去呢？之前我們面臨了兩個困難：1.優秀原創短片的缺乏。2.出刊

周期的拖延。」〔註 16〕這是目前很多幻想類期刊的共同困難。幻想世界的純美在現實世界的嚴酷面前，有時的確能產生對比效應，但有時卻只能變得不堪一擊，要守住幻想一隅其艱辛與甜蜜同在，這也是幻想文學天地的魅力之所在。

〔註16〕http://read.douban.com/reader/ebook/575705/。

第四章　幻想文學神奇世界的構成

第一節　「重述神話」的無盡可能

　　結合當代「重寫神話」的世界性浪潮，反映到中國當代幻想小說創作中，就出現了相當數量的新神話作品，它們被學者稱爲「中國式神話奇幻」，[註1]進而還得了個「東方奇幻」的別名。那麼，不僅僅是神話，包括它的延伸物，各類神話傳說都成爲當代幻想小說中占比不小的資源。

　　我們不禁會問，爲什麼人們選擇「神話」作爲重寫、改寫、擴寫的對象？問題的關鍵還在於這是一種對科學宇宙觀，科學思維模式的反叛和逃離行爲。同時，在重寫神話的過程中，也是對原始神話的一次親近。在原始神話思維世界的暢遊，對神話的後續的想像，對神話的改寫包括了對某些哲學元命題的再思考（如二元對立的思維模式），同時還涉及對傳統理解的突破，對現實的反思。

　　當然，撇開時代精神、文藝潮流等外部原因，神話傳說本身的氣場也是經久不衰的。在幻想領域，兩者一拍即合，隨即碰撞出火花。這類火花既不是西方魔幻創作的移植，也不是本土志怪神魔小說的翻版，所謂「東方奇幻」正「試圖從更加古老的中國本土神話出發，挑選了一些更加古老而美好的關鍵詞，有陽剛的比如戰神，陰柔的如神女，中性一點如劍仙，以及在一個可以溝通神人之際的幻想大地上活動著的國家機器與個體游俠，一個一場古老

〔註1〕　韓雲波：《2006年中國奇幻文學精選》，武漢：長江文藝出版社，2007年版，第546頁。

—77—

的卻是可以令我們喚起內心對於民族起源之想望，加上先秦兩漢以來博學者們對於中國文化基因的創造性昇華……」﹝註2﹞這段話是當代學者韓雲波針對「樹下野狐」創作的系列新神話題材奇幻小說所說的。「樹下野狐」被譽爲「本土奇幻扛旗人」、「北大蒲松齡」，是接觸中國當代幻想小說時不能迴避的一位作家。

「樹下野狐」，原名胡庚，上海作家協會會員，畢業於北京大學，著有《搜神記》、《蠻荒記》、《仙楚》等系列奇幻長篇。其中《搜神記》分六卷，分別是《搜神記 I・神農使者》、《搜神記 II・龍神太子》、《搜神記 III・靈山十巫》、《搜神記 VI・比翼鳥》、《搜神記 V・三生石》、《搜神記 VI・似是故人來》；《仙楚》分三卷：《仙楚 I・軒轅》、《仙楚 II・道魔》、《仙楚 III・北斗》；《蠻荒記》分六卷：《蠻荒記 I・鯤鵬》、《蠻荒記 II・青帝》、《蠻荒記 III・蜃樓志》、《蠻荒記 IV・天元》、《蠻荒記 V・九鼎》和《蠻荒記 VI・刹那芳華》。根據萬卷出版公司介紹，始於 2001 年的《搜神記》一面世就掀起了全球華人世界的「搜神熱」，被稱爲「中國新奇幻開山巨作」。《蠻荒記》系列是《搜神記》的續作，書中不少人物有重合或聯繫，此作推出後更被譽爲中國奇幻小說的巔峰之作，「讀罷此書無奇幻」。

獲得如此高評價的作家和作品究竟與「神話」，且與「重寫神話」有怎樣的聯繫，具有怎樣的代表性？所有讀過這些作品的讀者都會很容易發現一個聚焦點——《山海經》。

《蠻荒記》出版前言中，作者樹下野狐以「那片莽蒼壯麗的山海」開始，剖露了他對中國原始神話的一片傾心，尤其對奇書《山海經》所勾勒的奇幻世界的神往迷戀。在他看來，由《五藏山經》、《海經》、《大荒經》構成的這部古代地理志爲大家描繪了一個光怪陸離的神秘世界，不斷激發著他根據其中記載生發出一個個大膽的設想：在《山海經》的世界裏，極有可能生活著金木水火土五大族群，公元前 3000 左右的炎黃大戰，黃帝打敗了火族，統一華夏，五族融合，形成了今天的中華民族；地理學界一直認爲，世界各大洲很久以前是並聯在一起的，後來發生了激烈的地殼運動，才逐漸分離成現在的全球版圖，如果按照《山海經》上記載的，那個古老的大荒之地很有可能是當年尚未分裂的七大洲大陸……所有這些無盡想像，不但使作者心旌搖曳，更令眾多讀者迷醉。

﹝註2﹞ 樹下野狐：《蠻荒記 I 鯤鵬》，瀋陽：萬卷出版公司，2009 年版，第 265 頁。

　　從樹下野狐的《搜神記》開始，在遠古洪荒時代，大荒 586 年成爲搜神故事的起點。彼時，蜃樓城主喬羽在東海殺滅了十大凶獸之一的藍翼海龍。水族黑水眞神燭龍以喬羽殺戮水族圖騰藍翼海龍爲由，煽動朝陽穀水伯天吳舉兵圍攻喬羽的蜃樓城。圍攻使得暗流湧動，群雄紛紛蠢蠢欲動，大規模征戰步步逼近原本平靜的大荒世界，被稱作大荒中的自由之邦的蜃樓城瞬間成爲各路人馬彙聚、守護、爭奪的焦點。

　　當時的大荒統治者神農正雲遊四海、遍嘗百草，以求解救蒼生之法，沒想到在東海南際山頂百草毒發。神農臨終之際，結識了流浪少年拓拔野。拓拔野爲了解救大荒之亂，攜帶著神農帝的血書遺旨踏上大荒之旅。整部《搜神記》既是拓拔野的傳奇之旅，更是大荒紛亂的記載。拓拔野與蜃樓城主喬羽之子蚩尤的友情，拓拔野與雨師妾、纖纖、姑射仙子的情感糾葛，水妖、龍神、西王母、雷神、風神、風后、黃帝少子姬遠玄、大荒妖女流沙仙子、鮫人國公主赤帝、寒荒公主、金族太子少昊、寒荒神女、西海老祖、女媧、鬼帝、白帝、四大水神之一雙頭老祖、夸父，以及蜃樓城外各式各樣的凶獸怪物……依次登場鬥法，情節令人眼花繚亂。

　　《搜神記》毫無疑問是當年重寫神話幻想小說的典型代表。同時期的不少此類作品有的擇取某一個神話原型點綴渲染，有的仍然依循著群神登場的路子，還有的反其道行之，創作了戲謔神話、調侃神話人物的作品。比如「往往醉後」的《搜神新記》寫的雖然是現代小人物的故事，但這個小人物卻有著令人瞠目的前世身份——共工。反崇高、反典型的風格貫穿這部奇幻小說。當共工的追隨者來到現世尋找他的轉世時，他們之間的一段對話就能體現出這類重寫神話作品的風格：

　　　　「其實你應該很清楚了，我們不是普通的人類。現在我們用的
　　　也不是本名，我本來的名字叫做相柳，妹妹叫做相繇，這兩個名字
　　　還是你爲我們取的。」

　　　　過了半晌，我緩緩地開了口：「也許我前世眞的是你們的主人共
　　　工，但那並不重要。重要的是現在我的名字叫做孟軻，是一家小公
　　　司的普通職員。……」

　　　　「難道你不想變回神嗎？你可以擁有強大的力量，可以做任何
　　　你想做的事可以……永遠和我們在一起。」

　　　　……

　　　　我頓了一下:「我想要做的事,我一直在做;我想要的東西,我
已經得到了。」提起腳,向門口走去。

　　　　「你現在去哪?」

　　　　「去實現我人生最大的夢想。」

　　　　「什麼?」

　　　　「神這麼難當都被我碰到了,沒理由買不中彩票……」〔註3〕

　　在幻想文學領域,畢竟迥異於沉重而嚴肅的歷史真實性追溯,重寫神話
除了一般意義上重塑民族精神、張揚某種特質之外,創作自由度極高,正說、
反寫、戲謔、仰視皆可嘗試,這樣不設界限地天馬行空,也正是這類書寫的
魅力所在。

　　樹下野狐作為續編的《蠻荒記》堅持了《搜神記》書寫方式。人物依然
是來自金木水火土五族、荒外龍族、四海(東南西北各海)各附屬國。群神、
群仙、群怪、群雄的生存線路繼續交錯纏繞。2013 年 9 月 27 日,樹下野狐正
式加盟創世中文網,開始創作並連載他的最新幻想小說《雲海仙蹤》。這個故
事雖然沒有之前的《山海經》情結,但依然是對神話傳說的重寫。作者在 2009
年完成了《畫蛇》第一卷,故事原型來自於《白蛇傳》,《雲海仙蹤》是《畫
蛇》更名後的新作,核心人物還是青蛇、白蛇、許仙。隨著許仙的腳步,就
像之前《搜神記》中隨著拓拔野的腳步,讀者將再次進入瑰麗神奇的神、仙、
妖、魔、人的奇幻世界。

　　談到幻想小說中對白蛇傳、后羿射日、夸父逐日、精衛填海、孟姜女哭
長城等神話傳說的重寫,必須要牽出另一部同類作品,那就是今何在 2000 年
完成,2001 年正式出版的《悟空傳》。今何在,原名:曾雨,性別:男,生於
1977 年 12 月,江西南昌人,畢業於廈門大學,現居上海。著名作家,暢銷小
說作者,被《中國圖書商報》譽為內地網絡文學第一人。並曾先後擔任遊戲
策劃、電影編劇、《九州幻想》主編等職,大型原創東方幻想世界「九州」創
始人之一。《悟空傳》是對《西遊記》的重寫,享有「網絡第一書」的美譽。
從最早在新浪網「金庸客棧」上連載發表開始,《悟空傳》已經有多種紙質版
本,主體內容基本不變的情況下,各版本都有所調整。2001 年首次由光明日
報出版社出版發行,內容包括《悟空傳》、《百年孤寂》、《花果山》和相關書
評。2002 年臺灣版(繁體中文)由紅色文化出版社出版。2002 年 8 月修訂版

〔註 3〕　往往醉後著,《搜神新記》,四川出版集團巴蜀書社,2006 年,第 42~43 頁。

由光明日報出版社出版。2006 年由二十一世紀出版社出版了《悟空傳（全版）》（紅版），並附張旺的彩色插圖，內容有題記、悟空傳、百年孤寂、悟空傳動畫劇本、尾聲也是開始：花果山。同年，《悟空傳（全版）》（黑版）由二十一世紀出版社出版。2008 年《悟空傳》今何在文集版（黃版），配有人物插圖由二十一世紀出版社出版。2011 年《悟空傳・特別珍藏版》問世。該版本隨網絡遊戲「鬥戰神」核心體驗禮包一同贈送，全球限量發行 500 本。內容包括：序、悟空傳。2011 年 6 月湖南文藝出版社出版了《悟空傳・完美紀念版》。這是目前最新的版本，專門爲紀念《悟空傳》發表十週年而發行的，對內容做出了不少的修訂。內容包括《序：在路上》、《悟空傳》，《花果山》，《百年孤寂》，番外兩篇《楊戩傳》和《哪吒傳》，並附送《西遊日記》試讀本。

　　作者在最新版《悟空傳》的《序・在路上》透露了他重寫西遊故事的創作動因。2000 年春節央視開播的新版《西遊記》勾起了作者對老版《西遊記的》回憶，並對新版頗爲失望，於是起念創作《悟空傳》。對於有人評價《悟空傳》顛覆西遊，作者的解釋是：「其實我一點兒沒覺得顛覆，我覺得我寫的就是那個最眞實的西遊，西遊就是一個很悲壯的故事，是一個關於一群人在路上想尋找當年失去的理想的故事，而不是我們一些改編作品裏面表現的那樣，就是打打妖怪說說笑話那樣一個平庸的故事。……我寫《悟空傳》，就是要把這些寫出來。《西遊記》裏一切都很隱晦，但我寫得很直白。我心目中的西遊，就是人的道路。每個人都有一條自己的西遊路，我們都在向西走，到了西天，大家就虛無了，就同歸無處了，所有人都不可避免要奔向那個歸宿，你沒辦法選擇，沒辦法回頭，那怎麼辦呢？你只有在這條路上，盡量走得精彩一些，走得擡頭挺胸一些，多經歷一些，多想一些，多看一些，去做好你想做的是，最後，你能說，這個世界我來過，我愛過，我戰鬥過，我不後悔。」〔註 4〕這段話說明眾多重寫神話傳說的幻想小說作家選擇某個神話或者傳說作爲創作對象，一部分是爲了表達對重寫對象的個人理解，另一部分則是取某個神話傳說抒發自我。有時候個人理解和個人抒寫無法截然分割，鎔鑄了自我意識的神話重寫帶有鮮明的個人標籤。幻想小說恰恰是極具個人特質的一類作品。

　　《悟空傳》就這樣成爲了今何在表達追尋理想的故事。小說中所有主要

〔註 4〕 今何在著，《悟空傳》，長沙：湖南文藝出版社，2011 年。

人物都有他們各自命定的找尋之物。金蟬子、唐僧、玄奘被設置成輪迴中的三位一體，唐僧的西遊之路與他的前、後世一樣都爲著尋找佛法真義。悟空則在西遊路上尋找自我、尋找失去的記憶。沙僧尋找的是當年在天庭不小心打碎的琉璃盞之碎片，期盼贖罪般地找到所有碎片後能夠重返天庭。天蓬被貶後的豬八戒一直在尋找的就是歸家的路，而他心中的家就是那遙不可及的銀河，那裡有他的眞愛。白龍馬尋找的是那個救他於市場的禿頭小和尙，那個小和尙其實是唐僧的魂魄。紫霞仙子尋找的是那個可以打動自己的猴子，以手中緊抓著的那條紫色紗巾爲信。眾人就在這一路西行中，有意識或無意識地尋找著，表面上看，尋的是目標，實質上尋的是宿命。一路下來，在不斷尋找的過程中，不斷遭遇理想破滅、目標被顛覆。最大的顛覆是故事終結時才發現西遊是一個騙局，個體理想的顛覆涉及到小說中不少關鍵人物，像沙僧，他借著修復琉璃盞重返天界的夢想最後證明不過是個幻象，而《悟空傳》中最大的受騙者竟然是孫悟空：

　　　　「西遊果然只是一個騙局。

　　　　沒有人能打敗孫悟空。能打敗孫悟空的只有他自己。

　　　　所以要戰勝孫悟空，唯一的辦法就是讓他懷疑他自己，否認他自己，把過去的一切當成罪孽，把當年的自己看成敵人，一心只要解脫，一心只要正果。

　　　　然而，在神的字典裏，所謂解脫，不過就是死亡。所謂正果，不過就是幻滅。所謂成佛，不過就是放棄所有的愛與理想，變成一座沒有靈魂的雕塑。……」〔註5〕

　　今何在對神話故事的整體和個體全方位的重寫或顛覆還體現在他之後補充的《楊戩傳》和《哪吒傳》中。作爲番外故事，作者選了楊戩和哪吒這兩位驍勇善戰的天兵天將。讀者如果希望在這兩個番外故事裏看到更加神勇的楊戩或者哪吒，那估計會要失望。沒有過多的鋪墊，番外篇直奔兩位比較定型的神話人物的身份。楊戩作爲人神之子，即玉帝妹妹與凡人所生之子的身份被放大。他既不屑於跟無心的眾神爲伍，在姜子牙封神時竟然拒絕被封神，又不能再次忍受人神戀愛的被歧視命運，進而頗爲殘忍地斷絕妹妹與凡人的感情，從而躲在自虐與虐他的悲劇命運中不願正視，將自己變成一個神界另類。妖猴曾爲此故意質問：「既然你是你舅他妹子和凡人生的，然後你舅把他

――――――――――――――――――――――
〔註 5〕今何在：《悟空傳》，長沙：湖南文藝出版社，2011 年，第 114 頁。

妹抓了害你們沒有父母，你又劈了山要把你舅他妹子救出來。可當你妹喜歡上凡人的時候，你居然又把你妹鎖在山裏，請問你當時是怎麼樣一種錯綜複雜斬不斷理還亂的心理糾結狀態呢？」〔註6〕

　　正因爲此，當他遇見妖猴時，爲了見到自己的母親，只好接受玉帝命令，與之對戰。當妖猴大鬧天宮之時，卻又遠遠當起了旁觀者，心中暗歎：「痛快！」。眼見不遠處神佛、三十六宮七十二殿均逃不過悟空的掃蕩，「猴子正在拆最後一幢違章建築，它叫凌霄寶殿，連威嚴的玉帝都躲到桌子底下發抖了。」那一瞬間，楊戩發現，自己潛意識中彷彿就在等著這一天，不禁心生羨慕。隨著妖猴被壓五行山下後，傳來的囂張呼號：「眾神，等我出來你們就死定了，哈哈哈哈」！楊戩甚至期盼起那五百年後妖猴再現的某一天，心中想著：「不知道神仙爲什麼這麼喜歡用山壓人，那麼多座山，像一座座墓碑，每座山下也許都壓著一個曾自由的靈魂。也許諸神以爲山是永遠不會崩塌的……」。

　　順著這個自由靈魂的念想，哪吒登場。番外篇的《哪吒傳》把哪吒從怪胎到靈兒再到禍種的命運快速梳理了一遍，當哪吒取骨還父，割肉還母之後，斷情絕義的他成爲眾仙爭奪的工具，成爲一個沒有魂魄附體的靈魂，最後徹底變成了一個精美的人偶。那麼，無論是十幾年前《悟空傳》的初版，還是十年後補充了番外篇的紀念版，這部作品都應該算是當代本土幻想文學界重寫神話傳說的代表性作品，重寫角度、重寫對象是可以多樣化的，但是這種將當代後現代文化思潮中關於靈魂自由、顛覆權威、身份重塑的話題融入古典主義悲劇品質的寫法無疑大大提升了本土幻想文學界重寫神話的品格。

　　當然，不能全然將《悟空傳》當成開啓本土幻想文學界重寫神話熱潮的唯一動力，畢竟這只是一個勾連全球文化思潮的環節，抑或是後現代思潮的一個表徵。隨後仍然有不少此類中短篇、長篇小說面世。比如麗端的《神殤·啼血無痕》，溫雅的《神仙列傳》就是其中作品之一。麗端的《啼血無痕》從細節到整體皆充滿了對神話元素文化再解讀的實例。從小處說，像小說最開始，主人公杜宇所穿的袍子下擺刺繡的一個圖案——「烏金色的精衛在肆虐的暴風中翩然欲飛，彷彿立即便要陷入濃紫的海水中」，預示了他在生命終結時，靈魂分裂成兩段，一段永墜地府，一段凝聚幻化成黑色的精衛鳥。雖說

〔註6〕　今何在：《悟空傳》，長沙：湖南文藝出版社，2011年，第206頁。

一直以來精衛並不是在那種情境下由人變成的，但這一改寫顛覆了之前的傳說定式，況且杜宇在小說中並不是凡人，還是神界中的一個神人。

再大點，某些神話傳說故事的走向也賦予詩意般的重寫。比如蜀王杜宇和他的王后蕙離，一個白袍子上是烏金色的精衛，一個是朱紅飛魚圖騰，鳥和魚恰好是蜀國流傳的傳世圖騰。當他們生死別離後，竟各自化身為精衛鳥和碧軒樹，而蜀國對這兩個物種都稱為杜鵑，杜鵑鳥盤旋在蜀國，相當於杜宇對這片土地的庇祐，「杜鵑啼血」的典故和蜀地鳥魚圖騰也就很自然地移植到這樣一個極具詩情畫意的情節中來。

再擴大一點空間，某些地域傳說或者歷史遺迹都被順道改寫了，像對蜀國三星堆遺址的歷史重寫。從小說情節上談，蜀國之前的統治者是神界下派至凡間的神人，還有輔弼神人下界統治的金杖和一些其它重要神器。當蜀地君主杜宇被鱉靈趕下臺後，鱉靈處於對神界的憎惡，將象徵神權的金杖和其它神器都埋到三星堆地底，並發誓蜀地再也不需要借助神界的力量。

如果把維度再擴大一些，小說還觸及了人神戀的傳統神話模式。只不過傳統模式通常是天人相隔，永不得見。稍微寬容一些的也就算牛郎織女了，畢竟每年七夕還允許他們見上一面。小說中杜宇的姐姐杜芸本來是天帝擬封的妃子，卻深愛上一個凡人。凡人勇敢地叱罵天庭，公開與天帝作對，最後被打入冥府，不得輪迴，永陷黑暗。當神山要沉沒時，杜芸對弟弟說：「我真正要去的地方，是冥府。天帝終於答應了，我死後靈魂可以永遠和他在一起。」杜宇不敢相信姐姐，作為擁有永生靈魂的神人，竟然願意與神山一起沉沒，哀求她：「那真是一片讓人窒息的黑暗啊，那樣寂靜那樣空洞，當你意識到這一點時，最初一定會絕望得瘋掉！」姐姐的回答卻是：「可是，只要還有人和自己一起堅持，便什麼都可以承擔。」〔註7〕人神關係繼而再推衍至神妖關係，小說把這層關係重塑得更加具有顛覆性。

故事發生的背景是神話傳說中的歸墟。歸墟之外的海域就是妖界。小說將歸墟置於九州東極，上面有五座神山——岱輿、員嶠、方壺、瀛洲、蓬萊。這五座神山本來都漂浮在水面上，一旦歸墟起風浪，神山就會跟著搖晃，遲早會漂到北極，沉沒在海溝裏。故而，天帝派了海神禺疆帶使團來到西海，希望西海能派出十五隻巨鼇，每三隻為一組，幫助神界把五神山固定起來。神界使團來到西海妖界的實質是要西海獻出族人為他們服務，而這個服務不

〔註7〕 麗端：《神殤‧啼血無痕》，成都：四川美術出版社，2006年，第47頁。

是一般的艱巨，相當於要求巨鼇永世駝住神山，一組值班就是六萬年苦役。談判不暢，神界就野蠻地扣押並虐待西海妖界之王，還當著妖族的面，啓用三昧眞火焚燒它們的王國，一批族人爲了全族不被殲滅，被逼求和，自告奮勇去歸墟當奴僕。神人的無賴行徑與妖族的重情重義形成鮮明對比，而作爲主人公的神人杜宇和妖族阿靈，他們之間的友誼、誤解、怨念隨著神族和妖族的對抗貫穿全書，其實對神的顚覆已經不算重寫，大凡對人、神、妖三者關係進行書寫的時候多少會有些反思，只不過，在大的重寫神話傾向中，承襲慣性思路和徹底顚覆傳統的兩種視角是可以局部對接的，而《神殤‧啼血無痕》中就有這類典型的表現。

　　人、神、妖、鬼之外，其實還有一個群體也是重寫神話類東方奇幻式小說喜歡描寫的對象。他們就是仙。東方奇幻文學中就有一支龐大的修仙類小說隊伍。溫雅在其小說《神仙列傳‧序》中就神、仙、妖、鬼、人進行了明確的限定。她的界定一定程度上體現了修仙幻想小說的整體特徵：「神是自然的產物，是自然意志的集中體現，與人的關聯很少；因此，人罕能成爲神，但是人可以成仙。仙是神的弟子與後輩，是虛無縹緲的神在世間切實存在的代表。如果說神是信仰的話，那麼仙這個階層，很大程度上代表了一種境界。既逃避了神的責任，又免於像凡人一樣終日煩惱。……仙與神的重大區別，就是他們也是可以被殺死的。如果機緣湊巧，殺死仙人並不比殺死凡人困難。……最致命的因素是：一場劫數。劫，是人和其他生物通往成仙之路上最兇險的考驗。」〔註8〕修仙之路充滿了一場場劫數，修仙之人通常是凡人，通過機緣巧合，或者憑藉自身實力，躲開劫難、提升能力的過程就成爲此類小說的主要情節走向。

　　無論是道家修眞法門的介紹和描寫，對神話傳說中的各類神魔妖鬼的挪用，還是對穿梭其中的凡人生存路線的描摹，這類小說都算得上雜糅程度很高的幻想小說。連接各種劫數的世界則通常是一個人神妖鬼仙共存的空間。《神仙列傳》中蕭遠等資質頗佳的修仙年輕人所遇到的蛇精、怪獸、物靈等千奇百怪的神秘事物，就是他們在通往修道成仙的路上必須經歷的各種劫難。大部分幻想小說中的修仙題材基本都在這類個人修煉、歷經磨難的框架中盤旋交織。框架中，修仙主人公的遭遇或奇遇成爲作者施展想像的力場，使得修仙強人們個個都像一個能發光發熱的小太陽。不過，《神仙列傳》在情

〔註8〕溫雅：《神仙列傳》，成都：四川美術出版社，2006年，第1～3頁。

節構思中雖然談不上超越此框架，但的確努力做出些不一樣的東西。作者溫雅自己也介紹其寫作偏好是設計一些令人意外的奇特結局，不至於讓作品陷入窠臼，顯得重複乏味。這一努力也算是對幻想小說修仙題材的推進。

當作者和讀者們都津津樂道於某一個修仙強人的超群法術，和他們不可思議的好運之外，騙局和陰謀成為《神仙列傳》的一個亮點：原來，南天之柱早在久遠的鬼暴中就被毀掉了。為了鎮妖平亂，壓倒姦邪，就必須重新把南天之柱豎起來。仙宮各大首腦人物精心策劃，集中仙力鑄成了新柱子。只不過新柱子必須生祭開光才能煥發強力。前輩仙人們早就決定生祭的對象從萬千年輕修仙人和優秀弟子中選拔。所謂「上仙群集、炫技鬥法」不過是一個幌子，群集就是「送命的競賽，血牲的祭臺」。恍悟真相的蕭遠痛心地斥責：「……騙得我們上山，騙得我們期待幸福，騙得我們捨生忘死搶著去犧牲自己的生命……慈祥的恩師，面善的眾仙，一派恬靜美好的溫暖氣氛……原來全是騙局。」當一切歸於平靜，精英們為此犧牲之後，蕭遠的師傅老祖立於聚仙臺，看著享得生祭的南天巨柱已然高直聳立時，落下了老淚，向天界陳言：「請三界看守徐光代為向王母及周天諸神傳達：南方天柱，萬年之後終於重豎，祭柱的乃是從萬千年輕仙人中拔出的最優人選，靈魂純潔無暇，必能萬年鎮守，永葆天柱不倒！」〔註9〕這一句「不倒」的代價卻是一個個修仙精英的鮮活生命，被重新支撐好的神界，其地位是否也如南天柱一般永遠不倒？單從崇尚個體神力猛進，法寶異能眼花繚亂的修仙奇幻小說來說，這樣的結局設置確實比較出乎意料，但從更廣闊的文化傾向來談，來自神聖神仙界的陰謀騙局恰恰又回到了重寫本身，繼續走著顛覆的路子，成為幻想力支撐並印證重寫神話潮的實證。

第二節　無處不在的神秘元素

除了對神話傳說，尤其是原始神話的再創作，當下本土幻想創作中還容納了大量諸如巫術、魔法類神秘元素。這些元素有來自本土傳統文化土壤的，也有深受西方幻想小說影響的。從全球人類文化來看，神秘文化相對於非神秘的科學理性的文化是兩條顯隱互見，彼此頡頏的思維線索。從中國本土文化看，越來越多的人意識到：「中華神秘文化是中華文化的重要組成部分：相

〔註9〕溫雅：《神仙列傳》，成都：四川美術出版社，2006年，第179～181頁。

對於那種以儒學爲核心的雅文化，它可以稱爲俗文化；相對於科舉之類的官場文化，它可以稱爲大眾文化；相對於那些歷史當權者倡導的主流文化，它可以稱爲潛流文化；相對於與大工業聯繫的現代文化，它可以稱爲傳統文化；相對於歐風美雨的西方文化，它可以稱爲本土文化。」〔註 10〕學者們曾從中國神秘的五行、相術、測字、權謀、武術、占候、八卦、占夢、擇吉、幻術、八字、術數、風水、節俗、星象、攝心術、符籙咒語等方面，彙聚並出版過神秘文化書系。本土幻想文學的一支奇幻文學中就有眾多對五行相術、占卜幻術、星象八字、攝心夢境等內容的表現。

　　以巫術爲例，在大量奇幻小說中，它的出現不但使奇幻小說中的人物更富有神秘色彩，還是不少作者們心儀的創作資源。《誅仙》中，南疆「巫族」所施展的神秘莫測的招魂術、《縹緲錄》中薩滿教大和薩的聖歌儀式、《鏡》系列裏的原始血祭等等，都使中國普通讀者在這個陌生且詭異的領域中獲得了感官和心靈上的極大衝擊。

　　魔法在奇幻小說中更是比比皆是。這其中比重最大的要數對西式魔法的引入。發生離奇事件的克里菲斯魔法學校的《血縛靈》；艾爾帕西亞傭兵橫行的《惡魔》；普通人運用智慧對抗魔力強大的法師的《魔法師的門》；收集「死靈」的《新世紀死靈法師》，遺傳了傾聽彼岸之聲的耳朵的「冰鰭」和遺傳了凝視不屬於這個世界之物的眼睛的「我」的《綺羅火》，〔註 11〕這些魔法運行天下的小說不斷強化著奇幻世界的神秘魅力。《飛‧奇幻世界》雜誌常年設置「魔靈法卷」欄目，與「架空世紀」、「神話」、「都市幻影」等欄目保持平行，收錄與魔法相關的各類中短篇小說。

　　看似恐怖怪異的巫術魔法被引入幻想小說後就像受到化學催化一樣，產生的文學感染力實際上超過了不少現實主義文學作品。好比同樣是描寫愛情。現實世界的愛情有可能幸福美滿，也有可能充滿荊棘，愛戀著的雙方無外乎比翼雙飛、生離死別兩種可能。然而，在幻想世界，因爲可以借助神秘力量，展開超越時空限制的情節，那麼，就算結局依然同上，但過程完全不是一回事，必然因其巨大的情感張力，帶來神奇的閱讀衝擊。發表在《飛‧奇幻世界》2009 年第十二期江韜的短篇《傀儡師》描述了神秘傀儡師和絕美

〔註 10〕　王玉德：《中華神秘文化書系‧序言》，見姚周輝：《神秘的幻術——降神附體風俗探究》，南寧：廣西人民出版社，2007 年。

〔註 11〕　胡曉暉：《2003 年中國奇幻文學精選》，武漢：長江文藝出版社，2004 年。

公主的愛情故事。編輯在導語中對這篇小說的形容是「一篇頗為妖異的文，文字本身的力量足以抓緊讀者的眼光一路直追到底，讓你體驗一把屏著氣艱澀呼吸的感覺。」這還只是從文字表達層面進行的評價，如果聯繫上超現實的奇異情節，效果絕對不僅止於「妖異」。

傀儡師是一個突然出現在城中的玩偶表演師。各種美輪美奐的玩偶在他手中就像活物一樣。看過他表演的人都覺得「他是一個高超的藝術家，他能用喜馬拉雅千年不化的雪水，滴出可愛的酒窩；他能用瑞士森林中的綠眼石，嵌出天下最迷醉的眼神；他能用潘帕斯高原的火山石雕刻出永遠無法複刻的胸部曲線和小腿輪廓；最重要的是，他能憑空呵出一口氣，讓沉睡生硬的木頭漸漸映出一張乖巧得如同糖果一樣的女人臉龐來。」很快，整個城市都在傳說這個神奇的傀儡師，國王也忍不住安排他進宮表演，想看看這個傀儡師是否如傳說中一樣。七百歲的法師警告國王，這個傀儡師不是人而是妖，是被撒旦詛咒的死靈騎士，因為出賣了自己的靈魂，才能重塑肉身，行走江湖。國王沒有聽信法師的警告，把傀儡師召進宮。傳說中仙女一樣的公主也坐在國王邊上欣賞表演。公主從五年前就變得異常冷漠，戴著面具，從不微笑。自從看見了傀儡師，旁人都發現「那個冷漠的公主開始變化了，像千年未化的琥珀冰玦，在慢慢融化。」表演非常成功，傀儡師從此每晚進宮表演。就在這看似歡快幸福的日子成為慣例的某一天，傀儡師的心臟崩潰，身體幻化成透明的，骨骼僵硬扭曲斷裂，最後消失無蹤。而在同一天，公主選擇親手剪開胸口的一顆痣，神情安靜地躺在床上自殺了。法師說那顆痣叫淚痣，痣連心，痛並痛，生死同根。難道真是不祥的傀儡師施展的妖術？

當答案揭曉時，一個至純的騎士與公主的愛情故事瞬間打動了讀者。原來，五年前，騎士和公主就相愛了，但是騎士不幸死在十字軍東征的途中。公主是她唯一的記憶和牽掛，為了能再見公主，騎士不惜將靈魂出賣給撒旦，「撒旦許諾給予他 100 天的生命，而 100 天後他將成為嗜血成性的死亡騎士」──一個永遠得不到上帝寬恕憐憫的撒旦信徒。這也就是為什麼他以傀儡師的身份靠近皇宮，為皇室表演，總愛躲在皇宮西北角一個廢棄廣場擺弄玩偶，因為正對著廣場，每天晚上都有一扇帶著粉紅窗簾的窗戶朝那打開，公主每夜就那樣孤獨寂寞、不笑不語地枯坐在房內，渾然不知她的騎士就在不遠處守護、遠眺著她的窗子。

當代奇幻小說中對大量以神話為中心包括巫術、魔法等神秘元素的再

現，其根源究竟是什麼呢？首先被考慮到的應該是一種心理力量始終驅使著身處人的時代的作家們對神的時代和英雄時代的想像與神往。今天這樣一個「人」的時代，「人」的意義已經在現代化進程中被大大地異化或者說被物化了。與其說是人的時代，毋寧說是一個物的時代。具有獨立意識的人希望突破物的重重包裹，以重現人的本質。那麼神的時代和英雄的時代能夠賦予現代弱質人類一種原始生命力，也可以說奇幻類文學創作者有意無意地選擇了原始時代作為他們精神力量的充電器。

國內研究巫術的專家顧祖釗通過研究發現「目前世界上最流行的文化人類學觀點認為，人類最早的文化形態就是巫術文化形態」。〔註12〕奇幻文學對象化石一樣古老的巫術文化進行吸納和重現除了對這一文化形態在感情上的共鳴使然，同時還應該看到，古老神秘文化本身也有絕對的分量可以與彙聚大量現代科技前沿成果的機械文明被放在同一層面上進行相互比對。雖然顧祖釗在世界流行觀念的基礎上從巫術文化在華夏文明史的實際發展中看到了它非原始的一面，進而推斷出巫術文化繼原始社會之後，仍然擁有強大的世俗和政治力量，被等級社會的統治者繼續推崇的結論。

巫術研究學術上的爭執並不會削弱它出現在奇幻文學中的神秘魅力。以「儺」為例，在古代中國，儺是很重要的驅鬼儀式，人們戴著恐怖詭異的誇張面具，跳著不規則的動作，以示驅散鬼神。不論宮廷、政府、軍對、民間，非常普遍，就算當代的一些地區，這一巫風依然盛行，甚至轉化成一種民間信仰或民俗活動。臺灣地區有的地方廟會活動中儺舞就不可缺少。《飛‧奇幻世界》還曾在 2009 年第十二期「拍案驚奇」欄目，梳理了「儺」的來龍去脈，並視其為人類文化的一個元素。幻想小說很少有通篇描述某一個巫術的全部細節，但很多情況下，設定了它存在的合法性，不少作品總會安插法師、巫師、老先知形象，他們的言行有的對情節發展有絕對推動作用，有的類似於一個背景，以區別現代科技文明世界的運行或思維方式；再不濟，也會安排一個巫妖存在。

對於大多數接觸並愛好奇幻小說的人來說，他們最初喜歡這類作品的原因可能因人而異，但是通常會覺得奇幻想像的神奇力量能夠帶來一種愉悅。很少有人會深思這種愉悅與日常生活的其它樂趣究竟有什麼不同。在當代五

〔註12〕顧祖釗：《華夏原始文化與三元文學觀念‧總序》，北京：北京大學出版社，2005 年，第 49 頁。

彩繽紛的世界裏，要找到些生活的樂子並不困難，但是那種刺激眼球和神經的樂子通常並不能維持多久，人們仍然可以在轉瞬之間感到沮喪和鬱悶。這也就是現代病的集中表現：膚淺的尋歡作樂最終只能帶來更多的空虛無奈。

而幻想文學如果只能滿足低級趣味，那麼它存在的價值，在歷史學家、社會學家或者文化人在對時代精神作研究時，充其量不過是個不光彩的反面材料。正好相反，巫術、魔法文化在幻想作品中的表現，既反映了一部分人的精神追求，還把更多人的目光引向原始文化，使其從一個民間迷信形式、一個學術概念進入了真實的文學創作領域。只不過要控制這個話題的難度非常大，這也是一個危險的陷阱。一旦脫離學術、擺脫政治批判話語，在作品中要借巫術、魔法表達一個什麼樣的價值觀念就成為人們關注的焦點。

只是為了滿足一點讀者獵奇心態，或者神神叨叨地故弄玄虛，這類幻想作品無疑會成為奇幻文學中的下品。實際上，對神秘元素的著迷，原因是多樣的。《飛·奇幻世界》曾對某些特定對象的魔力進行歷史追蹤。如 2009 年第一期曾在「拍案驚奇」欄目中介紹過「鏡子」的神奇力量。其中有一個部分就涉及到中世紀各國迷信和占卜中鏡子與魔力思維的關係。「為了保護靈魂，美洲的阿茲特克人用亮如鏡面的物體來避邪。……猶太人相信，當一個人去世時，哀悼者們需要將房間裏的鏡子反扣，或是將鏡子對著牆壁……」在現代生活中普通的鏡子成像原理已經不再神秘，那為什麼幻想文學不少作品裏依然有類似鏡面或者反光對象具有不可思議的魔力呢？「這也許是因為人的潛意識中常存在飛向幻想世界的願望，而鏡子為你打開虛構世界的入口，使你在兩個世界的門檻上浮想聯翩。」〔註13〕顯然，幻想小說中對魔法、巫術、神物的描述，流露出的不僅僅是淺薄的獵奇心態，而是人類精神思維深層，溝通虛構和現實兩界的原始衝動。

在文化人類學上，有兩位重量級學者維柯與弗雷澤對巫術都進行過細緻的研究和論述。不過兩位在巫術的產生和功能上的觀點有著明顯的區別。維柯的基本觀點是將巫術文化看作人類最為原始的文化形態，在他的著作《新科學》中體現了這樣一條主線，即人類從神的時代到英雄的時代，再從英雄的時代回到人的時代。而巫術文化正是人類處於神的時代的表徵之一。

顧祖釗在這個問題上並不同意維柯的觀點。他認為通過對華夏原始文化典籍和考古資料的分析，可以發現從黃帝開始，那些擁有至高王權的人通常

〔註13〕 琉璃鳥：《鏡子——世界的倒影》，載《飛·奇幻世界》2009 年第一期。

本身就是強大的巫師，到後來巫師雖然成為某一個王國重要的人物，有的時候地位甚至高於國王，種種事實表明巫術文化的產生已經超越了原始的神靈崇拜階段，披上了功能政治的外衣。弗雷澤曾肯定地認為，在物質方面人類都經歷了石器時代，在精神和智力方面則都有一個巫術時代，巫術信仰是「一種真正的全民的、世界性的信仰」。〔註14〕無疑，弗雷澤的觀點將巫術的地位最大限度地拔高了起來。

　　不管中西專家們關於巫術等神秘文化的起源、功能、特徵等問題存在怎樣的學術分歧，有一點可以肯定。二十一世紀的今天，我們不能不負責任地將巫術、魔法歸於裝神弄鬼、妖言惑眾或封建迷信，更不能將帶有這方面內容的文學作品不加甄別地掃地出門。就好像 2007 年 6 月世界巫術大會選擇在歐洲的挪威召開，而 17 世紀的歐洲還曾上演過迫害、燒死女巫或者嫌疑婦女的慘劇。人們從粗暴打壓到冷靜研究沒有想到一晃竟是 300 多年。

　　巫術、魔法在當代進入文學世界很大程度上被當成一種表現手段，真正的目的應該是通過這樣一個手段展示出深層精神狀態和時代文化動向。一個世界文化傾向與中西文學互通的問題很自然地被牽涉進來。一貫重視文藝學本土建設的當代文藝學專家童慶炳在其為「文藝學與文化研究叢書」所作的《總序》中對中西方文藝學二十世紀研究重心以及轉向不同方向的實際情況進行了表述，並提出了他對「落後」的理解。

　　他指出當 1980 年代中國大陸結束文革之後，就開始了文藝學「審美論」、「主體性」、「語言論」〔註15〕三大轉向，努力擺脫文藝「他律」的束縛、探求文藝「自律」的時候，西方文藝理論界竟自覺擺脫相對成熟的「新批評」和結構主義文論的模式，朝著文化的方向重新關注起文藝「他律」的問題了，文化研究獲得充分發展。如果一味跟在西方文藝界的腳步之後，這一現象就只能說明中國的步子又落後了。

　　不能否認，二十世紀末，中國文藝界在童慶炳所說的三大轉嚮之後，的確發生了第四次轉向，即文化研究熱。反映到文學創作上，文化研究關注的如種族、性別、第一世界和第三世界、文本與歷史等問題紛紛出現在具體的文學創作中，並通過虛構故事充分展示出來。奇幻文學作品當然也不例外。

〔註14〕弗雷澤：《金枝》，北京：中國民間文藝出版社，1987 年版，第 88～89 頁。
〔註15〕顧祖釗：《華夏原始文化與三元文學觀念‧總序》，北京：北京大學出版社，2005 年版。

以上話題幾乎可以在不少奇幻文本中找到對應的表現。

有一點必須明確，所謂童先生所擔憂的「落後」並不是絕對的。以某些類似現象出現時間的先後為判斷標準，得出本國文藝界的「落後」這個結論顯得操之過急。我們不排除有跟風、模仿的實際情況存在，但是要看到一種理論在某一個地方能否找到棲身之所，以及出現的早晚都要受各方限制。雖然發達的咨詢網絡和全球化溝通趨勢的氣氛下，要實現互通有無不是件難事，但是如果全球範圍內，在思想上、文藝上都能實現時間上的同步，那將是非常不可思議的現象，思維多樣性、地域差別、傳統文化以及接受消化能力都決定了就算同一事物散佈到不同地區，也不可能獲得完全的複製。畢竟人類思維、情感體驗不可能被改造成生物學意義上的克隆技術。就好比文化研究方向一樣，作為世界性大傾向有可能存在中西趨同現象，但是各民族文化所分解出來的成分更多的是獨立而獨特的。

因此，如果「落後」一詞僅僅代表出現早晚這樣的時間問題，我們應該毫不猶豫地將其取消。只要從根本上擺脫單純追逐的惰性，祛除刻意模仿的心理陰影，真正實現中西交流的對等和互動完全可以實現。這一點，文學創作領域中，中國當代幻想小說就是一個典型實例。同樣出自童慶炳先生的文化詩學五大基本原則，即歷史優先原則、對話原則、邏輯自洽原則、聯繫現實原則和不放棄詩意原則，就是提醒人們面對文學創作、文藝學研究應該保持著一種平衡與獨立的心態。

在這個問題上，正好有一個佐證：幻想文學中的奇幻一支在最初成為一種流行的時候，的確帶有鮮明的西化風格，到處充斥著西式魔法或騎士傳奇類作品，但是也要看到，真正具有持久魅力和有成為文學經典潛力的作品，卻是奇幻界目前正在形成的「中式奇幻」風格。

這些奇幻作品的內在精神跟中國傳統主流文化和邊緣文化都實現了不同程度的接軌：除了與中國的志怪傳奇文學傳統、民間通俗文學發生了一次親密接觸，對於邊緣文化的關注，也不自覺地與西方二十世紀以來形成的後現代理論以及文化研究思潮相呼應。那麼，文學中表現的巫術與魔法自然又多了一層文化研究的學術意義。

巫術、魔法、神話等神秘文化資源在當下幻想小說中的出現決非單純、孤立事件。上面所談及的心理感受、文化交流、文學傳統等原因都只能是普遍原因，無法完全給出為什麼這些文化形態會在此時此地大量出現的特定

原因。

要解答這一現象最終還是必須回到全球範圍內對科學理性反思上來。當反思的主觀願望、隨之而產生的相關理念通過各種途徑在接受者心中沉澱之後，文學領域中出現對非理性、宗教意識、神秘主義的普遍回歸也就順理成章了。與現代「人」的話題相呼應，幻想小說中體現的巫術、魔法、神話情結是向神秘、虛玄更加靠攏的表現。人是神的造物主，抑或神是人的主宰等等從科學理性或宗教角度加以論證的話題都不是奇幻小說期望表達的意義。超自然法術、神秘儀式、神靈魔怪、古老神話，以及與「神秘主義」相關的很多元素以無須證明、預設為真的狀態直接空降到奇幻小說中，作為背景或者主體，在純粹的神秘世界裏，訴說著它們的時代內涵，從側面展示出隱蔽在當下奇幻小說中的現代精神動向。

「神秘主義，作為一種詩性智慧，它不是把世界拉到身邊，抓到手上，拆卸開、弄明白，以便強制它為我所用；而是將世界奉為神、景仰它、尊重它、愛護它、讓它保持自然的本性，人效法它，努力與它恢復和諧」。〔註16〕這段話影射了對待神秘主義的兩種態度，前者是典型的科學理性模式，後者卻是在反思前者之後擺正「人」的位置之後所作的調整。在一定程度上符合神秘主義重新進入人們視線，出現在文學作品中的實際情況。上面這段話的作者甚至還一口氣為「神是什麼」提供了從古自今、縱橫中西的七種概括：「神是無限的宇宙生命」，「神捍衛宇宙神聖和生命尊嚴」，「神是生命之美、萬物之妙」，「神是對萬物的超越」，「神是生命信仰、心靈自由、宇宙博愛」，「神是生活的深度」，「神是宇宙之詩」。很明顯，上文對「神」、「神秘主義」的定義總體上還是將對方置於一個令人仰視的高度，其超越性和永恒性更像是眾人面前遙不可及的幻象。

顯然到了今天，人們單向度仰視神的方式已經不再有絕對說服力。學術界還逐漸接受了人與神之間實際存在的平等對話關係，「對話叢書」的出版就包括了《人與神的對話》〔註17〕，書中還詳細考察了實現人與神交流的原始巫術、宗教，以及相關儀式等途徑，一定程度上調整了仰視的角度。

不能否認在新世紀文學創作，尤其是奇幻小說中，呼喚人與人、人與自然和諧關係的重建在很多作品中是通過人對原屬自己創造物的「神」的態度

〔註16〕 毛峰：《神秘主義詩學》，北京：三聯書店，1998年版，第31頁。
〔註17〕 譚桂林：《人與神的對話》，合肥：安徽教育出版社，2000年版。

間接表達出來的。只不過在對待「神」、「神性」的態度上文學創作者比學者們走得更遠，從他們的作品中既可以看到對原本仰視角度的保留，也能夠聽到平等的對話之聲，更能發現令人驚喜的超越。「重寫神話」的真正魅力恐怕就在於此。

　　當然，我們也要承認，畢竟神秘主義既是一種學說、哲學思想，又是現實人類的某種特異精神體驗。從東西方宗教教義、神仙譜系、民間原始文化傳承，到具有一定操作性的超自然意念和力量（包括巫術、占星術、煉金術等），都被置於神秘主義的龐大家族譜系之下。

　　至於從巫術、魔法、神話等幻想小說標誌性元素中，將神話獨立出來加以展開，並將注意力投向當下「重寫神話」潮流的意圖則不是單一的。除了這一現象所具有的代表性之外，神話作為神秘主義的冰山一角，它在當代奇幻文學中的大量出現，不但能夠展示這類幻想小說的文學特質，還能進一步勾勒出「神秘體驗」〔註 18〕進入當下幻想文學的文化線條，更重要的是這個純粹的神奇世界雖然離現實世界遙不可及，卻絲毫不妨礙它發揮對現實機械文明與生俱來的反襯功能。

第三節　浮動著的科技指數

　　本土幻想文學發展進程中，尤其是建國後，科幻小說一度具有壓倒奇幻的絕對優勢。實際上，直至上世紀末，奇幻世界都一直隱匿。上面提到的神話、巫術、魔法、玄想基本沒有施展魅力的場域。當然，幻想作品，尤其是科幻小說中的科技因子含量不是恆定的，除了創作者個人風格原因，本土幻想文學的科技指數在時代變遷下，與人們對科學幻想小說的定位息息相關。通常，當科普功能被放大時，科技指數是比較高的，當時，基本上大部分作品都免不了密集介紹科學定律、解釋發明成果的功能和原理、展望未來科學新世界的美好。

　　建國後的幻想小說中，介紹科學常識，解釋科學定理的情節比比皆是。1950 年，張然發表了《夢遊太陽系》〔註 19〕。整部作品分兩大部分，前九章

〔註 18〕　（比）保羅・費爾代恩（Paul Verdeyen）：《與神在愛中相遇——呂斯布魯克及其神秘主義》，陳建洪譯，北京：中國致公出版社，2001 年版，第 314 頁。
〔註 19〕　饒中華：《中國科幻小說大全（上）》，北京：海洋出版社，1982 年版，第 31～35 頁。

爲第一部分，講述了主人公靜兒夢遊太陽系，第十章到第十二章爲第二部分，靜兒夢遊太陽系的故事在同學中傳開後，老師利用這一事件，在自然課上介紹了有關太陽系的各種知識。

靜兒的夢遊從聽奶奶晚上講故事開始，先是夢遊到了月亮上，在月球上，一群人在打籃球，跳得比房子還高，然後引出吸引力話題。「月球上的吸引力只有地球的六分之一，因此在月球上很容易一跳就高達 10 米！」小說中，科學老師陳老師關於月球的試驗基本都圍繞大氣壓、重力等概念。待靜兒夢遊到太陽後，太陽黑子、磁暴、日珥紛紛登臺，靜兒嫌太陽不好玩，接著又來到火星。火星這一段，算是小說中最不具科普性的部分了，其中杜撰出了火星人形象：「怪物的個子很高，頭上長著兩個大耳朵和一雙觸角，腿很細，腳卻大得像一把大扇子。」就算如此，火星怪物的形象也不是憑空亂想的。因爲火星空氣稀薄說話聲音被稀釋，進化一對大耳朵是爲了更好地收集聲音，頭上的觸角是爲了傳遞聲波，大腳丫是爲了更好地支撐身高，站得穩當，因爲火星上的引力是地球的三分之一，火星人身高是地球人的三倍。

「人造月亮」也是 1950 年代初科幻小說家門喜歡描寫的高科技單品。鄭文光和於止分別於 1954，1956 年分別發表了《第二個月亮》和《到人造月亮去》。兩部作品不約而同地用相同的理論介紹了人造月亮的運行原理，情節驚人相似。不論是前者，小平乘坐火箭船參觀「轉個不停」的人造月亮，還是後者「我」、李建志、張老師一行參觀人造月亮，都問了同一個問題：「人造月亮爲什麼轉個不停？」接著，大段關於旋轉產生離心力、發電機的動力來源（利用凹面鏡彙聚太陽光，把水變成蒸汽推動發電機發電）等科技說明出現了。

至於展示技術成果，各種奇思怪想的小發明成爲主角。從 1956 年開始，一直到文革前夕 1965 年，于止的《沒頭腦和電腦的故事》，遲書昌的《奇妙的「生發油」》、《人造噴嚏》、《起死回生的手杖》，丁江的《地心列車》，危石的《怪枕頭》，趙世洲的《飛椅》和《會說話的信》、蕭建亨的《釣魚愛好者的唱片》和《奇異的機器狗》，魯克的《奇妙的刀》，志兵、一幟的《三用飛車》，王國忠的《神橋》，李永錚的《魔棍》，童恩正的《電子大腦的奇迹》和《失蹤的機器人》，王國忠的《春天的藥水》，嵇鴻的《神秘的小坦克》和《老醫生的帽子》，叔昌的《莊稼金字塔》等作品就被收錄進《中國科幻小說大全》。這些作品有不少最初發表在諸如《中學生》、《新少年報》、《少年文藝》、《兒

童時代》等面向少年兒童的刊物上。這些作品除了向少年兒童普及科學常識之外，眾多充滿創意的小發明之所以成爲小說主體，目的在於進一步激發閱讀對象熱愛科學，利用科學改變周邊世界，依然屬於科普教育的範疇，至於開發想像力，倒不是最重要的目的，降格爲副產品。

上述判斷源於作品通過這些發明成果傳遞出來的實用主義價值觀。如魯克的《奇妙的刀》中，弟弟不小心把魚鈎吞進肚子，家屬通過激光電視機看醫生施行手術。手術刀是一種叫做超聲波的手術刀，外形如一支鉛筆。這種高科技外科手術器具使得外科手術彷彿「開刀不用刀，開了刀又不出血」，病患毫無痛感。可愛的小弟弟在無痛和沉睡中成功接受了外科手術，輕鬆而充滿愛意。

嵇鴻的《摩托車的秘密》中，一臺由小朋友駕駛的摩托車，在馬路上橫衝直撞，但次次可以巧妙避險。原來它是一輛超聲波摩托車，接受前方障礙就會自動轉向，大大提高了交通安全度。

李永錚的《魔棍》，一根小小的黑色膠木棍既可以在水中吸引魚兒自投羅網，還能淨化湖水，除去衣物上的墨漬，其實就是一個萬能微型超聲波發生器。王國忠《春天的藥水》中含有刺激素的工業廢水被有效利用，有效地抵禦了寒流，保護小麥、油菜和果樹等莊稼作物不受傷害。蕭建亨的《奇異的機器狗》裏出現的鐵皮玩具狗、鐵螃蟹等所謂的玩具，其實都是人工智慧機，人們將它們用於導盲、清掃、牧羊等日常工作。

1965 年後，文革十年是科幻創作集體噤聲的階段。到了 1976 年，葉永烈在《少年科學》第一期上發表了《石油蛋白》。這時候的科幻小說作者們沒有因爲十年的沉寂，喪失了改造物質世界的樂觀精神，也沒有停止對技術指標的盡心展示。

小說中介紹了一種用來爲石油管道脫蠟的「嚼蠟菌」，「100 克乾嚼蠟菌體，含有 42 克蛋白質、3 克核酸，還含有一定量的維生素。就蛋白質的含量來說，1 噸乾的嚼蠟菌，可以替代 2.1 噸瘦豬肉，或 3 噸鮮雞蛋，或 12 噸鮮牛奶，相當於 4200 個成年人在一天內所需要的蛋白質。」〔註20〕原本用於工業脫蠟的菌體，因爲這一組數字，拓寬了它的使用領域。小說中的主人公「記者」享用的蛋糕、奶粉、肉醬都是食品廠把富含蛋白質的嚼蠟菌人工轉化出

〔註20〕饒中華：《中國科幻小說大全（上）》，北京：海洋出版社，1982 年版，第 197 頁。

來的美食。顯然從食品安全角度來說，在當下，涉及人造食品問題都很容易引起大家的反感或者警惕，但是當年的科幻小說，在這個領域，依然以極大的熱情擁抱科技力量。

無獨有偶，1978 年《我們愛科學》第 3 期，苑莉和呂振華發表了一個類似題材的作品《蛋》。「長征養牛場」的母牛們能下蛋。「根據遺傳工程學的知識，把北京鴨生殖細胞中關於形成產卵特徵的這部分密碼，移植到奶牛的生殖細胞中去……」〔註21〕就這樣，奶牛們都下出了大如籃球的「牛蛋」。

1976 至 1978 三年間，老科幻作家們逐步恢復寫作，新生作家們開始進入幻想創作的領地。他們的作品也不僅僅發表在兒童類期刊上，《人民文學》、《廣東文藝》、《甘肅文藝》等全國性、地方性綜合期刊上也開始出現幻想小說的身影。

如童恩正的《珊瑚島上的死光》最初就發表在 1978 年的《人民文學》上。江蘇人民出版社還在 1978～1979 年間出版了不少科幻集。有了前幾年的復蘇，1979～1980 年，科幻小說創作算是正式找回了一些元氣。絕對數量上超越了前幾年試水般的規模，內容構思上也迎來了新風向。與生產生活息息相關的發明創造，科普意義上的理論介紹雖然沒有消失，但離日常體驗稍遠一些的外太空秘密、外星人降臨、神秘探險、懸疑怪談開始出現。可以說，作家們的感受觸角逐步自我鬆綁，至少在功利性上有所削弱，可讀性和想像力均獲得一定的提升。

探索外太空及外星智慧的如王川的《飛碟來客》、蕭建亨的《「金星人」之謎》，徐臻泉的《天外歸來》，閣正蘭的《火星尋妹記》，童恩正《宇航員歸來》，王世杰的《G 星上的奇遇》，史新金《中國第一號宇宙城》，李元《星球世界漫遊》，施鶴群《飛碟之謎》等。這些作品傳達了大量的宇航知識和星球常識，還構想了各種外太空智慧生物的存在可能性。

探險、懸疑的有王川的《神秘的七彩山》，尤異的《神秘的信號》，王玄的《「黑虎」的眼睛》，王金海《大海奇遇》、《金牛洞奇遇》，葉永烈《龍宮探寶》、《怪事連篇》、《「殺人傘」案件》，吳岩《冰山奇遇》、汪建中《魔鬼三角奇案》、王金海《怪島探秘》，北星的《魔海諜影》，喬清昶的《方教授的鬼魂》、袁兆平《「死亡三角」探險記》……。

〔註21〕 饒中華：《中國科幻小說大全（上）》，北京：海洋出版社，1982 年版，第 240頁。

此類作品，除了對科技常識的介紹外，還加大了情節的曲折離奇性。吳岩的《冰山奇遇》南極科考船上的人員無意間發現了一個穿著五十年代西服的「水晶人」。科考員們將這個「水晶人」從冰洞中剝離出來，利用高科技成功復活了他──「五十年前失蹤的，『F-S』塑料真正發明人葉汝師」，從而揭出盜取試驗材料，暗害發明人的罪案。

也正是在 1980 年前後，科幻小說中出現了一些作品，它們對建國以來本土幻想小說技術至上、科學偉大的寫作常態進行了反駁。可以說 1980 年是一個轉折點──科學幻想中科技指數有下浮傾向，同時，對科學技術百分百肯定的態度也日漸逆轉。至少，就算小說中依然會有成段的科技介紹，但主旨已經悄然發生變化。

以發表在《科技文藝》1980 年第 3 期，叢守武的《杜勒與愛麗絲》為例，小說講述了一位青年畫家杜勒的曲折愛情故事。他創作了一幅畫《黎明》，畫中的美麗姑娘恰巧與前來買畫的姑娘愛麗絲驚人相似。杜勒與愛麗絲因畫結緣之後，成為愛麗絲家中的常客，並認識了愛麗絲的父親醫學博士布魯斯。

正當他們按照約定準備結婚時，杜勒發現愛麗絲像變了個人似的，不像之前一樣，從眼神到肢體接觸都毫無感情交流，冷冰冰如僵屍。逃婚過程中，杜勒不明原因地暈倒，醒來時已經在一間實驗室。一位陌生女郎出現了，並聲稱是來解救他的。原來，愛麗絲是一個受人支配的「類機器人」，是布魯斯對一個有血有肉真人進行神經系統改造後，變成的絕對服從，無感情信仰，沒痛苦沒記憶的類似於機器人一樣的生命體。而杜勒也成為布魯斯改造成類機器人的下一個對象。

那位神秘女郎其實就是布魯斯真正的女兒。她不滿父親的類機器人工程，更因為已經愛上才華橫溢、富有正義感的杜勒，在帶有陰謀性質的婚禮上選擇背叛父親，暗中解救杜勒。小說的最後，他們成功逃出，開車駛向遠方。

著名科幻小說家鄭文光 1980 年發表的《古廟奇人》雖然不帶這麼明確的反思和批判精神，但是小說的結尾卻極富寓言意味。直升飛機出了故障，不得不滯留荒山的「川仔」和「盧時巨」敲開了一座古廟的門準備投宿，卻遭到一怪老頭的拒絕。兩人偷入廟中，竟然遇見一頭獅頭虎身怪獸、還恐怖地發現之前就摔死的地質隊員復活了，並認識了常住廟中的曾教授。他們被廟中人發現後被要求呆在廟裏不許出去。兩人為了探究此地的秘密冒險打探。

原來，廟中老頭是從天狼星來的，制伏了當年迷路的曾教授後，傳授了曾教授很多，諸如把獅子頭接到老虎身上，為摔死的人換上人工大腦，為失明的老人換上眼睛等等先進科學技術。

外星人老頭後來乘飛船逃走，「外星人留下的科學技術，並沒有被人掌握」，留下的古廟和地下實驗室則被「炸得粉碎」。至於掌握了外星人高科技的曾教授：「也在這天夜裏，莫名其妙地死於二百里外的一個地方。」〔註22〕當然，我們可以認為這是作者忠實於地球文明純潔性，抵抗外星球侵入的結尾處理，然而，我們還可以理解為一種象徵和寓言。象徵更高級別的外星科技文明不能落地生根，預示著主宰這個世界的定律不是線性科技理念中的更高、更快、更強。人類世界存在與運行的背後也許蘊含著高科技之外更廣闊的空間。

跨越二十世紀來到二十一世紀的今天，對技術至上的質疑除了在非科學幻想中體現，科學幻想本身的反思也沒有停步。從 1980 年《杜勒與愛麗絲》到 2012 年燕壘生科幻短篇小說集《瘟疫》的出版，將兩者進行一個縱向比較，即可發現這一動向的延續和發展。

《西摩妮》是《瘟疫》集收錄的一篇。小說講述了戰爭狂人與反戰組織之間的故事，鬥爭的焦點集中在一個高科技產品「生物計算機」上。「我」從有意識起，就沒有行動能力，「我」自己揣測患了「肌肉萎縮側索硬化症」。「我」也只知道一群軍方人士拿著很多怪異的儀器，不時在自己身上做著各種測試。「我」在不用測試的時候，喜歡跟照顧自己的護士西摩妮交談，為她朗誦各種詩歌。

隨著情節的發展，令人瞠目的是「我」根本就不是一個活人，而是從一個孤兒院弱智者身上取下的活體大腦。白癡的大腦是製造生物計算機的絕佳材料，有著無比的優越性——運算快、存儲量大。因為白癡的大腦接受外界的無效信息幾乎為零，將整個圖書館信息送進去也占不到存儲空間的十萬分之一。軍方利用比普通物理性計算機性能強大的生物計算機進行「中微子定位儀」和「轉換儀」試驗。試驗一旦成功，就可以先通過定位儀確定坐標，再利用轉換儀把兵力、武器瞬間投放到全球任何一個地理坐標上，進一步加強武力控制世界的強力。

〔註22〕饒中華：《中國科幻小說大全（下）》，北京：海洋出版社，1982 年版，第 128頁。

「我」最終明白自己只是取自一個白癡的大腦活體部分，被軍方冷酷地命名爲「八號」的命運後，在西摩妮——勇敢的反戰組織臥底的鼓勵下，通過腦電波反控制並摧毀了定位儀和轉換儀。機器被毀的瞬間，「我」必然也隨之死去，已經暴露的西摩妮更不可能逃過軍方的絞殺。就這樣，一個是大腦活體，生物計算機的核心；一個是青春洋溢的反戰少女，雙雙選擇了自毀犧牲。在生命終結時，「我」最後給她朗誦了彼此之前都喜歡的那首《死葉》：「來吧：我們將一朝與死葉同命。／來吧：夜已到，夜風帶我們飄零。／西摩妮，你可愛聽死葉上的腳步聲？」〔註23〕

科幻作家兼研究者吳岩就把科幻按照內容分成四類：「科普族類、廣義認知族類、替代世界族類和科學對社會影響族類」〔註24〕。這是兼顧認知和價值的廣義分類，適用於全球科幻發展的情況。科技因子的比重有多少，正負價值是否平衡等等細節支撐了科學幻想作品的局部或者整體面貌。

只是，當代本土科幻由於國情不同，對科技元素的使用、變形和價值認定都是浮動著的，一開始就呈現不對等現象。民生艱苦，自然災害頻繁的五六十年代，面對國家工業化水平的低起點，科幻作家對科學技術發展的願望是強烈的。六七十年代文化大革命的文化限制，工農業發展呈停滯甚至倒退狀時，基本寫作、發表機制都不能保證情況下，更不可能發出大規模質疑技術發展的聲音。八十年代科幻復蘇則是伴隨著整體文化復蘇而來的，與世界重新接軌的願望才逐漸得以實現。經歷了世紀之交，走到今天的中國當代科幻小說，作爲幻想文學重要一脈，在科技文明全球化反思大背景下，實現了自我的不斷調整，而科技指數在幾十年間，就這樣沉浮不休，默默填補著大幻想世界的一隅，成爲幻想空間中舉足輕重的、動態的構成元素。

〔註23〕 燕壘生：《瘟疫》，成都：四川科學技術出版社，2012年版，第64頁。
〔註24〕 吳岩：《科幻文學理論和學科體系建設》，重慶：重慶出版社，2008年版，第16～20頁。

第五章　新歷史主義語境下的幻想文學

　　顯然，二十世紀經歷了形式主義、結構主義和解構主義的洗刷之後，傳統歷史主義與文學創作，尤其是文學批評之間原本密切的聯繫曾一度被隔絕。新批評迴避作品、作者、讀者之間的歷史因緣，執著於文本本身的形式批評。解構主義則秉持顛覆所有既定秩序的態度，懷疑史料的眞實性和正史的神聖性。史學傳統遭遇前所未有的挑戰。1980 年代興起的新歷史主義既是史學界對學科領域的捍衛，又是面對挑戰進行的思維理路調整。

　　至少，新歷史主義者們不再執著於正史的唯一可信性，不排斥對野史或歷史支脈的挖掘和敘述，主動修正了他們習慣的二元對立，重塑了它與政治、文化、文學等一系列領域的重要關係。當然，歷史本身是如此令人難以割捨，無論持怎樣的歷史觀，對歷史現場的想像和論證都是不可抗拒的創作動力。就像韓松在他的最新科幻小說《地鐵》裏的人物就猜測「沒有歷史深度的技術型國家」，才會有可能被外星人侵入或佔領。因爲這樣的國家或者民族數字化程度高，可控性自然就高。

　　幻想文學從來都像帶著翅膀的神鳥，恣意穿行於歷史、現在、未來，海闊天空於母星地球及已知或未知的外太空。那麼，在這樣一個新歷史主義語境下，對史料的再利用、對歷史場域的回歸自然成爲幻想文學創作的一個重要生長點。然而，新歷史主義語境與幻想文學創作之間並非召喚與被召喚的關係。它們是互相印證的關係。

　　一方面，新歷史主義的部分理論訴求可以在相關幻想文學中找到對應物。正如新歷史主義誕生後的追求顯示，它「徹底顛覆了關於『歷史與人』的一些古老的命題，而重新界定歷史與人的生成、歷史與文化、歷史與文學、

歷史與政治、歷史與權力、歷史與意識形態、歷史與文化霸權、歷史與文化史學等一系列思維模式、文本策略和敘事方法。

這樣，新歷史主義就以反抗舊曆史、清理形式主義的姿態，登上了歷史舞臺，並在『文本的歷史性』與『歷史的文本性』上受到了當代文化的關注」〔註1〕。當下幻想小說中有不少正是將故事發生的時段設置在歷史上真實存在的某一個特殊時代，在傳統歷史格局之下，展開的卻是人、神或外星智慧生物的生成、演變及悲喜交加的鬥爭，回應的正是身處歷史長河，包括人在內的各類智慧生命體如何參與歷史進程，而他們的生命軌迹又是如何影響這一看似可逆實則不可逆的進程，進而還是回到人類文明、歷史文化、權力之爭等新舊曆史思維模式都會直接或間接涉及的重大問題。

只不過，幻想文學本身與現實生活的疏離關係決定了，它只能部分映射新歷史主義某些研究角度，至少在意識形態、現世政治霸權等問題上如此。總體上，無論是科幻還是奇幻作家採取的都是迴避態度。這樣一來，文化、人、非現世的權力之爭成爲此類作品致力表現的對象。不同的情節設計卻不約而同指向了歷史與文化、歷史與生命體、歷史與權力的新歷史主義式的反思與批評。

第一節　玩轉時空：從科幻歷史長篇到穿越時空小說

錢莉芳歷時七年先後出版的《天意》與《天命》兩部歷史科幻長篇小說稱得上本土幻想文學園地綻放的雙姝，也算當下科幻小說取材歷史故事對民族歷史進行重構的一種嘗試。2004 年出版的《天意》在當年就獲得科幻銀河獎特別獎的殊榮。同領域著名作家韓松在書皮上的評價就觸及了如何看待歷史的問題。他敏銳地提出：「我們應該忠於哪段歷史？忠於正在經歷的歷史，還是被覆蓋掉的那段歷史？這是《天意》對我們的考問」。而當七年後的今天，作者《天命》問世之後，科幻作家劉慈欣高度評價了這部新作，認爲它的面世「讓科幻照亮歷史。非凡的想像力帶我們回到另一個漢朝，幽深詭異的歷史畫卷徐徐展開，用史學的厚重嚴謹托起幻想的縹緲空靈，似乎比真實的歷史更真實。超越《天意》的巔峰之作，讓我們對歷史、時間和命運有全新的

〔註 1〕 王岳川：《後殖民主義與新歷史主義文論》，濟南：山東教育出版社，1999 年版，第 156 頁。

感覺。」。「歷史」話題依然！

可見年輕的作者對於歷史的拷問仍未完結。我們暫不評價前後哪部作品更好，僅從整體上看，從《天意》到《天命》，作家爲讀者支起了一個冷硬堅實的腳手架。在環環相扣的支架下，權謀之辯、人性掙扎、天外飛仙、未來使者都在歷史大棚下一一登場。兩部作品的故事均在傳統歷史語境下展開。前者處於秦朝末年與楚漢相爭的亂世之交，靈魂人物即幫助劉邦殺出漢中，精於謀略的大將軍韓信。後者發生在漢朝末年，核心人物是奉命出使匈奴，忍辱負重的蘇武。韓信與蘇武在小說中的共同點在於，彼此的成長經歷都坎坷崎嶇，彼此都有一個從隱忍、退縮到悟道、超脫的經歷。他們超於常人的智慧，在周邊人物諸如歷史名人秦始皇、劉邦、項羽、范增、張良、李陵、衛律，神話原型彭祖、玄鳥族的烘托下，顯得冷峻而有穿刺力度。

可以說《天意》就是一部拯救之書，拯救的對象正是人類在漫漫歷史長河中累積的文明。神秘的星外來客被困地球，爲了收集到足夠的能量返回母星，創造並加速了地球文明。其計劃成功之日將是它親手銷毀地球文明，抑或率眾佔據地球之日。在計劃即將成功之際，被韓信這個地球人洞悉，不惜放棄功名利祿，不懼瘋狂報復，憑計謀獲得高智慧武器「曳影箭」，搗毀了它的海上基地，損毀帶有全息影像監視功能，別有用心助歷代帝王洞察民情、控制時局的「鼎心」（類似於電子芯片）。韓信的目的只有一個，那就是拖延星外來客返回母星的進程，推遲其銷毀或佔領地球文明的計劃。他將唯一的紅顏知己季姜送到未來，讓她把在這個時代觀察和梳理出的重要情報，也就是星外來客物色並利用地球人達成目的的種種特徵，牢牢記住，隨時保持警惕，在未來的世界一旦發現有類似迹象或生物活動，就要勇敢地站出來，將文明或被覆滅或被奴役的重要信息傳遞給未來地球人，守護著地球、幫助未來人類延續歷史與文明。

這樣一來，《天意》自然成爲一部超脫小情小愛的幻想小說。它堅信人類文化與歷史無論遭受過怎樣的干預，都有繼續存在和發展的必要性和必然性，與此同時，它並不排斥偶然因素的介入，星外來客、韓信和穿越到未來的季姜其實都是干預歷史的人，而星外來客，甚至可以說是地球文明和歷史的直接締造者。不同的性質在於，如果按照傳統歷史主義的觀點，尤其是唯物史觀來看，重大事件，重大歷史人物在一定程度上確實可以推動歷史進程，只不過其能量也就限於推動或者促進，總體上，歷史運行軌迹是不以個人意

志爲轉移的。

新歷史主義重新整理了歷史、人、文化之間的關係。歷史形成、歷史改道的可能性增大，它們之間互爲因果的交織更成爲一種共識。不難想像，被卸去了絕對眞理面紗的歷史本身已不再是那個巋然不動的摩天巨輪，它完全有可能被逆轉或者被顚覆。

顯然在這樣的歷史觀支配下，《天意》中的人類歷史和文化遭遇了雙重顚覆。其一，歷史的成因被顚覆。它不再是一般意義上說的，人類勞動實踐的生成物，而是一個墜落並困厄於地球的外星生物爲了搜集返回母星必須的能量元素，不得不按照自己意願創造的。人類歷史中的朝代，從夏商周至秦漢的更替竟也是它遙控的結果。就連神秘而偉大的秦始皇也只不過是它的一顆棋子。當秦始皇得知自己被利用的眞相，起了貪心，向其索要長生不死之軀時，馬上淪爲棄子，秦帝國瞬間分崩離析。韓信是繼秦始皇之後，它物色並啓用的又一顆新子。它原本想幫助韓信獲得至高軍功，成爲雄霸一方的君主，這樣一來就有資格動用人力物力完成它復歸的巨大工程。就這樣，人類歷史和文化被肆意拿捏的卑微地位頓時顚覆了一直以來所擁有的神聖而尊貴的身份。

其二，歷史的走向被逆轉。韓信留在那個時代制約和牽制著外星客的陰謀。季姜則守在未來，爲地球人類站崗放哨。如果沒有他們的大義之舉，星外客所控制的歷史走向必然向他所指的方向進發，人類文明的悲劇性命運將無法挽救。小說恰恰啓用了兩位普通的地球人。他們向外星高智慧生物提出挑戰，向利益集團宣戰，明明處於以弱臨強，以落後抵先進的劣勢，卻眞能取得驚人成效。很明顯，這與新歷史主義吸收解構主義批評，主動擺脫二元對立的思維定勢有著密切聯繫。人、歷史、文化之間不是簡單的決定與被決定關係，它們之間有良性互動，也有逆轉顚覆，還存在更多別的調整可能，就算那大隱無形且堅不可摧的「天意」也頂不住它們的撬動。

《天命》則是未來地球人逐回過去，奪回失去故土的回歸之書。天賦異稟、有大巫一半血統的蘇武成爲了領天命的人。顯然，不管是《天意》還是《天命》，人們掩卷玩味之際，對歷史、文化形成機制，對生命體自我意識覺醒，對頂級智慧與超脫境界的追求形成了一個較完整的認識，在認知的同時完成了對某一特定時期，即漢朝前後那極富傳奇性的歷史畫卷的解構和重構。

另一方面，傳統歷史主義觀念所受到的質疑和顚覆也影響到了歷史性幻

想文學創作的價值指向。除了循著解構主義顛覆歷史眞實性的思路之外，對於傳統歷史中的次要信息或者被貶低的元素進行了復現和重估。通過細節描述和虛構進行著從局部到整體的結構。

如針對巫蠱之術，幻想文學作品大膽地重審了它的社會地位，從虛構幻想角度揭開神秘主義面紗的嘗試同現於科幻和奇幻作品中。再如一些耳熟能詳的文化符號——《天命》中就對「歸墟」、「息壤」等上古名詞或神器進行了科學闡釋，一步步引導出現代世界公認的「黑洞」理論，從而賦予古老事物現代科學的光環。

當然，對待過去歷史的想像在幻想小說中除了像《天意》、《天命》那樣賦予其科技力量，還可以採取填空的方式，取某一歷史時段，加入武俠、鬼魅、神秘元素，進行大膽的傳奇性的擴寫。從《飛・奇幻世界》2009 年第五期開始連載，馬伯庸的《歐羅巴英雄傳》就屬於擴寫的幻想小說類型。編輯導語中將這部作品形容成「兩種完全不搭界的元素——金庸式的武林與中世紀的歐洲」，並認爲：「作者的發散性思維建築於他的豐富學識之上，將古代歐洲的歷史宗教學術信手拈來，再進行似是而非的化用，一一與中華傳統對應。他似乎一本正經地敷衍著厚重的歷史，悲劇的英雄……」〔註2〕顯然，當把颯爽騎士的遊歷、陰鬱鬼魅的古堡、敵對勢力的陰謀、眾人爭搶的聖典——《雙蛇箴言》……所有這些細節一一訴諸筆端之後，中世紀歐羅巴大地上虛實交纏的英雄故事就被新造了出來。

無論是科學元素進入歷史題材，還是以某一歷史事件或時段展開超現實想像，歷史本身在幻想文學作家眼中成爲一個可以壓縮、延伸的存在，尤其在延伸過程中，向其中投入怎樣的調料，因人而異，最終的成品自然是五光十色的。那麼，同樣是《歐羅巴英雄傳》，故事中的卡瓦納修士身負重傷，胸口插進了一根樹枝，這要是在現實世界，生存幾率幾乎爲零，但在這樣一個英雄史詩似的幻想小說中，歷史、現實、科學、神秘彼此拉扯的背景下，作者就可以讓這根樹枝長在人物胸口「那透胸而出的一端每年春季還會生出綠芽來。」連卡瓦納修士的氣血流轉居然「全憑那條巨蟹宮內的狹窄通道維持，不曾惡化，亦不曾好轉」。

時空問題是所有幻想文學必然觸及的問題。那麼，當時空主題與新歷史

〔註2〕 馬伯庸：《歐羅巴英雄傳　卷一（上）》，載《飛・奇幻世界》2009 年第十二期。

主義碰撞後，無論是科學幻想小說，還是奇幻作品，讀者必然可以從中獲得飛一般的體驗。

首先從奇幻小說的創作情況來看，在近年非常火爆的時空穿越奇幻小說中，普通人被神秘力量拋擲到另一個歷史時段，有機會成為跨越兩個和多個歷史時段，體驗兩種人生的幸運兒。黃易的《尋秦記》在內地和港臺大獲歡迎之後，內地不少幻想文學作者紛紛嘗試這類創作，其中《新宋》、《夢回大清》、《尋找前世之旅》等都具有很強的代表性。這股穿越風一直吹入二十一世紀的今天。不少此類作品被改編成影視劇，橫穿歷史的超能力也被作為一種表現元素運用到文學創作和影視拍攝中。

「穿越」奇幻小說走上暢銷書架的一個重要原因在於，中國當代奇幻小說從一開始就擁有通俗文學、後現代文學，幻想文學的多重身份。在市場環境下，第一重身份的通俗性、大眾化特色為其發展提供了巨大的傳播空間。

這使人不得不想起文學評論者朱大可先生曾說過的一段話：「為了在閱讀者那裡引起必要的市場價值回響，選擇恰當的話語策略，已經成為後資本主義時代言說者的一項基本技巧。這種策略包括：1.確立具備市場價值的話語姿態（這個過程是內在的）；2.尋找大眾關注的文化（歷史情結）母題；3.尋找大眾熱愛的故事或（事件與人物）模式；4.採納高度煽情的敘述方式，等等。幾乎沒有任何當代暢銷作品能夠逾越這個市場策略框架。」〔註3〕論者設定的這個框架雖然不是專門針對穿越小說的，但對時下「穿越時空」幻想小說的流行有一定借鑒意義。

然而，不少人還是對穿越幻想小說持謹慎態度的，他們對這類作品的批判也從來沒有停息過。不過，穿越類幻想小說在迎合觀眾趣味、流於低俗之外，竟然在一定程度上，與目前思想學術界對於歷史還原，對以往歷史文獻或記載真實性的質疑不謀而合了。穿越時空、返回歷史現場的奇幻小說之所以受到歡迎的原因就跟第二、三種策略非常貼近。不過，文學作品的暢銷與否所牽涉的原因是方方面面的，也不是憑几項在內容上的策略就能輕易達到目的的。暢銷不一定是精品，精品也有可能養在深閨人不知，但是不能因此，喪失了對暢銷精品的信心。這對目前暢銷的穿越時空奇幻小說來說，顯然是個題外要求。

〔註 3〕 朱大可、吳炫：《十作家批判書》，西安：陝西師範大學出版社，1999 年版，第 32 頁。

　　整體而言，筆者對吸引大眾眼神的穿越奇幻小說更傾向於將其視爲各類奇幻小說的分支。從現實創作來看，小說情節上採用穿越時空的方式早已不是什麼新手段，這類穿越小說在內涵上也顯得單薄，對歷史重大問題的處理上也帶有明顯的遊移、迴避態度。儘管創作者本身對於重大文化、歷史課題的把握能力有待商榷，但卻表現出當下一種思想動態，對它的審視仍脫不了人類與歷史關係的話題。可以說，在新歷史主義語境下，穿越奇幻小說的存在和流行恰恰是一個重要例證。

　　就像《夢回大清》〔註4〕中的「薔薇」原本是個普通的上班族，天天要面對無聊的財務報表。爲了調劑一下和分析枯燥情緒，她最大的愛好就是到各個古建築景點參觀，幻想著如果身處那個時代會發生怎樣的故事。沒想到一覺醒來竟以貴族女孩「茗薇」的身份回到康熙王朝的鼎盛時期，參加選秀並進入皇宮，一邊目睹眾阿哥明爭暗鬥，一邊情不自禁陷入與阿哥們的多角戀情之中。「茗薇」自認爲「我從不想影響歷史，但我一定要自衛」。

　　這一點《尋找前世之旅》的作者 Vivibear 在出版扉頁上也曾明確表示，自己就是「一個喜歡做白日夢的女孩，經常沉浸在歷史的世界中」，爲了創作，不惜放棄從事多年的新聞工作。

　　與大部分奇幻小說中法術高明的形象不同，純粹的穿越奇幻小說中的主人公大都是手無縛雞之力的普通人。小說中主人公們在沒什麼鋪墊的情況下就神秘地回到了過去。這些穿越了時空，回到歷史現場的人物們就好像觀看了一場立體電影，還有機會加入這場表演。奇幻文學極大滿足了人們對細節歷史的嚮往。在不滿足於結論式歷史敘述的今天，它成爲進入歷史細節的捷徑。這些必須承受現代社會生活重重壓力的小人物們，一旦穿越時空，通常被巧妙地安排在重要歷史時刻，成爲那個時代舉足輕重的大人物，圍繞在他們身邊的也都是重量級的歷史人物。

　　這種寫作安排的初衷雖然不乏對輝煌歷史本身的仰視，恐怕更多還是源於對現實人類生存狀態的有意退避。在迴避過程中，創作者、讀者、人物都有機會經歷另一種生活。很明顯，現代都市生活與以情爲重的古典生活在相互碰撞中，高效能的都市生活敗下陣來。

　　《新宋》〔註5〕中的歷史系大學生「石越」竟然穿著白色羽絨服出現在王

〔註 4〕　金子：《夢回大清》，北京：朝華出版社，2006 年版。
〔註 5〕　阿越：《新宋》，成都：四川科學技術出版社，2005 年版。

安石變法時期的開封城中。對這一階段史料非常熟悉的石越憑藉著智慧和機敏成功進入宋朝最高統治階層智囊團，在成為新舊兩黨競相拉攏的人才之際，也不可避免地捲入複雜的黨派之爭。「石越」更是希望在這變法圖強的歷史時刻能夠有所作為、建功立業。

《尋找前世之旅》〔註6〕中，「葉隱」的穿越時空經歷更是令人眼花繚亂。親政前的少年嬴政、德川幕府時期頂尖劍客「沖田總司」、十六世紀歐洲最厲害的血族親王「撒那特思」、十三世紀埃及歷史上最有名的法老「拉美西斯二世」、十六世紀羅馬教廷最高統治者亞歷山大六世的私生子「西澤爾·波爾金」、日本平安時代的天皇寵妃、阿拉伯阿拔斯王朝王子「哈倫·拉希德」、七世紀北印度國王「詩羅逸多」等等風雲人物都在「葉隱」穿越時空，完成委託人交付的任務時，與其發生了親密接觸。

此小說曾被稱為繼《夢回大清》之後，時空穿越小說第二個里程碑式的經典之作。作為一種出版銷售策略，對其進行拔高評價可以理解，但無論是誰都應對目前動輒就會把「里程碑」、「巔峰之作」、「經典」等字眼搬來形容某部小說的現象保持審慎、甚至警惕的態度，就算穿越幻想小說在文學構思和語言表達等細節上有令人叫絕之處。

當然穿越類奇幻小說情節也不都是單向返回歷史的定勢。像佘惠敏的中篇《穿越·獵豔》講述的就是生活在二十九世紀的女主人公以出差的方式穿越時空，來到古代。「將工業文明前未受環境和文明污染的古人精英『運回』現代社會，以拯救因不健康的生活方式、精神壓力和環境污染等現代病造成的無法正常繁育的人類」〔註7〕。雖然作者用調侃、無釐頭筆調編織故事，表達的卻是當先進科技已經不再是療救人類的萬靈藥時，如何拯救人類身心雙重危難的嚴肅思考。夢境與異時空成為奇幻小說內外，現實人類本身隱退時的兩大據點。

在思想文化界日益成形的多維歷史觀面前，眾多穿越小說中的小人物儘管在現實世界底氣不足，也還沒完全擯棄宏大歷史觀，但不管怎麼說，他們「成功」地回到了過去，並在其中自得其樂，樂不思蜀了。從這個意義上說，穿越時空奇幻小說延續著輕鬆快樂的異時空白日夢。

如果將穿越類幻想小說置於新歷史主義語境下，那麼儘管從創作細節、

〔註6〕 Vivibear：《尋找前世之旅》，鄭州：河南文藝出版社，2007年版。
〔註7〕 佘惠敏：《穿越·獵豔》，《飛·奇幻世界》2007年第5期。

創作旨趣上仍有不盡如人意之處，但是卻展示了世紀之交，無論是學界，還是大眾，對於宏大歷史敘述的迴避，對於歷史構成嚴肅性的顛覆，草根精神在此得到了極大的發言空間。它的出現與受歡迎事實恰恰是一個嚴肅的世紀文化現象。

　　至於科幻小說中穿越時空的作品又體現出怎樣的風格呢？科幻與奇幻關於時空的想像，都有很高的自由度，而且經常會回歸對人類個體或整體意志力、行動力的話題上去。非要找到區別，只能說前者就算顛覆，也是在進行時空維度上的文學擴展，堅持一定前瞻性的同時，依然尊重現有知識體系，而後者的確不用過多顧忌各大科學理論，也無須交代時空邏輯。2009 年第二十一屆中國科幻銀河獎作品中就有江波的《時空追緝》、何夕《十億年後的來客》、王晉康《有關時空旅行的馬龍定律》〔註 8〕三篇，它們不約而同地聚焦人類歷史進程以及人類所處已知或未知的時空維度，可以部分折射當下科幻小說關於歷史、時空話題的再思考傾向。

　　江波的《時空追緝》中有兩位主要人物馬力七十五和卡洛特，一個是被抹掉私人記憶的秘密警察，而一個是駕著飛船逃出地球的頭號腐敗分子。馬力七十五自願接受命令，駕駛另一艘飛船，去追捕卡洛特。馬力七十五以人類英雄的身份在出發前莊嚴宣告：「我將跟蹤他的軌道痕跡，進入時間螺旋區，在他自以為擺脫了法律的時刻出現在他面前，控訴他，逮捕他。」就在馬力七十五發出豪言壯語之際，卡洛特的飛船已經進行時空跳躍，逃到三百年後了。接下來的情節，在一次又一次的時空跳躍和追捕中，為讀者同時展現出兩條令人瞠目的線索：一條是現實世界常見的警察與逃犯你追我逃的過程，不過，在這個過程中所謂正義與邪惡不斷交鋒，價值標準也在不斷變動；另一條則是極盡震撼的時空跳躍，一次次跳躍，最大限度突破了讀者對時空概念的認知。兩條線索彼此纏繞，共同引發了讀者對人類歷史、人類價值評判標準的反思，對未來宇宙世界智慧群落五花八門的思維、行為的設想。

　　具體而言，關於追捕過程，警匪有多次言語或身體接觸。兩人的第一次聯絡是在三百多年後的空間，在冥王星軌道附近，卡洛特竟然主動向馬力發送信號，一副毫不在意的樣子，對馬力挑釁說：「來吧，我等著你。」接下來

〔註 8〕姚海軍、楊楓主編：《中國科幻銀河獎作品精選集・陸》，成都：四川文藝出版社，2013 年，第 3～103 頁。

的對話，讓讀者大致瞭解一些這次追捕對象的情況。

　　　　卡洛特問：「你爲什麼要追來呢？你永遠不能回溯時間，你會失去一切。」

　　　　「從來沒有一個罪犯從我手裏逃走。」

　　　　「原來動力是崇高的職業精神。」

　　　　「不，是正義？」

　　　　「正義？你代表正義？」……

　　　　……

　　　　「好吧，你太缺乏幽默細胞了，正義先生。從五年前開始，我每年資助超過六千名困難學生，讓成千上萬的流浪兒得到溫暖的家，賑濟了無數災民，捐助兩個最前沿也最接近關門的實驗室，就連宇航局的大門上都刻著我的名字，如果沒有我，他們就缺少足夠的資金把大批的人送到火星去……」

　　這段對話之後，卡洛特第二次跳躍了。這一跳，儀器上的時間變成了三千六百七十七年又八個月四天八小時八分。實際上，卡洛特一點不把自己的行爲看成是逃逸，而是非常得意地表示這是他的壯舉，他想旅行到宇宙的盡頭，看看時間的終端是什麼樣子的，至於生死，已經不重要了。他甚至同情超級警察馬力是一個被抹去私人記憶的行尸走肉：「我替你唾棄滅絕人性的秘密警察制度。你們其實完全不用搞記憶消除。消除了記憶，人活著又有什麼意思？」

　　三千年後的太空，馬力和卡洛特已經成爲「原人」，也就是地球古人類了。他們被宇宙搜索者發現並短暫扣留。這些搜索者搜集人類遺失在宇宙裏的任何東西——飛船、飛行器、太空城，原人。馬力和卡洛特是他們第一次遇見的活原人，通常碰上的都是在宇宙太空中的原人屍體。宇宙搜索者驗證這些屍體身份後，就可以獲得此人的財產。馬力第一反應就問自己會不會被殺。搜索者的回答令地球人汗顏：「你是說殺死你，然後佔有你的財產？這是多麼邪惡的想法！據說原人都是自私、邪惡的心理，看來是眞的。你們彼此殘殺嗎？」在三千年後的宇宙空間質疑警察制度的泯滅人性，接受搜索者對邪惡原人形象的評價，看似距離很遙遠，但這類大幅拉開了時空距離的批評，其力度並未削弱，恰恰能引起讀者對自身文化歷史的嚴肅思考。

　　當兩人離開宇宙搜索者之後，追逃的時空跨度不斷突破人們的認識邊

界。第三次跳躍把時間推進三十萬年。這時的馬力對卡洛特已經不再那麼敵視，甚至對他說：「卡洛特，也許我應該謝謝你，如果不是你把我帶到這裡，可能我一輩子也沒有機會安靜地思考。這裡眞安靜，一個人也沒有，彷彿自己就是宇宙中唯一的存在。」當然，三十萬年後的太空依然有智慧生物。只不過這一次的智慧生物不同於三千年前毫無邪念的宇宙搜索者。它們很不友好，靠近馬力的飛船並發起了襲擊，卡洛特駕駛飛船冒險馳援馬力，還幫助馬力及時跳躍避險。也就是在這第三次時空跳躍，馬力和卡洛特失聯於茫茫宇宙空間。

　　孤獨的馬力一次次跳躍，飛船時刻表的顯示不斷更新，一百七十五億年、二百四十八億年……直到馬力再次遇到智慧生物體——一艘飛船。飛船向他傳來信息，認爲馬力的飛船已經不適合進行時空跳躍了，建議他就此止步，歡迎他到「基地」來生活。所謂「基地」代表了高度文明，位於「終結之地」——時空螺旋會聚的地方。在這個基地，宇宙間以往歷史時空中存在的各種文明都在這裡彙聚，一個神秘的仲裁者決定啓動時空攔截，也就是說，包括馬力這樣的時空旅行者到達這個地方時，就會被基地飛船攔截，強制其回到正常時空，由於時間是不可逆的，旅行者們不可能回到從前的文明，所以基地會收容這些孤獨的宇宙旅行勇士，給他們一個模擬家園，跟他們之前生活過得文明高度類似，友好地建議他們不再繼續時空跳躍，留下來生活。從基地智慧生命處得知卡洛特早在二百七十萬年前就到過此地，但依然選擇繼續旅行之後，馬力也拒絕了基地安排，執意繼續前行，並被警告就算在時間終結點追到卡洛特，馬力也只能存在三個小時，三小時之後物質和能量的界限被打破，有序結構消失，生命也就不復存在了。

　　在基地高等智慧生物眼裏，像地球人這種史前文明的旅行者壽命都很短，所以才希望用有限的時間挖掘更多的可能，而對於他們高級智慧生命而言，時間旅行毫無意義。有限對無限的嚮往、想像、甚至駕馭欲正是科幻小說中關於時空旅行的原始動力，其實也是人類科學思維運作的主要動因。

　　故事的結局是令人深思的，馬力終於追到了卡洛特，而他早就已經死去，在卡洛特冰冷的飛船裏，馬力聽到了最後給他的留言：「可愛的警察，也許你是唯一一個能聽到我遺言的人。如果你聽到了，很高興你能追上來。很抱歉，把你拉下水。我以爲我是最瘋狂的人，沒想到你比我更加瘋狂。老實說，我們可能是同一類人，很高興有你作伴。對了，最後補充一句，如果你想逮捕

我，那就動手吧。我不會再跑了。」聽完這段留言，馬力從口袋裏取出一副手銬，一邊銬在死去的卡洛特手上，另一邊銬在了自己手上。那一刻，馬力感到無比平靜，並微笑著等待生命終結。此時此刻，到達時間終點與否，完成時間旅行與否，抓捕成功與否都已經不再重要了，一切將隨著有序結構的消失而消散得無影無蹤。馬力把自己和卡洛特銬在一起除了完成追捕使命之外，還有另一層意思，那就是他們在億萬年時空追捕過程中，彼此的生命已經交融，各自的理想也愈加趨同，個體生命終結、抵達時間終點之際，科學理想竟然與神秘虛無，通過一個冰冷的手銬，連接在了一起。

何夕的《十億年後的來客》雖然不是時空跳躍故事，卻描述了一個在密閉空間，對時空移植、物種進化進行的大膽實驗。有野心的科學家雷恩教授在十億種行星環境下做一年的實驗等價於在一種行星環境下做十億年的實驗，實驗成功地造出了「星病毒」，這種病毒被人體攝入後，將使得人類機體漸變成十億年後的生物，提前十億年將地球四進制生命體升級成宇宙中八進制高級生命體，生物機能也會發生變異，徹底改變人類生命的結構。比如說，目前地球生命的基石是核酸，即 DNA 或 RNA，被「星病毒」感染的人類將慢慢失去這些生命體徵，雖然不會死亡，但最終會蛻變成另外一個物種或者生命體。雷恩的目的就是要將「星病毒」散播出去，實現物種進化蛻變的加速，這個速度一提升就是十億年。當人們知道這個可怕的實驗結果後，雖然有極大的好奇，希望一探「星病毒」的究竟，但還是選擇將繳獲的病毒投入熔爐，就算十億年後生命形式提前到來，能夠大大提升現有生命體的各種能力，還是自然等到十億年後再說吧。這是一個拒絕的故事——拒絕加速進化、拒絕提前實現向高等生命體的過渡，拒絕人為改變時間進程的生化性升級。這也就是為什麼故事主人公何夕在破獲雷恩教授恐怖計劃後會感歎：「生命也許並不只是碳和氫，也並不只是城基對的數學排列組合。生命是有禁區的。」這裡的禁區其實就是避免、禁絕人為干預後攪亂自然時間序列，強硬扭曲時空形態的各種可能。

這種時空觀在王晉康的《有關時空旅行的馬龍定律》中也有反映。所謂馬龍定律就是文中提到的時空回溯三定律：

1. 大自然允許對舊時空進行干涉，但存在強度自限。凡超過自限的過度干涉，其修改痕迹將被自動抹去，轉化為局域時空的坍塌。
2. 時空在局部坍塌後將自動回落到「改變最少」的低能態位，但可

能殘留畸變，畸變大小與過度干涉的幅值成正比。

3. 過度干涉的判定：在時空回溯中，凡對「有意識客體」的歷史軌
迹做出實質性修改的，即爲過度干涉。

這三條定律植入故事，成就了一段三角戀。丁潔的追求者馬龍因爲多次
求婚被拒，在最後一次求婚時割腕自殺。自殺的那一刻，丁潔與馬龍的好
友楊書劍在另一處私聊。原來丁潔與書劍一直彼此有情，但礙於馬龍的存
在，書劍逃避並拒絕了丁潔的大膽表白。馬龍的死深深打擊了這兩位。丁
潔在後來的幾十年，因爲愧疚，塵封了感情，拒絕再愛，而作爲物理系高
材生的楊書劍則努力研製時光機，夢想有一天能穿越時空，在馬龍自殺之
前救回自己的好兄弟。當載人時光機研製成功之後，楊書劍第一個坐進時
光機返回到悲劇發生的那一天。在楊書劍這樣的「科技種族」眼中「即使
技術會導致明顯的反自然後果，他們也堅信科技之車會輕易越過斷裂，永遠
向前。」

第一次穿越時空營救馬龍以失敗告終，因爲嚴重違背了時空回溯三定律
中過度干涉條款——要將有意識的生命體從過去的時空帶回現在的舉動直接
引發了局域時空坍塌，包括楊書劍本人，都被坍塌的時空吞噬了。

丁潔表現得比較冷靜，雖然她痛失兩位摯友，內心無比傷悲，卻堅持自
然法則。後來，她與楊書劍的助手再次乘坐時光機回到事發現場時，並不準
備干預事件進程，只是以旁觀者身份探究局域時空坍塌時究竟發生了什麼。
原來，楊書劍在馬龍自殺前找到了他，交代前因後果後準備帶走馬龍，沒想
到馬龍拖住當年的丁潔一起走，過去的楊書劍也執意追隨，楊書劍狹小的時
空機裏瞬間要擠進三個過去時光的有意識生命體，干預嚴重過度，造成時空
坍塌。瞭解真相後的丁潔果斷命令時光機再前移到三十分鐘前——在當年楊
書劍走下時空機，試圖救走馬龍之前，把楊書劍迅速拉進了她的時空機。因
爲馬龍的悲劇無法挽回，對它的改變勢必過度干預，引發時空坍塌，但楊書
劍的死亡卻是可以避免的，是第一次過度干涉發生的「次生災難」，所以楊書
劍奇迹般地被救回到了現在。

對於時空、對於歷史、對於物種進化等等問題，幻想文學會有層出不窮
的描繪，對過往、現存，乃至未來時空結構的想像必然成爲幻想小說創作的
一塊寶地。

第二節　第二世界的圖景：本土「架空」幻想小說的歷史情結

　　嚴格地說，目前學界並沒有形成對「架空」奇幻小說在學理上的認定。對「架空」一詞的借用與表達也只是中國奇幻創作圈內取得共識，獲得默認的約定俗成。有時候，它們會與「第二世界」、「史詩」幻想小說等說法混用，或者進行概念互通。在這樣一個純屬虛構的世界，雖與歷史、現實、未來的構想不同，但並不妨礙幻想作家們歷史情結的傾注與表現。

　　在關注奇幻小說整體面貌時，「架空」小說還經常被單列出來專門討論。這樣的處理方式雖然有可行性，但是也會造成對它的理解歧義。首先從「架空」的詞意來看，作爲一個外來詞，它是從日文轉譯過來的，就是「虛構」的意思。奇幻小說作爲幻想文學類型，本身就是「架空」的，因此，「虛構」的特質不足以證明「架空小說」這一提法是區別其它奇幻小說的完美概念。

　　其次，作爲類型小說，奇幻小說的大旗下的確有許多風格各異的分支。如果細分下來，二級劃分的標準問題就會牽涉進來。目前就有從時空角度進行的劃分，如反映工業文明或後工業文明的都市奇幻，反映前工業文明或原始初民時代的古典奇幻。還有從內容出發的，如仙俠、修眞、神話等繁雜的支流。

　　「架空」奇幻小說對於任何一個方陣來說，既可以完全嵌入，又不能完全覆蓋。至少，從時空上來說，它古今皆宜，從內容上來說更是戰爭、武俠、魔法、秘術無所不及。

　　那麼，人們從詞源和相關文本出發，想要完全證明「架空」奇幻小說這一概念的合理性難度非常大，但是沿用這一提法的原因除了爲求便捷所施的權宜之計外，眞正的價值卻在於使人們意識到必須承認一種特殊的奇幻文學創作方式已經進入國內的幻想文學領域。這裡不但關涉到「架空」創作理念（這裡不單指文學創作理念）的生成，還關係到文學世界本體以及虛構或「架空」一個處於文學本身之外、具有獨特運行規律的「世界」之間的互動。

　　從這個意義上說，「架空」奇幻小說不但是中國奇幻小說中的新生形態，還是能夠鮮明反映其時代文化特色的重要分支。它展示了一個從創作理念到文學創作與傳播，再到創作主體的多義形態。「架空」小說出於傳統意義上的

文學創作，卻又大於一般的小說創作。雖然這在西方世界不是現在才有的現象，但是對於中國奇幻創作來說無疑是特殊而嶄新的創作方式。在逐步擺脫外來影響的同時，它將越來越煥發出本土文化的特色。

我們首先根據本土奇幻作家對「架空」奇幻的不同理解，對「架空」奇幻小說的元素和形成階段獲得一個比較初步、客觀的印象。2007 年 8 月 26 日上午，在「國際科幻‧奇幻」大會上，中國著名「架空」奇幻作者今何在、文舟、鳳凰公開作了題為「中國架空，路在何方？」的報告。「九州」架空世界初創者之一的今何在認為設計一個「架空」世界，是一種思維模式問題。寫小說首先是一部文學作品，不是一個空洞、孤立的「架空」世界。這個「架空」世界是小說的衍生體。反之亦然，小說也可以是這個世界的衍生體。這裡提到的世界專指「架空世界」。小說本身和「架空」世界是「架空」奇幻小說的兩個端點，不能混為一談。如何處理它們之間的關係，因人而異。

另一位作家鳳凰則認為現實社會容納不了某些人的想法，而「架空」世界也並不是完全為小說而設。它能使所有作品有一個統一的世界。小說和「架空」背景疊加起來會形成一個龐大、連貫、統一、真實的世界。這個世界，以他本人的創作習慣，神譜（創世細節）、宗教（信仰）、地理、歷史四大條件必不可少。它們共同構建了虛幻世界。

奇幻作者文舟則談到了當下奇幻創作中比較流行的「穿越」小說（即小說主人公穿越時空改變歷史的小說）不等於「架空」小說。因為它們的世界觀是不同的。前者的世界觀與取得共識的現實世界秩序很相近，像直升飛機不需要跑道，而後者更像滑翔機需要機場和跑道等外圍設施，即「架空」世界的設定。

不論，架空奇幻作者們對他們設定的世界和創作出來的相關小說有何種不同理解，對「架空」奇幻小說本身而言，這是一種突破傳統小說創作的形式。雖然文學創作在現實與虛構問題上都有很大的共通性，但是在具體操作手段和創作心理上，傳統小說和「架空」奇幻有著明顯的區別。

傳統小說的人物、情節、環境三要素是展開故事的中心點，而成功的架空奇幻小說除了具備傳統小說各要素之外，還增添了小說以外的對於虛構世界背景的龐大設定。小說本身與虛構世界之間可以平行也可以交織。尤其是在設定世界的階段，其操作性和主動性更加明晰。雖然一個世界被設定出來並不是憑空而造，仍然要遵行某些現實世界既定的規則，像目前比較有代表

性的一個「架空」世界——「五陵」世界中的五行，也不可能完全獨立於現有文明形態之外，但是設定世界的過程絕對不等於小說創作的過程。

雖然任何小說創作都不可能是現實世界的精確翻版，但是架空奇幻小說作者們打破規則、自定法則的心理動能無疑超過傳統小說創作者。小說與世界無論是現實世界還是「架空」世界之間都存在著對撞。關鍵在於，創作者是如何看待並參與這樣一種戰鬥的。相比之下，「架空」奇幻小說的作者們要體驗和進行的對撞就更顯複雜了。

首先在設定世界的時候就會飽嘗各類矛盾的情緒。一個純虛構的世界要橫空出世，支配這個世界運行的法則就必須制定出來。這個世界與現實世界的距離究竟有多遠也是在設定的時候必須考慮的。當然，考慮得最多的還是打破現存世界的規則，重新注入相近或者相悖的運行規則。那麼究竟要打破現實世界怎樣的秩序呢？是不是都能打破，又或者說打破只不過是一種遙不可及的理想？

也許作者們經過一番掙脫的努力，在本質上並沒有真正的打破，只不過在細節上與現實世界存在著差距。那就是說打破還是打不破是「架空」世界設定者們首先要面對的難題。但是不管怎麼說，企圖打破既定規則的心理完全符合二十世紀後現代主義文化思潮的整體動向。此舉既是後現代思潮延續的一種具體方式，也體現了對以機械運行模式存在和運動的現代世界的逆反。這個時候，創作主體的精神力量將得到充分釋放，並在其「架空」世界的誕生過程中起著舉足輕重的作用。

其次，一旦「架空」世界得以形成，創作者就開始用小說對其進行填充，即賦予架空世界獨特的故事內容。這時候講述具體歷史事件，展開情節的時刻就到來了。這就是為什麼優秀的架空奇幻小說除了具備一般小說的可讀性之外，總是具有相當的歷史質感的原因。畢竟這不同於普通歷史小說，也不同於傳統小說。

作者作為故事敘述者從一個世界的創世神搖身而變成為這個世界的歷史締造者了。既然是敘述者，那麼敘事文體的規範和要素就成為這一個階段最為重要的東西了。說得簡單一點，作者在這個階段最需要關注的就是能不能把這個世界所發生的故事講得好聽，講得引人入勝。這還是考驗、衡量作者敘事能力的關鍵。從世界設定到具體文學創作的轉變階段終於到來。敘事文學的要求在這個階段重新回到了最高的位置。

　　如果「架空」奇幻小說的創作階段到此爲止了，那麼它不過比傳統小說創作多出了一個準備環節——設定虛構世界的階段。然而，事情的發展並沒有這麼簡單。正因爲優秀的「架空」奇幻作者們通常並不滿足僅停留在完美的世界設定上。他們通常有強烈的文學表達願望。這很容易出現另一個矛盾。創作者們在自己搭建的「架空」世界面前，就好像面對著一個巨大的水坑。

　　要把這個坑填滿、填好就需要他們拿出相應的奇幻創作了。只有一部部填坑之作出爐了，才能使這個如建築圖紙一樣死的架空世界活過來，成爲一個能夠運轉、富有生命力的動態世界。但是要使一個世界運轉起來所需要的能量卻又非比尋常。這就是爲什麼目前中國「架空」奇幻中的代表系列都是以團隊的形式結成的。人們分工協作，共同爲這個世界添磚加瓦。集體創作與個人原創成爲架空奇幻小說創作特殊而開放的特色。

　　從這個意義上說，「架空」又是一個非常貼切的字眼用來形容這一奇幻文學群落。它不但可以說明奇幻文學虛構的整體特色，還通過一個「空」字，將虛構世界和奇幻文本之間的互爲補充、彼此對應關係生動描摹出來了。

　　當然，虛構世界和奇幻小說創作之間最不可調和的矛盾也就不可阻擋地產生了。「架空」作家們要面臨的又一重困境出現了。一方面，有限的個人力量降低了作者獨自駕馭並完善「架空」世界的可能；另一方面，個人的差異又是導致創作團隊出現分歧的首要原因。兩方面都有典型的事例。前者的代表人物就是奇幻作家鳳凰目前的情況。他憑個人之力進行「架空」奇幻小說的創作，從世界設定到具體創作已經歷時將近五年。以作者自己的話來說完成了還不到五分之一，目前發表或者公佈的條件完全不具備。後一個方面的代表事件必當首推「九州」創作團隊在 2007 年初的分裂。「九州」團隊面臨的困境如果放到「架空」奇幻小說創作的整體階段來看，只能說是這類小說創作者們遭遇的各種難題的一個部分。

　　事實上，「架空」理念眞正彙入中國奇幻小說創作的決定性緣由並非對象巴爾扎克《人間喜劇》那樣龐大敘事模式的簡單模仿。誠然，在篇幅上，它們都是長篇巨著，被囊括其中的單部小說也都具很強的獨立性。不過，將《人間喜劇》中所有小說串聯起來的是一個貼近現實世界的時代背景。面對這個不需要事先設定的時代背景，作家的創作心理機制必然與「架空」奇幻小說作者存在很大差異。而小說和時代背景之間更多體現的是反映和被反映的關

係。「架空」世界的身份不僅僅作爲相關小說的背景。構成這個世界的細節直接進入小說創作，或者爲隨後而來的小說提供靈感。

最明顯的是，「架空」世界有一整套迥異於現實世界的虛構法則。小說和「架空」世界不需要反映和被反映，而是通過互動，通過幻想、神秘、超現實的方式共同反映創作者的精神狀態，進而反襯現實世界的思想狀態。嚴格地說，英國小說家托爾金（J.R.R.Tolkien）的《魔戒》（又名《指環王》）席卷全球的超級震撼力，在其之後形成的 D&D（Dungeons & Dragons）即「龍與地下城」系列 TRPG（Table-top Role Playing Game），即「桌面角色扮演」遊戲，以及《龍槍》系列創作這幾大因素才眞正意義上在中國奇幻小說中的「架空」概念形成問題上起到了至關重要的先期作用。

2001 年 12 月 17 號，水泡在「清韻論壇」上提議設立一個西式奇幻世界「凱恩大陸」。2002 年 1 月 10 號大角，也就是數屆中國科幻銀河獎得主潘海天隨後建議「增加一個東方風格的大陸」。2003 年 1 月 15～17 號設定小組成立，六位「天神」降臨。他們就是「九州」原創者遙控，江南，今何在，大角，斬鞍，水泡。2003 年 1 月 30～2 月 5 號江南貢獻了他原本以《九州》爲名的小說名，也就是後來的《縹緲錄》系列。官方稱謂「九州」正式確立。2003 年 3 月 4 號十二主星確定：太陽，谷玄，葳正，明月，影月，鬱非，互白墳盍，中臺，印池，寰化，密羅，裂章。2002 年 3 月 5 號地理設定，九州州名確立。北陸（殤州、瀚州、寧州），西陸（雲州、雷州），東陸（中州、瀾州、宛州、越州）。2003 年 4 月 7 號種族設定確立：人族、羽族、河絡、夸父、魅族，鮫族（龍族退到幕後成爲神秘物種）。至此九州的設定就全部完成了。

創立這個虛構世界的初衷是爲了把大家的想像和作品用一個統一的背景聯繫起來，形成一個詳實而有活力的幻想世界。除了較早的「九州」系列小說《縹緲錄》，《羽傳說》等，今何在的《海上牧雲記》、《羽傳說 II》、潘海天的《鐵浮圖》、江南的《商博良》、《飄渺錄 III／IV》、唐缺的《英雄》、《龍痕·鱗爪出現》、斬鞍的《秋林箭》等都是最近出版的「九州」作品。

「九州」架空世界的設定仍然在不斷地被充實，如江南等合著的《九州志》中的「獅牙之卷」〔註9〕就是對《縹緲錄》前 70 年的「東陸王朝」進行了進一步設定。其中包括新的事件、人物，如代表蠻族入侵的「蠻蝗乍起」

〔註 9〕 江南：《九州志》，北京：新世界出版社，2007 年版，見目錄頁。

事件，「風炎皇帝白清宇」的出現，東陸王朝的政治制度，統治階級的官階與人事體制、皇族系譜和後宮構成、東陸第一大城市「天啓城」的結構布局等等細節上的澄清。

2005 年～2006 年集中出版的「九州」團隊四大主創人員潘海天（大角）、斬鞍、江南、今何在以及女作家蕭如瑟分別創作的《白雀神龜》、《朱顏記》、《縹緲錄》三部曲、《羽傳說》和《斛珠夫人》這五部長篇作品無疑奠定了「九州」文學世界的基礎格調。一個被設定為人族、羽族、河絡、夸父、魅族，鮫族共存的「九州」大陸，一個遠離現代文化、不帶任何工業文明生活方式的蠻荒世界，黷武爭戰陰雲籠罩、英雄梟雄更迭出現、勾心鬥角比比皆是，而就在這沉重如鉛鐵般的天地之中，善良與邪惡的人群、輕靈善飛的羽人、河絡的心靈手巧、夸父的高大強壯、魅族的漂浮不定、鮫族的滴淚成珠，不知不覺豐富了這個黑白世界的色彩。

在這個世界，生存第一義是至高無上的準則。江南讀了小說《紅拂夜奔》後，感受到「太多的沉重與無奈」，王小波建構的那個「空虛時代」對江南來說卻並不是他所期盼的。他想要的是一個「相信愛情……相信朋友……相信紮了翅膀就可以飛上天，相信世界還是有光……依然要說在第一千個選擇之外，還有第一千零一個可能，有一扇窗戶等著我打開，然後有光照進來……」。《縹緲錄》的寫作正是在這樣的心境下開始的，而江南本人感覺《縹緲錄》與《紅拂夜奔》相比，有更多的溫暖，是一部「充滿了陽光與孩子般笑容的書」，算是他試圖擺脫沉重與無奈而做的一次努力，成為江南心中呼喚的那「第一千零一種夢想的可能」〔註10〕中的一種。

這是江南的希望，但是老實說，完整的《縹緲錄》三部曲作為另一種世界的可能，卻超出了作者原本希望表現的「溫暖」感。在這個虛構世界中，尤其在第一部中，人類原始擴張精神被濃縮體現出來。武力統治，叛亂，屠殺，崛起彷彿可以同一時間爆發，超濃縮的矛盾衝突，怎一個「亂」字了得。

如果說《縹緲錄》講述的是一個簡單的大魚吃小魚，小魚吃蝦米的老故事，那是不準確的。如果說它是一個弱者反抗強者的故事也不完全。兩相結合才在大方向上接近了主題。蝦米在突然躍起反擊大魚時，就算被撕個粉碎也不退縮；而貌似強大的大魚還沒有來得及為不自量力的小蝦自取滅亡沾沾

〔註10〕江南：《九州幻想・卷首語》2006 年第 6 期，第 9 頁。

自喜，就已遭環伺周圍的小魚反噬。這個關係就像北陸草原中最弱小的真顏部，竟然公然反叛草原的盟主，面臨滅族之災也毫不在乎。就在同一個月，東陸有七百年光輝史的「胤朝」竟然臣服於來自南蠻「離國」諸侯「嬴無翳」的鐵騎刀劍之下。

對於讀者來說，東陸、北陸，還有橫亙其中的眾多部落與王朝，初讀時要理清這些錯綜關係就得費一番氣力，但是在邏輯上並不混亂。因為小說提出了一個中心問題。人們有意無意地製造各種混亂，究竟想要得到什麼？權力欲、征服的野心不過是這個東西的延伸。那個令眾人著迷的東西最終歸結到「生存」。

生活在物質文明高度發達的科技時代的作者想像著野蠻時代的生存。兩種生存的對話本身就包含了一種注意轉移、擺脫現實的嫌疑。就好像沉迷幻想的人，通常會被認定為一種逃避行為。就連西方發達的幻想文學評論也總是喜歡用到「escape」這個單詞。野蠻世界的生靈用強力爭奪生存權成為最直接有效的生存之道，而現實規則卻不允許這樣，那麼作者就可以在幻想的避風港一邊逃避一邊釋放了。不過，這個結論的適應度是有限的。對於某些需要發泄或逃避的人來說也許適用，我們也不能排除九州創作成員也會心生此念。

筆者卻認為，用「逃避論」這樣一個慣用的評價幻想類小說的思路來看待新世紀的奇幻小說，除了不能全面廓清這類小說的複雜特徵，還會將奇幻小說的文化意義淹沒在從古至今浩浩蕩蕩的幻想文學大軍之中。其實目前真正優秀的奇幻小說在很大程度上努力實現的是一種文化理念輸出。作者們通過架空幻想小說將當代文化思想中的某些關節點提取出來，表達對這些節點進行重新理解和組合的意願。「九州」世界紛紜多變的虛構歷史故事表達了作者們對文化與生命的理解。

潘海天的《白雀神龜》中，從小備受呵護的蠻族「瀛棘」部落六王子「瀛臺寂」是父王眼中的驕傲。這位七歲親政，十七歲入主北都，掌握著測算天道的「元宗極笏算」和強大秘術的神童一出生就經歷了青陽部落的威脅，兄長慘死，父王與叔父爭權等等血淋淋的磨練。部落爭戰，吞併包括「蠻舞」在內的各個部落，進而統一「瀚州」草原的使命將他一步步推上了萬人矚目的位置。他在選擇成為一統蠻族的「大蠻天王」之時，也就選擇了冰冷、孤獨的生存方式——對他人和自己的殘忍。他內心對兒時玩伴「蠻舞」部女子

「雲磬」的無比依戀與愛慕也只能被冰凍在冷酷與血腥之下。

今何在《羽傳說》中的「向翅異」是一個被人類收養的羽人棄兒。羽人在感受到月亮召喚的時候，憑藉精神意念就可以在身後凝聚出一對潔白的雙翅，展翅飛翔。不過，羽人中也有凝不出翅膀不能飛翔的，他們被稱爲無翼民，受到同類的鄙視與欺壓。每年的七夕之夜是羽人們集體凝翅，開始遷徙之旅的日子。那一年「向翅異」竟然凝聚出了一對黑色殘翅。正當此時，羽人們遭遇了人類的圍攻。原來，天眞善良如「向翅異」這樣的孩子竟是比無翼民還爲族人唾棄的，可以帶來災難的黑翼人。

「向翅異」一生共飛起過三次，而每次起飛都是北陸羽族遭到滅絕性屠殺的日子。就是這樣一個最低級、給周圍人帶來災難的黑翼者，若干年後陰差陽錯成了羽族頂級殺手集團「鶴雪團」的領袖。雖然「向翅異」與《白雀神龜》中的六王子「瀛臺寂」都攀上了普通人無法比擬的權力高峰，兩者在出生背景與個體資質上的差距，卻並沒有妨礙各自的行動能力。「瀛臺寂」選擇將感情冰凍，用寒氣逼人的法力征服大地，而「向翅異」卻選擇直入「龍淵閣」，焚毀歷史卷冊記載的：黑翼一展族人遭戮的宿命。

相比之下，「向翅異」和「瀛臺寂」的生存狀態跟蕭如瑟《斛珠夫人》中主人公「方鑒明」顯得獨立而主動多了。方家一共五十三代，自開國就是褚氏帝王朝唯一分封的異姓王公「青海公」世家。這一家族每一代世子都享受著與皇子一樣的教養。尊貴地位不言而喻。而一個驚天秘密也正藏在這浮華外表之下。原來方氏血統奇特，是歷代帝王天生的「柏奚」，也就是尋常百姓家中替人擋災的柏木人偶。只不過方氏子孫卻是可以流血犧牲的活「柏奚」——人肉盾牌。

「方鑒明」的一生不必有理想抱負。政治野心或見解對身處高位的他來說也沒有實際意義。他的生命中也不必存在永遠的朋友和政敵。當今帝王與他自己的生命是緊密相連的。正因爲如此，他所有籌謀和智慧都圍繞一個目標——保住前者。在這個前提下，他自己自然就能繼續存活。然而，他畢竟不是一具沒有靈魂的傀儡。當他還是翩翩少年之時，接受了家族與皇族世代相傳的使命之後，就毅然斬斷方氏血脈，寧可選擇當一位總是站在帝王身邊的宮廷宦官。犧牲了親情和愛情的他決意以自己爲終點，結束家族幾百年的傀儡宿命。

人們可以深刻感受到在「九州」世界中，不論是爲生存而奮爭，還是爲

了生存無奈承受；不論是活得光鮮耀眼，還是卑微低賤，他們的生存之路總是帶有濃濃的悲劇色彩。這樣一種沉重與無奈，用江南的話來說，他原本是希望徹底擺脫掉的，然而「九州」上空籠罩的悲壯和沉重的陰雲卻總是揮之不去。

在現今什麼速度至上、泛娛樂化上昇的大眾生存趨勢下，「九州架空」小說中通過主人公生存方式透露的悲劇色彩為通俗文學與大眾趣味注入了沉甸甸的精神力量。他們借助完全虛構的歷史世界表達了傳統現實小說對生存命題的共同關注。在行動層面上，兩者享有平等的權力；在藝術創作層面上，兩者的風格卻是各異的。

如果個體生存方式的描述在整個「九州」世界運行過程中可以視為繁星點點，那麼一座「厭火城」就進一步濃縮了整個「九州」大地的風雲變化。2007 年潘海天最新出版的九州長篇《鐵浮圖》可以說是他繼《白雀神龜》後的又一「九州」長篇力作。此小說一面世，被評論得最多的不是其內容，倒是其敘述手段。這在以往的九州系列小說評論之中都是少見的。

目前網絡上就流傳著同為奇幻作者，胤祥的一篇評論文《鐵浮圖：幻想小說的類型突圍》。此文作者將《鐵浮圖》定性為一部實驗性文本。因為小說的獨特敘事特色以及引人入勝的故事文本，此篇評論的作者甚至大膽預言：「我們看到了幻想文學大師的徵兆」。平心而論，我們現在談中國的奇幻文學或者幻想文學大師恐怕還為時過早。這種願望本身還表現出了一種浮躁急進的心態，但是要看到不談並不表示不希望或沒希望。至少奇幻文學創作，這裡專門討論的架空世界奇幻創作的確已經進入了一種文學自覺階段了。雖然評論者認為這種奇特的敘事模式具有「後冷戰時代文學特質」，表現出來的特點就是「一種曖昧的、含混不清的世界體認開始出現，敘事本身變得更為複雜。於是敘事藝術家們有意識地採取各種手段，力圖還原世界在某一個時刻的狀態」〔註11〕。

這裡談到的「後冷戰時代」、「含混不清的世界體認」一言以蔽之就是人們談論甚多的後現代多元文化理念。權威性、統一性受到動搖之後反映到文學創作手段中，歷時與共時、統一與含混、單線索與多線頭的創作習慣所發生的一系列置換。

〔註11〕 http://www. mtime.com/my/yinxiang/blog/267710，『胤祥《鐵浮圖：幻想小說的類型突圍》』，2007-03-01 00:25。

　　一座城池、一塊石頭、四股勢力，眾多人物，在迷宮一樣的「厭火城」，彼此糾纏、爭奪、牽制。隨著這個世界的崩塌，與之俱來的是最後的勝利者面對斷瓦殘垣，洞察一切後的歎息。相安無事的和睦相處是不可能的，心無芥蒂的完全信任更是無法企及，對古老家園的神往，對現實居所的留戀，使得蠻族勢力毀滅寧州與瀚州天然屏障的夢想也成為泡影。

　　「厭火城」作為一個小世界崩毀了使得幾百年來形成的城內格局驟然失靈。被驅逐的蠻族勢力要打回原本屬於他們的家園的努力，卻在小世界的秩序被徹底打亂之後，歸於無望。「九州」大陸這個大世界在多年前形成的格局還要繼續著。小世界之毀滅與大世界之歸然不動的矛盾預示著秩序的破與立本身，冥冥之中，並不在個人甚至強大勢力的掌控之中。最後的勝利者「鐵爺」是一個吃透以靜制動、以不變應萬變這一千古規訓的智者。對於世界秩序的思考與後現代的敘事策略相結合，《鐵浮圖》一書可以說是目前首部從敘事文本本身到情節主題都徹底強化「九州架空」世界格局的作品。

　　不過，看到潘海天的敘事試驗，也要看到對於擁有大批年輕閱讀群的中國奇幻小說來說，在純文學範疇內的敘事策略上狠下功夫，使得小說在閱讀和理解上的難度大大提高，必然會接受來自讀者群的考驗。有的讀者在閱讀此書之時甚至拿出紙筆將人物和場景一一羅列才能理清小說的脈絡。

　　作者的挑戰精神，以及他對於敘事技巧上的自覺追求至少說明了一個問題，那就是已經有迹象表明以故事性取勝的奇幻小說本身可能要經歷一次內部的蛻變，即在文學性方面的追求。就好像有的奇幻作家最重視鍊詞造句，關注文學語言的錘鍊，有的作家開始進行敘事革新等等，無形中擡高了奇幻類文學創作本身的平臺。

　　這樣的自覺努力必須得到肯定，但是也要看到如果對形式主義的手段和策略過於沉迷的話，最後的結果反而會有悖於中國式奇幻小說最初建立起來的那種以內容，尤其是展現進入新時期以後現代與後現代精神相糾纏的內容吸引大眾的初衷。精細化傾向在文學創作和研究史中都有很多走向死胡同的例子。比如美國「新批評」理論擺脫歷史文化思路對於文本的形式化解讀，比如先鋒小說的極端敘事策略等等最後歸於沉寂，並不是因為它們本身價值全無，而是當一種試驗或者操作秩序，尤其是當本應充滿靈性的文學創作，講求感悟的文學研究可以用對待科學方程序般的思維方式就可以解剖分割的時候，這必然會導致文學創作或研究在走向極致的同時也走上了枯萎。

　　就好像現在流行的網絡小說接龍式的創作模式，網絡寫手們商定好一個開頭之後，像玩成語接龍般一個接著一個將這個故事接下去，最後形成一個完整的小說，又或者根本就不了了之。這類作品遊戲成分更大於嚴肅的創作成分。不少人不過是嘗嘗普通人也能寫小說、編故事的滋味，自得其樂並樂在其中。

　　對於潘海天和他的奇幻小說創作來說，這是一個有意義的嘗試。對這部「九州」作品本身而言，它也算比較圓滿地完成了對這一虛構世界的建構。這是一個獨立個體展示其創作個性的個案。沒有人可以預言創作走勢這樣一個個性大於共性的事物，但是可以認清某一傾向可能產生的效應。

　　無論是《鐵浮圖》式的嘗試，還是接龍故事般地填坑之作，都展現出再造一個虛構歷史時空的嘗試，給現實文學創作和閱讀帶來的衝擊力。除了「九州」世界這樣的中式「架空」世界創作，目前比較成熟的還有「雲荒世界」與「五陵世界」。它們是繼「九州」之後由另外一批比較活躍的奇幻作家創建的兩個中式架空世界。

　　「雲荒世界」的故事是 2006 年，滄月邀請麗端、沈瓔瓔合作創作的一系列奇幻小說。目前正在分頭進行。「雲荒」系列叢書目前已經完成的有滄月創作的正傳《鏡‧雙城》、《鏡‧破軍》、《鏡‧龍戰》、《鏡‧闢天》、《鏡‧神寂》，圍繞《鏡》的多部前傳和外傳；麗端創作的《鏡‧越京四時歌》，以及沈瓔瓔創作的《雲散高唐》（又稱「雲荒往事書」）。

　　在「雲荒世界」中有三位女神，分別是魅婀，慧珈，曦妃，而三位女作者亦被人戲稱為現實中的「雲荒三女俠」。按照設定，「雲荒」架空世界的規模是很龐大的立體結構。「雲浮」人的活動空間稱為「九天」，「鮫人」的疆界是「七海」，人類生活的地方就是「雲荒」。在漫長的歷史中，在「雲荒」大陸上，空桑、冰族、鮫人等上演著不同種族、民族間的恩怨糾葛。根據最初的設置，作為會飛翔、擁有最高智慧的雲浮人曾經也是生活在「雲荒」大陸上，但是為了徹底擺脫俗世紛爭、掙脫宿命的安排，最終選擇將他們的「雲浮城」搬遷至遠離「雲荒世界」的九天之上，成為超越生死輪迴的永恒一支。

　　滄月歷時四年創作完成的《鏡》五部曲是目前「雲荒」架空奇幻中最完整的系列。冰族少年「雲煥」作為貫穿整個系列的中心人物，他的命運將「雲荒」世界的生存狀態，「雲荒」大地上的種族衝突緊緊聯繫在了一起。身

爲冰族賤民的「雲煥」成爲民族宿敵「空桑」女劍聖最疼惜的關門弟子之後，在坎坷的人生道路上還遭遇了魔的侵蝕，最終成爲「破軍」——一位擁有在殺戮和黑暗中吸取更高魔力的魔王。「破軍」，擺脫了「雲煥」的身份後，成爲典型的矛盾二合體，既是一名以超強魔力橫掃種族衝突激烈的「雲荒世界」的毀滅者，又是唯一可以令「雲荒」各族放棄民族仇怨團結一致的救世主。

而「雲荒世界」對「破軍」來說，既是這位魔王的製造者，也是他的終結者。正義與邪惡此刻已經彼此不分了。「雲荒」上的鮫人、海國人、空桑人、西荒人甚至冰族人之間在對付「破軍」上達到了無比的一致。「破軍」被滅之日，也是滿目瘡痍的「雲荒」大地沉靜之日。然而，進入休養生息的「雲荒」仍然像暗礁密佈的海岸，表面的平靜卻難掩水下的湍流。人們預感到「雲荒」上的爭端終有一天會重新燃起。邪惡如「破軍」，強大如劍聖宗師都只能在特定階段發揮作用。人的個體能力就算再大，也抵抗不了「雲荒」世界運行的巨大輪迴力量。在潮起潮落之間，人力的蒼白無奈被表現得淋漓盡致。滄月在爲此系列終結篇《鏡・神寂》作序時說的「一切開始於結束之後」〔註 12〕則進一步表達了對世界運行強力的仰視。

「五陵世界」在時間上的跨度較之前兩個「架空」世界大一些。它包括了法術昌盛的黃金時代、較爲世俗的青銅時代和現代工業文明的黑鐵時代。不過就算是工業文明時代，作者也有意拉開與眞實世界的距離，根據元素的特點改造現代人的體質，仍然致力於掙脫實際生活狀態。

2007 年第一期的《飛・奇幻世界》開始連載以「架空」奇幻世界「五陵」爲背景的首部奇幻作品《西陵闕》。文首的編輯導語向讀者介紹這一「架空」世界的來由：「西方，有五種元素的說法，並因此而演化出一個成熟的法術系統。中國古老的陰陽五行，相生相剋，似乎更蘊含著更奇妙的鬥爭模式。

與傳統上以釋道爲正，妖魔爲邪的法術體系不同，在這裡讀者們將看到一個熟悉又新奇的世界，一個個由金木水火土塑造的國度與人民。『五陵』這個詞的本身，有種令人油然而生的思古幽情，無論是『五陵少年爭纏頭，一曲紅綃不知數』，還是『不見五陵豪傑墓，無花無草鋤作田』，都在電光火石

〔註 12〕滄月：《鏡・神寂》，天津：天津人民出版社，2007 年版，見《序・鏡中的夢幻城》。

間，讓我們的心靈與那些巍峨帝陵的剪影有了一次微妙的遇合。我們可以回想起古帝王們的豐功偉業，也能在下一個剎那意識到那些功業最終不過化作斜陽高陵上的瑟瑟荒草。豪邁與蒼涼，繁華與靡華，在這個詞語上被高度地濃縮了，這是打動作者們寫這個架空體系的原因，相信也將是留在讀者們腦海中的意象。」〔註13〕

《西陵闕》的作者秋風清接受了《奇幻世界》的訪談，就《西陵闕》的背景構思的來源做出了說明：「想提取一些中國化的元素，精鍊地融入背景中去，於是就想到了五行，正好和阿飛交流。他有一個自己做好的設定，我們兩個把設定融合在了一起，就成了如今五陵的大框架」。「五陵」世界有分別代表五種屬性的五大神器：水性的「雲水鏡」，火性的「九龍神火罩」，木性的「芥子環」，土性的「須彌山」，金性的「北辰劍」。五大神器還有各自的守護神獸，它們分別是「雲夢白螭」，「豐安青虯」，「明祥赤雕」，「秀行金蜈」和「中山黃麒」。

目前用五陵設定創作奇幻小說的主要作家有三位他們是秋風清，天平，文舟。他們的寫作各有側重。秋風清「寫的是法術昌盛的黃金時代」；天平所寫的故事發生「在《西陵闕》的時代最後，由於上師們的混戰，原有世界崩潰以後形成的。因為元素力量消耗過多，神器遺失，普通人無法接觸到法術，法術成為禁忌，是相對較為世俗的青銅時代」；文舟寫的是「世界大崩潰時，少數術士成立的獨有結果，已經處於現代工業文明階段，較有黑鐵時代特徵」〔註14〕。

到了2007年底「五陵」創作隊伍和問世的作品都得到了擴容。圍繞「五陵」世界設定，秋風清《西陵闕II・焚城》，冥靈的《皇家飯店・唐人街13號》、《皇家飯店・鬥戰美食學院》，文舟的《一噸半之金男銀女》、《火中來客》、《斧街風雲》，本少爺的《東陵・荒川記》，小狼的《南陵・伏羲宮》，蘇學軍的《古陸・雪藏》陸續在《飛・奇幻世界》上刊載。

與「九州」，「雲荒」設定不同的是，在「五陵」世界中幾乎沒有多種智慧種族的概念，有的是對信仰的崇拜。作者們對種族問題進行了創作構思上的刻意迴避。當種族概念在先前許多奇幻類作品中均有充分表現，在種族平等，種族共存等問題在架空奇幻文學內外也基本取得共識之後，在創作上有

〔註13〕 《飛・奇幻世界》2007年第一期，第59頁。
〔註14〕 《飛・奇幻世界》2007年第三期，第7頁。

所突破的空間自然就不大了。與此同時，信仰作為跟種族概念同樣古老的話題，在奇幻創作中還有進一步加以闡釋的巨大空間。

信仰危機、信仰缺失這些字眼除了表達現代人在物質與靈魂擠壓下所生出的精神焦慮之外，還代表了人類思維經歷的幾個典型波段。在這幾個階段中，宗教等神秘信仰的籠罩空間先是被科學理性大大壓縮，繼而科學理性等新興體系在二十世紀也受到根本懷疑。人類與生俱來探求信仰的慣性很自然地被啟動了。這樣一來，人們一方面對於科學理性時代形成的思維板結現象唱出了反同化危機的調子，另一方面卻又致力於尋找新的可以凝聚精神的統一信仰。表面看起來，從批判同化的物質統一到追求信仰的精神統一，人們還是在進行著矛盾的擺渡。實際上，信仰在精神上的統一性與現代科技文明引發的同化危機，兩者雖然都牽涉到統一或同一問題，本質上卻存在著差異。

現代科技文明引發的同化危機總是與現代高科技殺傷武器、千人一面的日常物質生活、整齊劃一的城市化進程和在工業污染中逐漸變黑的綠色地球這些事實緊密相關。這些同化元素不斷侵入甚至蒙蔽人類的精神世界。正是這些現代生活的外圍對人類精神的不斷擠壓，才會引發人類精神的反彈。各界人士對於人類精神重建、信仰確立等問題上都不約而同地表達了關注之情。但是任何期望通過恢復特定宗教或其它形式的信仰來達到新世紀精神重建的願望都應該被謹慎看待。

首先，從哲學高度來看，從康德經黑格爾到海德格爾對於「信仰」本身的哲學思辨歷程可以發現，信仰是一個嚴肅而複雜的概念。在康德那裡，從道德出發，將宗教信仰置於人之外，塑造了道德神像。當信仰被海德格爾拉入人之思的疆域後，其無處不在又難以直接觸及的存在證實了信仰存在於人類精神的內在性質。他將神像般高高矗立在人類面前的信仰內化為人之思的機能表現，從而掙脫了信仰與宗教的捆綁關係。信仰從道德、邏輯概念、宗教實體中被釋放出來之後，立即獲得了最大限度的自由。思與信仰的溝通使得當下所謂的追尋信仰更像一種藉口，人類本身的精神狀態才是真正的目的。廣義的信仰成為「人作為人而存在的命運」〔註 15〕。在這樣的哲學基礎之下，奇幻文學尤其是「五陵」架空小說率先直接提出將信仰設定為這個虛

〔註15〕 吳宏政：《『信仰的知』的歷程及其對象化結構的克服》，《社會科學輯刊》2007年第 6 期。

構世界的存在方式，而它又不特別指向眞實歷史中的宗教信仰，這一現象是可以理解的。

很明顯，這裡的「信仰」已經失去其作爲宗教的玄學意義。與其說當下重提「信仰」，在感情上是可以實現的，實際上卻很難實現。直白一點就是，新世紀當人們用不嚴密的方式大談信仰時，實際上沒有看到傳統宗教信仰已經沒有完全恢復的可能。

日本學者池田大作以「和平凱旋——宇宙主義的復興」爲標題，在 1999年一月二十六號二十四屆 SGI 之日紀念活動上發出感歎：「從中世至近世、近代，不是從『舊世界觀』過渡到『新世界觀』，而是變成一種放棄任何世界觀的時代。換而言之，近代科學的機械化觀點，完全拒絕接受這種人類最基本的問題，對宇宙觀顯出一副完全漠不關心的態度」〔註 16〕。他所指的「舊世界觀」正是歐洲中世紀通過但丁《神曲》表達出來的，雖然不符合科學標準，但是卻能提供一個有效而完整的世界觀、宇宙觀，在繼續人類尋找自我的漫長歷程中，合理解釋哲學最基本的關於我是誰，世界從哪裏來，我要向何處去的問題。而他在談到新世界觀建構的途徑時，屢次提到包括佛教、基督教在內的眾多宗教信仰形式。

暫不提，學者們企盼的新世界觀是否可以通過宗教信仰得以建立。僅就學界提出的新世界觀問題和奇幻文學中表達的遙遠而神聖的信仰，就可以發現，信仰問題反映的諸多方面中，信仰本身在新世紀經歷的哲學概念模糊化足以得到說明。

只不過，存在於「五陵」世界的信仰不是現實世界中宗教信仰。虛幻而神秘的信仰通過遠古創世之神遺留下來的五大神器和守護神獸，以及那些有意無意接近或得到神器的各色人等被實體化了。「神器，守護靈獸，以及一些神迹的顯現，是產生信仰的綜合原因。原本西陵大陸沒有國家，然而根據信仰分成各自群落。這些群落後來組成了一個鬆散的國家，就是西陵國，最終終於分裂成五個不同信仰的國度」〔註 17〕。而這個時候，信仰不但具有凝聚力，更有導致分裂的破壞力。

如果說科幻歷史長篇是對正史的顛覆，穿越小說是對現實或歷史的戲謔

〔註 16〕 （日）池田大作著，《時代精神的潮流》，香港商務印書館有限公司，2005 年，第 102 頁。

〔註 17〕 《飛‧奇幻世界》，2007 年第三期，第 6 頁。

與迴避，那麼架空幻想小說流露的則是再造英雄史的野心，以及對前科學時代、原始信仰力的嚮往，它所編織的虛幻歷史空間滿溢著沉重而嚴肅的歷史厚度。

第六章　現實在幻界中的回響

　　所謂的「現實」本身就是一個多義的概念。它的所指可以觸及各個方面，既涉及社會環境現實，也離不開個體心理現實。只不過，本土幻想小說面對現實問題，通常會採取幾個不同態度，這與它們的誕生年代有關。比如說內地的科幻小說，尤其是五六十年代的作品，就是緊密聯繫政治現實，而現代的科學幻想小說致力於重新認識人性的現實。世紀之交的奇幻小說，更是有意地疏離現實，在自己的幻想天空中進行著「第二世界」式的填空寫作。

第一節　無法割捨的情結：現實使命感的聚焦

　　對時代主旋律、對政治現實的靠攏不是本土幻想文學恒定的命題，但絕對是考量中國當代幻想文學發展不容迴避的事實。在特定歷史時期，中國幻想作家，尤其是內地科幻小說作家很難將自己游離於時代主旋律之外。無論有怎樣天馬行空的想像力，有一種追求根深蒂固於心靈深處——內心強烈的現實參與力。迎難而上，響應國家民族的召喚；失敗與誤解都無法阻擋前赴後繼的探索腳步等等成為不少幻想小說家，尤其是科學幻想作家致力表現的主題。

　　中國內地第一部長篇科幻小說《飛向人馬座》的作者鄭文光是首位獲得中國科幻銀河獎終身成就獎的科幻作家。儘管，宇宙飛船、宇宙射線、太空行走、天文星座、星雲、超新星這些在二十一世紀幻想文學領域早已不稀奇的名詞，在五十年代的本土幻想小說中出現，其超前性足以吸引人們的眼

球。只不過，「飛向人馬座」的超級飛船所具有的超前性是在現實性的支撐之下才得以起航。

「東方號」、「前進號」這樣的命名方式表現了當年的一種建設發展思路。在主題上，當年這類作品基本都定格在科技發展程度展示國力強弱，探索宇宙的能力表示民族力量的升降。強大、提升等概念均離不開政治保障，所以一些旗幟鮮明的話語貫穿於全文。諸如「依靠一條正確的領導路線，一支精心培育的科學技術大軍，一支勤勞、勇敢、能打硬仗的隊伍，經過幾十年的奮戰，我們趕上來了，甚至超過了他對『東方號』的設計和建造就是見證。全世界的報紙都登載過從衛星上拍下的這艘宇宙飛船的照片，稱之爲『人類文明的奇迹』、『現代化科學技術的驕傲』。火星實驗室的計劃也轟動了整個地球，許多外國科學家的信雪片似的飛到宇航總指揮部，要求參加「開拓太陽系新的疆土」的科研事業。而北極熊則咆哮著：『中國人要佔領火星！』是的，他們對於我們每邁出的新的一步總是虎視眈眈的。」

「宇航時代從二十世紀五十年代就開始了，發展到這時，還不過幾十年，卻達到了它的全盛時期。歷史上曾經有過所謂世界七大奇迹。『東方號』卻是新的奇迹，科學技術的奇迹，宇航時代的奇迹。兩千年前建造過偉大的萬里長城的中國人民又一次震驚了世界。」

主人公岳蘭堅定地說：「用你的高能物理支持我吧，不，不是支持我，是支持我們的國家，我們的共同事業。你應該努力去發現一種能源。讓我們的宇宙飛船能夠以光的速度馳騁於宇宙空間！」等等。

顯然上述表達方式強化了當年要求的現實主題。在當時，這個現實既包括外在的國際環境，又涉及到國內的建設環境，所有細節都追隨國家政治大局，科技發展前途是與國家抗衡敵對勢力能力的提升緊緊捆綁在一起的。

在情節上，大量片段須與不離嚴峻的國際、國內大現實，至於父慈子孝的家庭小現實基本忽略不計。

像總工程師的一雙兒女誤入「東方號」，提前了起航時間，並以每秒四萬多公里的速度遠離地球，飛向外太空。按照現在的標準，這種不專業的事故是不可能發生的，而且引發的後續問題將不可思議。然而在作品中卻只是相關核心人物的感慨：「戰爭啊，戰爭……誰說世界在走向緩和？依然是亡我之心不死，只是今日的中國，已不復是當年在珍寶島上，依靠反坦克手雷和戰士的勇敢硬打硬拼的中國了。戰爭採取了更隱蔽、也可以說更高級的形式，

這是一場打先進技術的戰爭。當然，敵人沒有完全得逞，但是『東方號』比預定發射時間提前了一星期，而且裏面裝的也不是已經訓練了兩年、正在整裝待發的宇航員，而是三個還沒經受過生活風雨的青年人⋯⋯」

　　不僅如此，親人離別這樣的現實悲情也被大環境現實覆蓋。頓失兒女的總工程師在那一刻「卻想得很遠很遠。每秒四萬公里，這是了不起的速度。這速度，標誌著我們的科學技術是十分先進的。但是這樣一來，『東方號』卻決不會降落到火星上了。三個孩子的命運怎麼樣？火星上的實驗站建設者又怎麼辦？他們正等待著給養和器材吶！」。

　　甚至表示：「找到『東方號』，不是爲我去找尋兒女，而是宇航科學上劃時代的發明。」「我們失去了『東方號』，是失敗嗎？不一定，它已經離開太陽系，向遙遠的恒星世界進軍——歷史上有誰到過這麼遙遠的世界呢？沒有！三個中國的年輕人做出了前人從未做過的事業⋯⋯」鍾團長沉默了一會兒，說：「失去亞兵，我也難過了好久。但是我想到他是在『東方號』上，我又覺得自豪。這畢竟是第一批離開太陽系的宇航員，對吧？生活的辯證法就是這樣的：『東方號』飛走了，好像是個損失，但是它將來可能帶了很多遙遠世界的資料回來，讓我們更深入地認識宇宙，這就是極大的收穫了。」

　　作品中的人物對待科學的態度也時刻透露出那個年代的思想現實。一來通過科學發展顯示國家發展的最高理想，二來通過自身的發展，參與對國際敵對勢力的批判，在小說中，通過人物的口比較直接地表達出：「是的，敵人總是喪心病狂的。我們要在大地上建設花園，他們就要在大地上高築牢牆和監獄；我們要在太空中馳騁，讓科學的觸鬚伸向無限宇宙的深處，他們卻要在太空中裝備指向地球的激光大炮，要摧毀人類的文明和智慧。一頭熊並不是一個人，它的野心和欲望是踐踏別人的一切美好的事物，從而把一切攫爲己有。」

　　「如果火星上曾經有過人，有過像人一樣有理性的生物，那麼，不管火星自然條件變得怎樣嚴酷，他們也不會消滅的。他們能夠征服自然。我們地球上的人們不正是這樣幹的嗎？⋯⋯你看，沙漠正從我們身邊退卻。我們從所謂不毛之地裏，奪得了多少糧食啊！人類是大自然創造的，可是人類又能夠改變大自然的面貌。人類已經改造了地球的面貌，爲什麼不能改造火星⋯⋯」

　　可見，冷戰思維主導了作者的創作思路，轉化成人物的語言就是「在午

飯桌上，霍工程師提到了他從飛船上看到的巨大的導彈基地。鍾團長也語氣沉重地說：『從種種迹象看，老修要動手啦！他憋了幾十年，在非洲、亞洲、拉丁美洲到處挑釁，到處碰壁，國內搞法西斯專政，政權極其不穩，到頭來還想作垂死前的掙扎。最近邊境調動頻繁，不但新設好幾處導彈基地，坦克和殲擊機也換了最新的型號。』其實這就是典型的意識形態展露：「人們紛紛讚揚，只有我們社會主義中國具有這種把『災難』消化、變爲『收穫』的能力。」，並得出了一個政治性很強的結論——社會主義的優越性必然讓國外的敵對勢力黯然失色，連科技發展也只能依靠這一優越的制度。

同樣，誤入飛船的少年本應該是驚慌失措孤獨無助的，卻絲毫不顯驚慌，更沒有哭泣思鄉的具體言行，倒是意氣風發地在飛船上通過晶片上存儲的知識，繼續著英語和高等物理、數學的自學，甚至組成三人團支部，聲言：「我們三個都是共青團員——哪怕到了宇宙的任何角落，我們都要努力奮鬥。」「三個人，遠離祖國、集體和親人，在『東方號』中，深入星際空間，行程兩年，互相勉勵著，共同戰鬥……」。

單純積極的科學發展觀與直線型發展思路決定了小說人物對於未來世界的樂觀態度，「一切都是高速度：高速度的恢復，高速度的建設，高速度的發展。現代化的科學技術武裝了勤勞的人民的雙手，於是產生了奇迹。城市已經重建起未，不過和戰前不完全相同：它擴大了，因爲，沙漠更加退卻了——它正龜縮在遠遠的一小塊土地上，等待著最後被殲滅的命運。」樸素的科學至上、科技萬能的理念處處可見「他們不能馬上返回地球，但是現代科學技術是一日千里的，今天辦不到的事，明天也許就辦得到。」作品中的人物樂觀地認爲把每秒四萬公里的宇宙船追回來在不久的將來很有可能實現，並對每秒四萬公里這個速度充滿了自豪。

「當然，三年來，一日千里的科學技術已經跨越了一個時代，利用光子，四級火箭將能把宇宙飛船加速到光速的一半，而自動化儀表又能夠保證在這麼高速的飛行中實現服『東方號』的對接。」

主人公堅信「……我們都還年輕，會看得見人類的未來。」談到黃浦江污染之時，小說人物對今後的走勢也很有把握：「環境污染問題，在我國大地上，像腫瘤一樣被消滅了。現在在大城市裏，工廠區都有綠樹圍繞，所有廢氣、廢水都經過處理，得到廣泛的利用。」

以內地第一部長篇科幻小說爲例，只是爲了說明一個事實：雖然幻想文

學大軍不至於完全淪爲政治傳聲筒，但對於從那個特定歷史時期成長起來的幻想小說家們來說，他們不會也不能脫離當時的現實背景，在其作品中不斷將現實以各種形態映像入幻想的空間，依託幻想形式，上至思維模式，下至在科學技術包圍下的日常生活，表達出特定的政治追和強烈的現實感。

　　再以王晉康的《天火》和劉慈欣的《地火》爲例，這兩部短篇科幻恰恰就構成了天地之火牽動赤子之心的奇景。

　　《天火》描述的是文革時期，蹲過牛棚的中學物理老師「我」和一位天才學生林天聲之間發生的故事。林天聲是一個天賦特佳的學生，雖然身體孱弱，性格孤僻，他那憂鬱的目光經常使「我」想起「殉道者」的油畫。

　　林天聲的天賦是通過兩次對物理科學概念的思路表達出來的。他曾經在紙上寫下了自己對宇宙時空的理解，表示支持「震蕩宇宙」的假說，此學說認爲宇宙就像一個蛋，爆炸後向四周膨脹，現在的宇宙時空正處於膨脹狀態，最終它會在引力作用下向中心跌落，坍縮成一個新的蛋，必將不斷經歷爆炸、膨脹、坍塌這一過程。

　　故事儘管發生在文革時期，但是政治上的禁錮並沒有阻止物理天才對科學研究的敏銳觸覺和義無反顧的追求。改造現實，推進科學發展進程的希望在年輕人的執著中升騰起來，讀來讓人備受鼓舞。

　　劉慈欣的《地火》中描述了一位違背父親遺願——「不要下井」的年輕人劉欣。父親在二十五年的井下採礦生涯以晚期矽肺病結束。劉欣唯一的目標指向徹底改變煤炭工業的生產方式，改變煤礦工人的命運。劉欣的宏偉設想就是「把煤礦變成一個巨大的煤氣發生器，使煤層中的煤在地下就變爲可燃氣體，然後用開採石油或天然氣的地面鑽井的方式開採這些可燃氣體，並通過專用管道把這些氣體輸送到使用點。用煤量最大的火力發電廠的鍋爐也可以燃燒煤氣。這樣礦井將消失，煤炭工業將變成一個同現在完全兩樣的嶄新的現代化工業」。

　　這就是所謂的世界性難題——煤的地下氣化。這一設想受到了同行的質疑，因爲氣化地下煤層需要催化劑，催化劑的價格遠高於產生的煤氣。劉欣卻堅持不用催化劑也能達到氣化目的——「把地下的煤點著」。地下煤層在三道防火帷幕等一系列保護措施下被點燃，與水蒸氣結合後，將發生一連串化學反應，最後實現煤的氣化。

　　劉欣頂住各方壓力點燃了試驗煤層進行試驗。沒想到地質資料上並未標

示出的一條煤帶通向了千米外的大煤層，燃燒引發了整個大煤層的燃燒，比新疆地火還要大上百倍的魔鬼般的地火被引發，整個礦區，連同所有優質無煙煤層將毀於一旦，並毫無解救之法。

故事的最後實驗失敗了，並釀成不可逆轉的巨禍。然而，劉欣卻「笑著說：『爸爸，我替您下井了』，轉身走出樓，向噴著地火的井口大步走去」。非人力可控的大自然，慘敗的實驗，交織著主人公赤誠的理想，定格於直撲地火，決絕悲壯的背影。

第二節　批判意識的流露：借由幻想領地發聲

幻想小說家們終究無法捨棄對現實世界的關懷。通過想像力，他們對現實的介入呈現出兩個趨勢，如果說上節所談的是擁抱現實的態度，那麼此節將從人類生存現實出發，探討幻想作家們批判現實的態度，只不過，幻想小說對於現實細節的處理與傳統批判現實主義小說有很大區別。民族、家國、時代話題更多被設置為朦朧的大背景，只作為情節流動的隱形力量，在一個更廣泛的時空下，完成對現實的影射與批判。批判本身也從科技文明發展，個體存在狀態，到種族、民族生存環境呈現出多層性。

《亞當回歸》是王晉康 1993 年發表的第一篇科幻小說。這位經歷過文革，先後七次榮獲中國科幻大獎「銀河獎」的作家成為當代中國科幻創作的重要代表之一。這篇作品在構思和情節發展上並不複雜，但是卻傳達出當代科幻作家很強的現實責任感，還能體現出那個時代對幻想創作尤其是科學幻想的創作現實和價值標準。

作者精心設置了「回歸」的多義性。首先，地球人 202 年前發射的星際飛船「夸父號」於公元 2253 年 2 月 29 日回歸地球，它的回歸象徵著人類科技的全面勝利，而機長王亞當也被地球人委員會授予「人類英雄」的稱號。征服自然，顯示人類科技力量完全符合當時現實追求的時代要求。

「夸父號」也帶來的一個重要信號標誌著「回歸」的第二義。那就是距離地球十光年範圍內沒有存在任何「類地文明」，證明「地球人不過是茫茫宇宙中僅有的一朵璀璨的生命之花，是造物主的妙手偶成，是不可再得的傑作。這使我們在驕傲之餘，不免感到孤單。」這是對人類在宇宙中的特殊性和唯一性既沮喪又自豪的矛盾發現。從外太空探險「回歸」地球的壯舉背後卻深

埋著人類孤寂的靈魂。

　　第三義則是就個體而言。「回歸日」的到來還展示了彼時自然人和新智人是地球人存在的兩種狀態。第二智被開發出來植入自然人腦中，賦予自然人超強邏輯性。自然人的智慧被大大提升，但也隨之喪失了原先的細膩情感。所有新智人都會經歷特殊的回歸日，也就是暫時喪失第二智慧，重歸自然狀態，在這短短的回歸期，他們將以自然人的狀態結婚生子，談情說愛。

　　這樣一來，回歸期滿，被植入第二智慧的人類可以選擇取消高科技對人腦的支持，重新回到自然人狀態，也可以選擇重啟第二智慧，繼續依賴高科技。回到地球的王亞當將被喚醒。他在回程中被深度冷凍，大腦和思維處於嚴重的癡迷狀態。那麼，被喚醒的王亞當究竟會怎樣選擇呢？

　　自然人有權選擇不重啟第二智慧，但是能堅持的人少之又少，最終被視為異類，所以只有極少數保持靈魂清醒的人類，將「回歸」自然人狀態視為最終願望。當新智人雪麗問亞當為什麼叫這個名字時，亞當回答：「不，我只料到我會變成未吃智慧果前的蒙昧的亞當，赤身裸體回到伊甸園，受諸神庇護。」「回歸」與否隱喻著人類與科技之間相互依賴和排斥的矛盾心理。

　　小說還塑造了一位堅守者形象。他是地球科學委員會終身名譽主席，三屆諾貝爾獎得主，新智人時代的締造者之一，錢人傑。錢人傑與亞當在北京自然博物館恐龍陳列室的對話——在恐龍骨架下的談話，具有了一種超越時空的莊蒼涼感。老人無限悵惘地說：「作為一個嚴肅的科學家，你肯定認為這些幻想（機器人佔領地球）淺薄而荒謬。那麼，我告訴你——這種悲劇實際上已經發生了，打開潘多拉魔盒的，就是你面前這罪孽深重的老人。」

　　當年他們研製第二智慧，2018 年做的第一例手術為了穩妥，選擇了一名白癡作為受體，手術獲得成功，白癡擁有了超越標準人腦一百倍以上的智慧。回想當年的成功，除了狂喜，現在開來，也就是「愚蠢的喜悅」。

　　第二智慧已經從當初的 1bel 級發展到 13bel 級了，除了感情程序，包括性程序，信息存儲、運算、創造性思維、直覺、網絡互補能力等等都大大超越人腦。「機器人借助於人體，在人腦的協助下，已經佔領了地球，而我們則像愚蠢的螟蛉一樣，在自己身體上付出了螺贏的生命。」

　　老人原本準備燒毀全部資料，開槍打碎自己的頭顱，以死亡終止這個進程，可惜他明白，遲早會有另外一個人打開這個潘多拉魔盒，所以盡力為人類挖了幾道保護屏障。那就是設定了《在人體內植入第二智慧三戒律》。戒律

規定，第一條：任何第二智慧的被植入者必須年滿十五歲，在完全清醒的狀態下簽字確認本人自願植入第二智慧，並由至少一位處於自然人狀態下的完全清醒的成年直系親屬副簽；第二條：植入人體的第二智慧器必須具備這樣的功能：在運行十年後應能自動關機，使其載體處於完全的自然人狀態，並保持該狀態至少一百天以上，第二智慧是否重新啟動應由被植入者自行決定。第三條：自然人和植入第二智慧的新智人具有完全平等的社會地位，可以通婚，但受孕時雙方必須同時處於自然人狀態。

錢人傑希望通過這三條戒律，至少保持自然人不被強迫成為新智人，保證他們植入第二智慧後有回歸自然人的自由，並使新智人在法律上永遠是自然人的後裔。

表面上看這三條戒律對自然人起到了保障作用，但是實際上絕大多數人願意植入第二智慧，百日回歸後也願意重啟第二智慧，自然人對第二智慧的依賴就想癮君子之於毒品一樣。世界上所剩的純粹的自然人已經不到一百人了，他們是當年一流的物理學家、生物學家、人類學家、未來學家、科學家，也只有他們才有足夠的智慧洞察到第二智慧對人類的致命危險。

實際上，真正震撼人心的倒不是第二智慧取代了人類，而是人類用屬於自己的智慧創造出的第二智慧反控了人類，而眾多人類並不自知反而過度依賴，人類自身存在的價值其實是被自己取消了，任何為自我保護而訂立的戒律看上去蒼白而荒謬。

與錢人傑對話之後，王亞當立刻決定：獲得第二智慧後再去對付新智人，這麼一個模糊的想法並沒有真正被實施。沒想到被植入第二智慧之後的他逐漸接受了這樣一種生存狀態，覺得這是由猿到人，由人到新智慧的必然進步，是人腦進化的另一種表現形式，並動員其他自然人接受第二智慧的植入。

錢人傑去世的時候，正值亞當的回歸期，他用一顆自然人的心，帶著地球科學委員會當年度主席的頭銜寫了一篇悼念錢人傑的紀念文章。亞當在悼文中雖然直面了第二智慧給人類帶來的痛苦與困惑，但是卻肯定地說，「人類將始終頭腦清醒地尋找路標，拂去灰塵，辨認字跡，然後一步步奔向自己的歸宿。」他將在二十分鐘後終結這一次的回歸，重啟第二智慧。

雖然為了支持科學幻想小說存在的合法性，不少知名科幻作家希望捍衛科學技術的領域，對「醜化和妖魔化」科學以及科學技術持保留態度。畢竟，

「科幻是科學發展的直接產物，不管是傳統的硬科幻，還是後來的軟科幻，科學總是或明顯或隱藏地存在於其中，它像血液般充盈在科幻小說的字裏行間，作爲一個無所不在的形象，一直在被科幻小說塑造著。」〔註1〕

不過，在科學理念、科技運用遭遇全面質疑的當下，科幻小說本身向科技開火的情形已成爲不容否認的現實。《亞當回歸》也正體現了作者對科學本身的矛盾態度。一方面，不論是作者還是小說人物都對高科技成果保持警惕，對科技發展的不可控性有一定的批判意識；另一方面又無可奈何地接受自然人對高科技的依賴，並通過亞當之口，再次申明對科技發展的嚮往。

韓松的《火星照耀美國》（又名《2066年之西行漫記》）則將現實向後推到2066年，儘管是未來世界的科學幻想，但是處處投射了對現實世界批判意識。嚴格地說，它是一部未來的書，但是因爲2066年這一時段距離二十世紀一點也不遠，人物、國度、生活及思維模式等都具有相當鮮明的現代特點。它既像一本預言科幻小說，事實證明，其中一些細節上的想像，的確在當下實現了，同時也是一部帶有強烈現實批判意識的科幻小說。

小說開篇描繪了2066年的世界圖景。這片所謂的「福地」，中國崛起，美國衰落，日本沉沒，國家與國家之間的地理疆界不再重要，國家主權觀念也有了新的變化。因爲除了實體國家的存在，還有大量虛擬世界出現。消失了的日本在網絡上也獲得了重生，幸存的日本人在網絡上重建了他們的祖國。

強大的網絡世界被統稱爲「阿曼多」夢幻社會——即有意識的程序生命。全世界的中微子——生物網絡處理器都是它的細胞和神經。從無生命到進化出意識的「阿曼多」已經取代人類成爲「全知全能超級引導者」。以致於二十一世紀的時代主題就成爲「人類首次與自己造出來的一個非蛋白質高等技術智慧生命同存於一顆行星，並受著它無微不至的蔭庇」。

也就是說，人工智慧「阿曼達」自我進化後，有了自主意識，其超強的信息處理能力幫助人類管理、配置各類資源，而人類對它的依賴也是驚人的。知識分子精英不禁會擔憂，會否有朝一日「阿曼多」會危機人類生存，會否控制人類，會否驅使人類？他們一邊質疑，一邊卻不得不承認，萬一「阿曼多」突然停止運作的話，人類社會的運行，乃至人類思維都會癱瘓。果眞「阿

〔註1〕　王泉根：《現代中國科幻文學主潮》，重慶：重慶出版社，2001年版，第105頁。

曼多」系統出現了故障，直接導致全球信息能力癱瘓、全球記憶能力喪失、美國、歐洲和非洲十幾個國家發生了暴動。

在眾多科學幻想作品中，不乏考慮人工智慧對於人類的正負影響。當下的科幻如果還圍繞這個話題展開想像的話，比之前的幻想小說有了更多合理的立場。因為畢竟，二十一世紀的今天，網絡無處不在，在這個基礎上，繼續探討人工智慧、海量信息處理給人類傳統生活帶來的影響，更貼近現實意義。無怪乎韓松在小說中一邊說 66 年後的世界「是快樂無比的時代」，另一邊卻無奈地說：「網絡本身就早已把大家變為傻子和殘疾了。」雖然是對 2066 年的構想，卻讓現實中的人對反信息運動、切斷對網絡的過分依賴，國家政府層面網絡休眠等活動也成為未來世界的社會活動之一。那個時代還是一個大家都不願意生育的時代。國家人工嬰兒倉儲系統建立了，人們可以從這個嬰兒庫領養屬於自己的孩子。信息爆炸、生殖障礙其實正是現代城市病的不同徵兆，對這些細節的描述，強化了一種對現實的焦慮感。

小說中的信息專家張主任就嚴肅指出：「……網絡世界，或者夢幻社會，在不知不覺間慢慢冷卻下去，可以說是物理學規律的必然吧。人類卻一天天越來越依賴這個非人的數字宇宙。包括情感在內，什麼東西都數字化了，都可以用零和一兩個數字來建構，一切問題都要通過網絡來決絕。難道這還不是危機總暴發的預兆麼？需知，我們的世界本質上並不是數字的，不是模擬的，而是實體的。網絡作為一個過渡是可以的，但現在它卻成為了一個至高無上的神靈，成了我們心甘情願去肩負的一個重擔，則終於有一天要自我毀滅。……」

對於依賴網絡的現代人群來說，科學幻想小說除了描繪這一生活景象之外，還有意識地承擔起提醒的責任。中國以及國人的世界形象，也是這部小說的出彩之處。從表面看，大大發揮了民族激情，結結實實地張揚了一下國民形象。掩卷之下，卻有著隱隱的不安和濃濃的自我批評之意。

如當時的中國已經是世界經濟中心，世界最重要的運動之一就是中國圍棋，中國人在世界各國享受著超國民待遇，國家圍棋代表團出征美國時竟然快樂地談著「曼哈頓的狗肉宴，天下第一」，將西方世界談狗肉色變的心理大大涮了一把。設想著二十一世紀中葉，「是個人都會說幾句漢語，包括網絡小國裏的虛擬人。」美國的瘋狂漢語培訓班也蓬勃發展起來，卻遭到國人的恥笑，覺得其水平在各國中最低，臨了來上一句：「我們原諒了他們」。

中國人給搬運工優厚小費時，他們「都感激得要命，說以前沒見過中國人，這回親眼看到了，才知道是活菩薩呀。」幾塊錢小費，對「我們中國人來說，算什麼呢。」

紐約的經濟開發區中還能看到「閃爍著中國棋類麻將京劇綜合發展總公司的光電子招牌」。中國的京劇團、川劇團、徽劇團、雜技團、魔術團、象棋隊、麻將隊、武術隊等等都將陸續打入美國，甚至策劃在費城創辦京劇夜總會。

華盛頓發生暴動，標誌性建築被襲擊，「五角大樓的文物古迹成了一堆青煙四起的廢墟。」美方接待人士難堪地低聲說：「是被誤炸的。地圖上沒有標明大樓的位置。」這一場景，令中國讀者頓生一種似曾相識的感覺。

對於被放倒的自由女神像描寫更是令人咂舌——「一方平臺上橫躺著一個紅銅做的女人，頭上戴了一頂浴帽，上面生出亂刺一樣的東西，臉蛋兒塗畫得花花綠綠。」「這就是自由姐們兒像——原來叫自由女神像。」「為什麼她要躺著呢？」「原來是站著的。可是後來，大赦世界組織說這不公平，便把她放倒了，還在她臉上畫了這些叉叉。」——這就是所謂的「倒像運動」。可見，韓松的這部作品既有對現實世界的嘲諷戲謔，也有對人工智慧、網絡世界的嚴肅反思。

香港科幻作家譚劍的《人形軟件》也對人類存在狀態進行了批評。所謂「人形軟件」是主人在網絡世界裏的分身，打理實體人類在網絡上一切瑣碎雜事，諸如幫主人關注每分鐘都有新出價的網絡拍賣，幫主人下載新的影視作品或各類應用程序，替主人在網絡遊戲中拼殺，代替主人篩選符合擇偶條件的對象。

故事一開始「我」作為主人的人形軟件與「美女」相親見面，而「美女」也是女方的人形軟件。為了不耽誤主人時間，第一次見面由兩個人形軟件完成。因為人形軟件不但瞭解主人個性，還有很高的模仿能力。「美女」在「我」面前批判人性疏離，高科技對人類的控制和玩弄。「我」的結論卻是「主人雖言明喜歡女人有腦袋，但我相信絕不包括女哲學家，否則本來就沉重的生活壓力肯定百上加斤」。最後兩人相親失敗，在十分鐘之內分道揚鑣。

這一個場景的設置就有很濃的批判意味，繼續了質疑人類高度依賴網絡，受制於高科技條件的話題。設想如果連談戀愛也可以委託科技產品——人形軟件代勞，人類交流方式將會變成怎樣的一種怪異狀態。

　　著名幻想小說家張系國曾塑造過一位名叫「蓋博」的「諜士」。他是「反間諜學校」畢業，國家高等反間諜考試優等生，是編號「第 700 號 2n＋1 反間諜。他在提起自己「諜士」頭銜時，有一段精彩的唱詞：「人人都需要頭銜，／沒有頭銜怎麼混？／……／學士、碩士與博士。／還有哲士和超博士。／開計程車的是計士，／放言橫議的是處士。……／喜歡搞錢的是賺士，／打家劫舍的是強士。……／竊取情報的是諜士，／洗鍋洗碗也是碟士。／人人都需要頭銜，／有了頭銜才能混！……」。〔註 2〕

　　這樣的細節在中國當代幻想小說中屢見不鮮。可見絕不能說幻想小說不著邊際，如「逃避說」那樣與現實絕緣。相反，幻想文學作家們據守異時空，曲折擁抱現實的做法已然成為此類小說的重要標誌之一。

第三節　「架空」世界：與現實的距離有多遠？

　　中國「架空」奇幻小說作為一個整體的魅力在於它的「世界」就像擁有魔力的方盒子，可以累加，還可以連環套裝。雖然奇幻作者蘇鏡表示：「架空最大的好處就是揀懶，我們不可能熟悉每一個朝代的典章制度大眾生活，所以架空是一個應付辦法。其次，『架空』是對歷史真實的提煉，你可以感覺到這是每一朝每一代都在發生的事情。最後麼，歷史上未必有那麼趁手的背景，所以造一個」。〔註 3〕她的坦誠一方面說明奇幻創作圈被大量年輕寫手圍繞著，在「架空」的世界大家既可以完成無拘束的思想馳騁，還能享受幻想所帶來的創作樂趣。

　　當然最重要的是可以避開沉重而嚴格的歷史真實。這既是一種「應付手段」，也是一種「聰明選擇」。另一方面，從「架空」與歷史的關係上看，透過「架空」的世界，作者和讀者仍然可以感受到現實世界的身影，從主題到人物總能找到似曾相識、似遠實近的感應力量。「架空」，就像它的英文表述「overhead」一樣，給人懸空不實，但卻凌空飛架、無法擺脫籠罩的感覺，與寫實是一對矛盾著的奇妙組合。它們彼此糾纏在一起，只不過這一次，一些奇幻寫手們對一向以現實為支柱的傳統思維模式發起了策反，主次地位在奇幻世界中顛倒過來。人們在獲得一次新鮮體驗的同時，對現存世界運行模式

〔註 2〕張系國：《城‧科幻三部曲》，北京：三聯書店，2000 年版，第 130～131 頁。
〔註 3〕《飛‧奇幻世界》2007 年第一期，第 6 頁。

自然會產生更加深刻的認識。

架空世界的一個很有現實警策作用的地方就是，對精神與生態關係之間的處理通常更加注重精神方面的構建，而在物質生活方面的要求卻只需保持最低限度。生活在此間的各類種族，它們的日常生活都實行著低消耗運行模式。這與現實世界——處處以技術和金錢爲尺度的社會之間形成了巨大的反差。快節奏、高消費、重享樂的現代生活方式作爲現代人群追求的理想生活目標在架空世界中遭到了顛覆。拿「九州」世界來說，它反映的就是一個前工業時代。在「九州」蒼茫大地上，各種族之間上演的是最簡單的原始競爭。這裡根本用不著高科技手段。原始生存手段、神秘力量、特異功能在這個世界大行其道。

那麼「架空」世界奇幻小說中的世界與「烏托邦」理念之間有無可溝通的地方呢？當代學者魯樞元在談到這一古老理念時試圖推翻「烏托邦」觀念源於古希臘柏拉圖的《理想國》，甚至源於十六世紀英國莫爾寫的「烏托邦」的普遍共識。從它的產生機制上，魯認爲「『烏托邦』源於『心動』，源於生命體對超越自身、超越現狀的渴望，源於人類童年的夢幻，源於人類神話的想像，源於藝術創造的衝動」。〔註 4〕按照這樣的標準西方「猶太教的『伊甸園』、艾賽亞的『塵世天空』、柏拉圖的『理想國』、奧古斯丁的『上帝城』、莫爾的『烏托邦』、培根的『新大西島』、康帕內拉的『太陽城』、安德利的『基督城邦』、哈林頓的『大洋國』、傅立葉的『法朗吉』、歐文的『和諧村』、巴盧的『希望谷』、赫茨卡的『自由之鄉』」，東方「老子的『弱國寡民』、孔子的『內聖外王』、墨子的『兼愛非攻』、莊子的『遁世逍遙』、佛教的『極樂世界』、道教的『蓬萊仙境』、陶淵明的『桃花源』、張魯的『五斗米教』、洪秀全的『太平天國』、康有爲的『大同世界』、甘地的『嶄新印度』、泰戈爾的『精神性亞洲』、梁漱溟的『鄉村自治』」，甚至「毛澤東的『人民公社』」。〔註 5〕都可以稱爲「烏托邦」。如果僅就是不是「想像」或「心動」的產物來看待「烏托邦」與中國奇幻小說中的「架空」世界，之間的確有可以溝通之處。

作爲想像物，兩者都有一個共同的「心動」之源。它們在與現實世界的物理和心理距離上，彼此都刻上了明顯的同源痕迹，但是，同爲虛構世界的

〔註 4〕 魯樞元：《猞猁言說——關於文學、精神、生態的思考》，北京：社會科學文獻出版社，2001 年版，第 317 頁。

〔註 5〕 魯樞元：《猞猁言說——關於文學、精神、生態的思考》，北京：社會科學文獻出版社，2001 年版，第 320 頁。

它們在構成和運行上有很大差別。「架空」世界沒有對「烏托邦」理想世界進行移植搬用。這個不完美的空間，終年有爭戰。勾心鬥角和血腥屠殺從人類擴大到各類生靈。在充滿原始搏鬥和超自然力的世界，和諧與平衡被毫不留情地打破了。然而，自然法則的嚴酷與各類生靈為了生存而煥發的精神力量卻總是給讀者帶來意想不到的驚喜。其實，不光是「架空」世界的本身異於傳統意義上的「烏托邦」世界。「架空」世界的創造者們之間，以及創造者與現實社會之間都充斥了不和諧的音符。它們彼此所形成的多重能量圈，或者說是多元世界，在補充現實世界萬千面貌的同時，擺脫了「烏托邦」夢想，走向一個對「世界」的重新認識之旅。

　　就文學與現實的關係來論，不管是傳統現實主義小說還是 20 世紀以來的現代與後現代小說，真實都是與虛構同時存在的。不過，各自都是有條件、相對的。柳鳴九先生就曾直言：傳統小說追求的真實是「類的真實、概括的真實、典型的真實、必然的真實，是符合這種或那種理性秩序的真實，是一種被賦與某種真理性質的真實」，而 20 世紀以來與傳統小說相對的各類小說的真實則是「個別的真實、偶然的真實、浮動不定、變化無定型的真實、分解的局部的真實、多角的相對性的真實」。〔註 6〕文學真實的相對性與內涵的擴大化使得它與絕對真實之間存在著不可能彌合的永久裂痕，而這正是它的另一面──虛構，擁有被最大限度發展的前提條件。

　　毫無疑義，研究將小說虛構性特徵發揮到極致的幻想類小說時，一味糾纏於真實與虛構這樣一個老話題之中的意義並不大。好比二十一世紀的奇幻小說，它完全可以稱為傳統小說和二十世紀小說的一個雜糅品。在表現手法上，它將傳統小說對情節故事的重視，現代派小說的追求寓意和象徵，後現代小說的拼接、蒙太奇手段等等皆入囊中、并加以鎔鑄，體現了一種盤根錯節的狀態。

　　在對待理性問題上，它既有傳統小說的理性光芒，又不排斥現代、後現代小說的反理性、反邏輯的思路。然而所有這些細節彙聚在奇幻小說身上，都會不自覺的聚焦於它所建構的虛構世界之上。也就是說，奇幻小說文學性表達、文化觀念輸出等方面都是通過它所虛構的世界傳遞出來的。對當前中國奇幻小說中虛構世界理念形成中的中西碰撞以及內部矛盾，虛構世界的構

〔註 6〕 柳鳴九：《從現代主義到後現代主義・前言》，北京：中國社會科學出版社，1994 年版。

成與運轉規律，以及虛構世界中出現的典型文化意象加以考察，也就是希望從最底層的基座開始對這類小說的獨特氣質進行整體把握。

那麼，作為無論是現實情況，還是虛構創作都會面對的一個字眼——「世界」，從它最寬泛的意義上看，「世界」有時所囊括的範圍也許只是小小的一個角落，那麼奇幻個體、奇幻創作圈之間、創作圈與外界都可以形成形形色色的獨立或接壤的世界。從世界存在的終極意義上看，「存在的統一性首先也在於只有這一個世界。所謂只有這一個世界，既意味著不存在超然於或並列於這一個世界的另一種存在，也意味著這一個世界本身並不以二重化或分離的形式存在。……形上之道與形下之器並不是二種不同的存在，而是這一個世界的不同呈現方式。」〔註7〕

顯然，奇幻小說創造出的「世界」與哲學對世界存在所下的定義最大差別就在於，幻想領域的世界具有立體、多元的特點，比如天界、人界、魔界、冥界可以平行共存的，通常各行其道。不過，受某些特殊原因激發時，還有可能恢復蜿蜒盤互在它們之間的各種溝通途徑。與此同時，各層世界內部的運行法則，以及支配此世界存在的原動力也就很自然地呈現紛繁景象。因此，中國「架空奇幻小說」現象就可以為時下「世界」概念在文學中的體現提供相當豐富的解說。

從文學角度來談虛構與寫實，本身就是一個含混而充滿悖論的話題。因此我們不想糾纏「架空」奇幻小說與傳統寫實文學的距離有多遠，而是努力將「架空」奇幻文學作為一個整體，來度量一下它與現實的距離。當人們在設定一個「架空」世界時，就是在嘗試作一個創世之神。當人們在創作小說時，首先只是一個人。「架空」奇幻小說從整體上看大於單純的小說。至於是先有小說還是先有架空世界並不是問題的關鍵。這就好比無論運用歸納與演繹哪種不同的思維方式都是論點與論據之間的相互闡發一樣。雖然，我們無法也不必預測像「九州」這些未完成的「架空」奇幻系列，以及如「九州」創作組這般的「架空」奇幻創作團隊或群體能否像西方「龍與地下城」系列那樣長期存在，但是在對中國「架空」奇幻理念和文學世界圖景的探討基礎上，「架空」奇幻現象與現實世界的互動為「科玄相遇」的論證提供了豐富而驚人的依據。

〔註7〕　楊國榮：《存在之維：後形而上學時代的形上學》，北京：人民出版社，2005年版，第48頁。

完整的「九州世界」概念既包括「九州大陸」這個架空世界，又包括「九州」創作團體，兩者是不能分割的。「九州」團隊作為同時與現實世界和虛構世界接壤的年輕群體，對他們的近距離接觸是更好理解中國奇幻，乃至「架空」世界的鑰匙。

「九州」團隊的形成：如果說用文學流派來形容「九州」也不為過。五四運動形成的同人團體，尤其是志趣相投的青年們結成某一個創作團體是常見的一種力量組合方式。當代奇幻創作的團體雖然具有傳統意義上的文學流派特色，但是卻因處在一個高度信息化的，全球化趨勢日益強大的社會，其從創立到定型發展都有著鮮明的時代特色。

首先，從靈感來源來看，這是一個徹底脫胎於網絡文化，尤其是借鑒網絡遊戲存在方式的網絡團體。從文學創作的虛構與真實來看，除了採用網絡虛擬遊戲世界設定的模式來設定「九州」虛構世界的結構，還從西方同類形式中獲得虛擬世界建構的標準和啟示。

再次，從創作的旨趣來看，眾多成員加入「九州」龐大的協作計劃。正因為有這樣一塊廣闊的虛擬世界，提供給寫作者們無限的想像空間和恣肆發揮的自由創作的可能。

值得一提的是，這個團體在充分享受創作自由的同時，恪守「九州」的天文、地理和種族的設定，因此「九州」奇幻文學在異彩紛呈的想像力飛揚的同時，從高空俯瞰卻是一副宏偉而完整的大陸，「九州」就好比另一塊神州大地，上演著無數看似與真實世界很遙遠的，卻充滿著人性的令人動容的故事。其開放性和閉合性是共存的。可以說這樣一種集體創作模式就像是串珠式的。每一個「九州」故事就如一顆珍珠放著光芒。眾多故事穿在一起，為構築一個完整的「九州」史詩填補著空白。眾人通過各自的創作，講述著一個共同的「大故事」。至於這個故事能否講完，講到最後「九州」世界究竟成了什麼樣子，哪些九州故事將會成為經典，都是目前不能預言的。也許，堅持不了多久，九州團隊會徹底分崩離析，講或聽九州故事的人會逐漸厭倦這個世界，又或者他們會像超長季播劇那樣存在很多年，擁有越來越多的「九州」人。但是至少這樣一個創作團隊從 2001 年 12 月至今，存在並始終活躍了六年，這跟五四以來很多文學團體生存的時間相比，都不算短了。

具體來說，「九州」從無到有經歷了許多關鍵事件。回顧他們一路走來的

道路，更可以清晰的看出這一純奇幻文學團體的複雜變遷。2001 年 12 月 17 號，水泡在「清韻論壇」上提議設立一個西式奇幻世界「凱恩大陸」之初，這個團體在傳播媒體中就開始了它的三級跳。2002 年 5 月是九州從網絡走向傳統媒體的第一步，即《驚奇檔案》雜誌刊載了潘海天主持的「九州星野」欄目。2002～2005 年先後留下九州創作團體足迹的雜誌有：《科幻世界·奇幻版》，《飛·奇幻世界》。2004 年 12 月今何在與大角合資創辦 Novoland Ltd（「九州」公司）。2005 年 5 月 21 號「九州」系列圖書第一批《縹緲錄》《羽傳說》出版。2005 年 7 月「九州」自己的雜誌《九州幻想》上市。自此，九州融入了商品市場文化傳播的大循環之中。

　　2007 年的春天，奇幻世界傳出了令人震驚的消息：「九州」群體分裂了。2007 年 3 月 20 日這天，原九州原創人員今何在在他的博客中發表了一篇 4 千餘字的激憤而傷感的文章。他首先不無懷念的回憶了「九州」初創期的點點滴滴，向網友透露了不少鮮爲人知的背後故事。在「九州」公司和「九州」雜誌正式出現之前，今何在就註冊創立了 9z.net.cn 網站。這一時期「九州」的設定和小說也都還在醞釀之中。網站沒有任何資金，硬件維護和操作人員也很缺乏。在此情形下，今何在支撐著網站論壇。

　　除了維持著網站，他還是「新浪金庸客棧」等大論壇的版主，那裡一度被稱爲中國網絡原創的第一論壇。其《悟空傳》就是在那裡發表的。認識江南，彼此惺惺相惜則是看了江南的作品《天王本生》之後。遙控，潘海天（大角）等七人組成員都是在網上結識的。回想起當年網絡原創的火熱，今何在忍不住在博文中感歎：「今天來看，會寫東西的人都不寫了，寫東西的人都是不會寫的。因爲寫作應該是一種心情，而現在的職業作者，包括我和江南，已經沒有人再有這種心情」。隨著客棧名聲越來越大，陌生面孔越來越多。在眾聲喧嘩中，原來的老客基本上都被擠跑了。最初桃花源般的氣氛也隨之消失。於是今何在辭去了版主，加入了舊友們的封閉論壇。不過很奇怪，最早的感覺卻還是回不來，而且失去了發表文章的欲望了。後來，今何在還建立了網絡版「九州論壇」。如今，九州論壇的版主換了一波又一波，原創作者也更新了多批，這一切只能增添初創人員面對物是人非情景所生的蒼涼感。

　　在這篇博客文章中，今何在還表達了，作爲「九州」原創人員，對「九州」世界的最新感受。創立這個虛構世界的初衷是爲了把大家的想像和作品

用一個統一的背景聯繫起來，形成一個詳實而有活力的幻想世界。「九州」系列小說《縹緲錄》，《羽傳說》等都不可能代表「九州」，只是體現「九州」世界的一部分。所有已形成或還未出爐的相關作品合起來才是九州。如果幾部小說就可以代替九州世界本身，那麼共同創造、設定世界就成了多於舉動。這樣的話，大家呆在家裏比誰寫得快也就行了。小說只是小說本身。沒有「九州」世界，這些小說一樣存在。也可能暢銷。而一個「架空」世界如果反倒是附屬於某幾部小說而存在的，那麼它就是失敗的。

基於這樣的理想，今何在痛心地發現，有的人來到「九州」是為了創造一個世界，但更多的人來到「九州」只是為了有個地方放他的小說。有的人則是將其視為賺錢機器。當然還有到「九州」，僅僅為了找小說看的。漸漸的，將沒有人知道什麼是最初的「九州」了，也不會再有人建造和維護這個世界了。作為單本小說背景附屬品的「九州」可能會永遠流傳，而作為「架空」世界的「九州」終究走向滅亡。這是看著「九州世界」成長起來的今何在最無法忍受的。

當然，五年時間一晃即過，今何在也不是沒有反省。他坦言，五年了，這個幻想中的世界仍然還只是天空中的一滴水。它落到了地上，並沒有變成大海，只是一個水坑。當他們想建造一個真正的世界，是否有正搭起一個思想籠子的嫌疑。目前，也只能說這的確是一個令人困惑的自問。

今何在的這篇名為《今何在：我與九州》的博文一發表，立刻吸引了大量的「九州」迷的注意。網友們紛紛猜測：「九州」內部是否發生嚴重分歧。「九州」迷們感到很難過，不希望他們的猜測會成為現實——今何在離開「九州」。當然還有相當一部分人表示會尊重博主的任何選擇，並理智地看到理想世界在遭遇現實環境時的無奈與脆弱。儘管如此，當時的所有論壇表達的主要是一種猜測。

直到 2007 年 4 月《九州幻想》雜誌的上市，真相終於大白於天下了。「九州」原創組成員之一潘海天撰寫了這一期的卷首語，文章開篇歎息著：「四月是最殘忍的季節，荒地上長著丁香，把回憶和欲望摻和在一起」，以此明確表明分裂的事實。而這一分裂正是人們最不願意看到的「九州」七人組，即俗稱的七位天神或七位老妖，核心內部的分裂。用潘海天的話就是：「九州分裂了。他們的創造神不再友愛和睦」，並自嘲：「可惜，許多看似堅強如鐵的東西，都是從內部開始朽敗的」。

　　核心組成員的分裂直接造成的結果就是「九州」公司的解體。在無法將對錯分得一清二楚的情況下，他們只能明白一個事實：「九州是一個夢，而夢背後的現實世界是不那麼浪漫的一部分。它也有著世俗裏有著的一切關於權力、利益、紛爭和背叛。」但是讓「九州」迷振奮的是，潘海天表示：「一個公司崩盤了，但九州並沒有結束。對待死機的最好方式是系統重啓。我們會丟掉一些東西，遺失一些記憶，……我們不會爲了挽救一個已經從內部朽敗的殘軀而努力，但是對這些創造世界的老妖們來說，如果有什麼值得爲它而戰鬥的，那麼九州算一個」。〔註 8〕

　　這一期《九州幻想》還發表了《〈九州幻想〉策劃部聲明》，《原「九州設定組」成員今何在、潘海天、斬鞍、水泡關於〈創造古卷〉的聲明》，《原九州設定組四成員關於制定並公益化「九州世界核心設定版本」的公告》，《關於九州，關於分歧，關於未來》四篇「重大事件公告」。如果說潘海天在卷首語中的表白還有些含蓄的話，那麼從這四大聲明中就可以很明顯地分析出產生分歧的具體原因，也可以獲悉七位原創人員的動向了。

　　前兩項公告均否認即將面世的《創造古卷》和《九州幻想》之間存在任何形式的關係。大凡關心奇幻出版的「九州」迷們都會注意到《九州幻想》雜誌 2007 年第 2、3 號連續刊登了有關《創造古卷》的徵訂公告。其實《創造古卷》的出版計劃最初的確是「九州」團隊，也就是還沒有發生分裂之前的原「九州」公司的創意。不過「九州」團隊將此書的編排、裝幀、定價、徵訂、收款、發貨、售後服務等一系列事務委託北京的「幻想 1＋1」團隊操作。有一點非常重要，那就是此書的內容本應該獲得「九州」設定團隊占大多數的認可，在尊重「九州」統一設定的背景之下，進行組稿。

　　雖然如「聲明」所言：「我們之前創作與發表的文稿佔據了此書的大部分內容，一些九州愛好者也利用業餘時間爲該書的整理付出了努力，但由於北京團隊決策者在選編增刪上的主觀偏向性及獨斷做法，以至該書的內容無法代表我們心目中對九州世界設定的認同」。從字裏行間可以看出創作者最在乎的是自己要表達的意義能否被忠實地呈現出來。在沒有獲得主創人員認可的情形下，從商業利益或權威意見出發，擅自篡改作者本意的現象並不是不存在的，但是，今何在、潘海天、斬鞍、水泡四位站出來毅然表示將不會參與《創造古卷》的任何事務，無異於爲了堅持某種對「九州」世界設定的信念

〔註 8〕　潘海天：《系統重裝！九州仍將繼續！》，《九州幻想》2007 年第 4 期。

而選擇放棄出版可能帶來的豐厚利益。

　　表面上，這是一個作者與出版方的矛盾之爭，實際上涉及了原先七位小組成員在對待集體智慧的態度上出現了巨大分歧，而問題的焦點直接指向對「九州世界」這麼一個虛構架空世界的理解。可以肯定，作為一個團隊性雜誌《九州幻想》，如果沒有某些主創人員的授意，這本內部尚有爭議的《創造古卷》發行徵訂公告不可能被登上雜誌的醒目位置。用印刷排版的錯誤更是解釋不通的。當然從帶有署名的公告上可以看到江南，遙控與多事這三位的名字沒有簽上，這是否意味著兩大陣營的分裂模式已經形成？還是有的他們其中有人還在權衡思索，準備引退或重新站隊？

　　不管七位的選擇是什麼，讓我們深切地認同：「在商業化的過程中，種種主動和被動的因素使九州從一個開放性的世界體系變成了一個任何公司成立一個策劃團隊關起門來幾個月都可以做出來的封閉式策劃，從而使它失去了靈感與活力，變成泯沒於眾人的商業項目，也讓我們這個團隊分崩離析，失去了合作的熱情和共同的理念。如遙控早前說的：這是天鵝和魚拉著的馬車，我們沒有共同的方向」〔註9〕。也許商業因素只是導致內部分裂最直接的導火線。真正的原因還是在於「九州」團體內部對他們所建構出來的「架空」世界發展的未來走向上出現了裂痕。那麼完全可以認定作為較小世界構成單位的「九州」團隊在較大現實世界面前希望完成最理想化的「架空」世界的願望必然會引發一個多重世界的爭奪與較量。「架空」奇幻外圍的異動在無形中豐富了作為整體的「架空」奇幻文學現象。

　　如果說 2005 年九州團隊集體飛離《飛‧奇幻世界》是為了擺脫一直以來寄人籬下的附屬地位，以實現九州理想的最大化，那麼今天的分裂局面則是獲得自由平臺的「九州」團隊，在商業利益面前選擇屈服還是堅持的矛盾最大化，更是紛爭迭起的「九州」世界現實版上演。這一奇幻界發生的大事件至少讓人不禁聯想到烏托邦世界的近與遠。作為個體的人在紛繁的世界中將面臨多少誘惑？作為團體的一群人可否在堅守共同的信念下和睦共存，繼續唱著同一首歌呢？

　　這一事件的發生還使人們不僅聯想到另一位出色的奇幻創作者滄月惹上的官司。2007 年 4 月 11 日這天，滄月在博客中憤而指責北京浪漫經典文化公

〔註9〕原九州設定組四成員：《關於制定並公益化『九州世界核心設定版本』的公
　　　　告》，《九州幻想》2007 年第 4 期。

司違反合同，擅自拆分《鏡‧闢天》和《織夢者》，將原本只是一本書字數的文章拆分成 2 本上市，導致每本書篇幅減少一半，定價卻反而調高，而出版商甚至要拆分剛寫到一半、不足十萬字的《鏡‧歸墟》。對於滄月的提出的反對意見，出版商拒不採納，而且從去年 10 月出版的《織夢者》開始，出版方已經有半年多不曾支付任何稿費。所以，她決定向對方提出解約，中止與浪漫經典文化公司的一切合作，另行出版完整的《鏡》系列，也希望通過法律途徑解決這件事，維護讀者和自身的利益。

　　《鏡》是滄月的一部大型奇幻系列小說，包括《鏡‧雙城》、《鏡‧破軍》、《鏡‧龍戰》、《鏡‧織夢者》、《鏡‧闢天》和《鏡‧千年》（後改名爲歸墟）。從 2004 年 10 月開始，作者與北京浪漫經典文化公司簽訂出版合同，除了《鏡‧歸墟》，都已出版發行。鑒於出版商不顧作者的強烈反對，擅自拆分完整作品，無形提高小說售價，滄月單方面提出終止和約，並拒絕將最後一卷《歸墟》如約交付。2007 年 4 月 16 日，北京浪漫經典文化公司的出版商孫士琦搶先在北京向海淀法院提起訴訟。隨後，作者委託律師異地應訴，並向法院提起反訴。

　　滄月表示最不能容忍的是自己心愛的作品變得支離破碎，如注水豬肉一般。她希望能夠出版《鏡》合集，合集的每一單本仍然可以拆開賣，不增加讀者的經濟負擔。她甚至感到《鏡》系列是一部八字不好的倒黴作品，因爲自己三年的辛苦創作，經歷了被中國戲劇出版社冒名出版，還經歷了這一次的商業拆分。其實滄月面臨著跟「九州」團隊一樣的矛盾。這一矛盾在商品經濟時代比任何時期都要激烈。那就是商業利益與無功利性的自由創作之間不可調和的矛盾。不同的是作爲一個群體，「九州」成員還要經受一次原本團結一致的內部的痛苦撕裂，而作爲相對獨立的作者滄月而言，她面臨的選擇就要單純多了。

　　不管是什麼樣的情況，我們不能單沉迷於討論奇幻作品存在意義，奇幻概念定位等基本問題。首先必須看到這種類型的創作實際已經擁有廣大的接受群，正因爲如此，才會出現種種利益之爭，也才會加速不同創作主體之間的分化或聯合。目前看來，奇幻世界的熱鬧不僅來自其內部，還有更多的外部因素參與進來。奇幻創作者們要經受的磨難與誘惑是有增無減的。「八字不好」，不過是作者的激憤之詞，滄月的《鏡》系列，恰恰如一面明鏡，不但照射著虛幻的世界，現實世界的紛擾同樣可以在這面鏡子上成形。

　　還有一些奇幻作家拒絕紙質文本，他們的作品並沒有出版發行。這並不是說其中的作品沒有達到出版的要求。以創作了長篇奇幻小說《縹緲神之旅》的「百世經綸」爲例，他就曾表示不會出版這部小說。理由很簡單。在他寫《飄渺神》第二集的時候，就明白版權問題的麻煩。的確，「縹緲」題材最早在蕭潛的《縹緲之旅》中就浮現出來。「百世經綸」的這部小說在總體上可以說是原創，但是在細節上，如篇名，主要人物等等與蕭潛《飄渺之旅》幾乎完全一致。這如果發生在出版界，就會牽涉到嚴肅的版權問題，但是通過網絡發佈自己的文學創作，目前卻可以避開這個棘手的問題。這就是爲什麼「百世經綸」決定不出版《縹緲神之旅》的原因。

　　網絡發表機制與傳統出版機制之間存在制度上的差異。這自然決定了爲什麼許多人願意在網上「灌水」的原因。但是，網絡環境的相對自由也決定了不少作品的有頭無尾現象。人們在創作之初，並不像傳統作家那樣有一個很明確的創作計劃以便出版之用。參與網絡原創的許多作者更多的是爲了表達而表達。當說不下去或不想再說的時候，他們可能嘎然而止。這樣不會牽涉到所謂江郎才盡的問題。當然，也有可能爲了商業出版利益，故意拖延結尾或者後續故事的上傳。總的一條，許多現象的背後大都由規避商業風險或者爭取最大商業效應，這兩種最大可能操縱著。無論怎樣，代表高科技成果的網絡世界與崇尚神秘虛玄的奇幻小說走到了一起。它們的聯姻恐怕最能展示當代「科玄相遇」後的獨特現狀。

　　總的來說，網絡與出版界的爭奪最初還沒有現在這麼激烈。網絡文學如果被出版商看重，直接的可能就是停止更新，以獲得出版的最大利益。對於參與網絡寫作的人來說，有的人也看到網絡寫作直接通往傳統出版界還是有捷徑的，因此，雙方在利益上的較量使網絡寫作群也開始分化。從純粹的享受寫作樂趣，分享協作成果到爭名逐利，有的人「昇華了」，更多的是被淘汰了。網絡原創少了原有的從容和淡泊。但是還要看到，能夠與出版社接洽並順利簽約的寫作者們也並不代表踏上了坦途。事實上，這一類作者還可能遇到其它的煩惱，那就是要在自己的創作自由和迎合市場爲標準的出版商之間卷起新一輪戰爭。發行量和利潤直接制約了從網絡走向傳統出版界的奇幻作者。這一個現實的矛盾通過奇幻小說的出現，從網絡暴熱再到出版界，全盤浮出水面了。脫胎於網絡的「架空」世界奇幻團體在理想與現實之間感受到了無比的壓力。這個壓力在「九州」團隊矛盾激化的那一天再次引起人們的

注意。

　　至此，一系列有待解決的問題進入思考範圍：一，網絡奇幻創作與傳統出版的關係究竟如何？在從網絡走向出版的道路上，出版商的介入會對網絡奇幻原創發生怎樣的影響？兩大媒體之間共存的空間到底有多大？二，「架空」題材奇幻小說這類典型的幻想類作品在與現實利益的較量中，注定會敗下陣來嗎？三，創作者的分化能帶來怎樣的信息？具體而言，比如創作群的解體，又好比「縹緲系列」的集體網絡大接力等現象的出現都可以歸入這類問題的思考範圍。四，最值得考慮的其實是眾多奇幻迷們這正關注的焦點——奇幻小說能在何處找到安身之所。是繼續佔領網絡空間，還是通過與出版界的溝通獲得依靠，又或是創辦同人雜誌？

　　不過，某些港臺奇幻作家提供的創作和出版經驗也許有一定的借鑒價值。以香港著名言情小說家張小嫻為例，2004 年 7 月 21 日至 26 日舉辦的第 15 屆香港書展上，皇冠出版社推出張小嫻的轉型新作奇幻小說《吸血盟 1：藍蝴蝶之吻》。她當時是香港皇冠出版社的簽約作家。這種合作形式在內地還沒有。出版社給予簽約作家很大自由。作家有創作自主權。出版社不會對其創作指手畫腳。一旦滿意的作品問世了，出版方還會大力為作家的新作進行宣傳。不能否認，這種相對靈活的運作機制為作家的自由創作營造了比較寬鬆的外部環境。

　　目前我們還是要承認，上面的問題想在短期內得到完美解決幾乎沒有可能。倒是這些難題存在的本身不但使人聯想到奇幻文學的未來命運，還借奇幻文學的生存現狀反指「科玄」關係反映到奇幻文學上的複雜性。虛構世界中各種力量為了生存大展神通，而為了生存這個最高目標而生的戰火從「架空」世界燒到了被現代科技武裝了的現實世界。這無疑是我們理解「世界」本身意義的生動教科書。當有識之士在為通俗文學中的媚俗現象大感擔憂之際，堅持維護「九州」設定統一性和純潔性的部分原創人員，以及為了創作理想的實現跟強勢出版集團公開叫板的寫作者們卻用實際行動告訴大家：蘊藏在年輕創作群體內部意識鮮明的反媚俗、反功利的星火已經在這小小的幻想園地默默燃燒起來了。

　　不過，只要文學作品本身擁有魅力，最終是不會被掩蓋的。而事實上，儘管在價值追求與創作理念上分歧出現了，「九州」團隊在過往以「九州」世界為中心所進行的創作實踐代表了中國當代奇幻文學的一個高度。對關心「九

州」命運的人來說，值得慶幸的是直到現在，不論九州團體內部刮了多大的颱風，原創人員們並沒有停止「九州」奇幻小說的創作。今何在的《海上牧雲記》、《羽傳說 II》，潘海天的《鐵浮圖》、江南的《商博良》、《飄渺錄 III / IV》、唐缺的《英雄》、《龍痕·鱗爪出現》、斬鞍的《秋林箭》等都是最近出版的「九州」作品。「九州」架空世界的設定仍然在不斷地被充實，如江南等合著的《九州志》中的「獅牙之卷」〔註10〕就是對《縹緲錄》前 70 年的「東陸王朝」進行了進一步設定。其中包括新的事件、人物，如代表蠻族入侵的「蠻蝗乍起」事件，「風炎皇帝白清宇」的出現，東陸王朝的政治制度，統治階級的官階與人事體制、皇族系譜和後宮構成、東陸第一大城市「天啓城」的結構布局等等細節上的澄清。

可以肯定地說，不瞭解「九州」作品、不接觸中國奇幻創作的這支生力軍，是肯定不能獲得對中國「架空」奇幻文學的全景式認知，自然容易錯過深入體驗「科玄相遇」之後，在「架空」奇幻作品主題以及團隊集結上留下的痕迹。

「『九州』是天空中落下的第一滴水，我們希望它能變成海洋」。但凡關注過「九州」奇幻小說的人都會知道，這句話是「九州架空」世界和文學世界問世時「九州」人在網絡、期刊或者私人文章中多次提到的「九州宣言」。最初，它不過是「九州」初創人員對於虛構世界設定和「九州」題材小說創作表達出來的一種美好願望。隨著「九州」世界設定的完成、相關小說的陸續面世，「九州」團隊內部異動，作爲整體概念的「九州」奇幻已經不僅僅是「九州」創始人心中的那一滴水。水滴在下落過程中折射出的豐富影像立體地支撐了在「科玄相遇」大背景之下的奇幻世界所蘊含的諸多信息。這也正是「架空」奇幻多義性之所在。作爲文學作品的它必不可少的要與文學審美領域發生交集，但是作爲文學現象的它卻是從內而外，從文本到外圍都散發出在後現代思潮影響下，全球化語境之中的由網絡獨語到傳播群語的流動脈絡。

目前，但凡有人希望圓滿解答全球化問題時，都不可避免地先要面對與之相關的混雜局面。烏·貝克認爲：「全球化爭論爲何如此難以理解，如此紛亂、無法避免和不可抗拒：在這場爭論中，人們勉強違背在世界上居統治地位的思想的束縛，勾畫並重新討論了不久前似乎還完全封閉的東西：西方的

〔註10〕 江南：《九州志》，北京：新世界出版社，2007 年版，見目錄頁。

現代性基礎」〔註11〕，而他在編著《全球化與政治》一書之時，正是希望透過概念的迷霧，探求潛在的引導全球化爭論的種種不同觀點。

通過他本人，哈貝馬斯、沃爾夫岡·施特雷克、弗里茨·沙爾普夫、奧斯卡·拉封丹等十位社會學者的論述強化了全球化論爭過程中出現的焦點問題。它們分別是國家主權、民主的困境，經濟全球化的後果，全球化時代的種族歸屬，世界市場的生態決定因素等等。顯而易見，引發全球化的真正出發點是具有強大能量的政治、經濟、國家、民族、種族等主導勢力的合力。

它們作為現代社會存在和運行的關鍵元素，在現代歷史上已經在理念和實際運行中早就獲得了圓滿的界定，完全可以視為現代社會存在的基石。當原有理念遭遇當代全球化趨勢的衝擊，兩種制度之間必然會進行一番較量，那麼因此而產生的對於全球化趨勢的焦慮也就毫不奇怪了。

文學作為文化的重要分支在新時代信息的刺激下，不可避免地會納入這樣一個大的連動效應之中。在這樣一個前提之下，文藝理論界、當代文學界對於全球化語境下的本學科動向都有積極的探討。也就是說，文學文本對於上述學科來說是最基本的一手材料，為討論和研究提供了豐富的素材。中國奇幻小說作為目前流行的文學樣式用文學自身的方式同樣傳達了與之相關的信息。

縱觀現代文學發生至今，文學領域中幾乎沒有哪一分支可以毫不猶豫地跟西方文學、思想界撇清關係。不過，當年局部的中西交流，經過了一個世紀的演變，伴隨著信息技術與科技文明的進步，來到了一個全球性對話與交流的時代。正因為如此，在全球化語境下把握奇幻文學現象的特徵有利於對此研究對象，即作為全球化趨勢在文學上的具體表現，形成完整理解。

從通俗文學角度來看，全球性大眾文化的繁榮，後現代對邊緣文化或文學現象的重視，使得過去帶有貶義性質的通俗文學獲得了同雅文學或者說學院派傳統平等對話的關係、如今甚至出現交融趨勢。中國奇幻小說作為大眾的、通俗的、流行的文學樣式必然成為雅俗文學相遇下的一支奇異的隊伍。歐美發達國家作為文化輸出大國，在雅俗文學的結合問題上早已取得比較理想的經驗，所以，學術與流行在文學或文化產業上的結合已經完全不是什麼新氣象了。

〔註11〕 烏·貝克，哈貝馬斯：《全球化與政治》，北京：中央編譯出版社，2000年版，第5頁。

　　在這樣一個環境下，以西方的《魔戒》以及 D&D 文化產業為例，前者就是學者從事學術研究與通俗文學創作雙結合的典型，而後者更是將大眾娛樂、網絡傳播、文學創作、相關文化產品營銷等等元素的一體化綜合，形成一個巨大的文化產業鏈條。深受其影響的中國「架空」奇幻小說的產生與發展毫無懸念地承襲了以上的文化多元特色。追求虛幻神秘的奇幻小說與現代精確的操作模式兩相結合恐怕是這多元特色中反差最大的一對組合了。

　　另外，從「九州」主創人員的構成來看，主創者中有機會直接與西方這種文學文化方式接觸的就不在少數。其中，中斷了美國學業回國的江南在「九州」公司的組建過程中就是最關鍵的一位。另一位，多事，他本人就是長年定居美國，並與國內奇幻創作一直保持緊密聯繫的奇幻作家。他們對於「架空」世界的設定理解毫無疑問擺脫不了所處國度和文化氛圍的影響。他們對學術與通俗文學以及流行文化之間疏密關係的體會因為其身臨其境的異域體驗對「九州」世界的發生與發展所起的作用也是很明顯的。而所有這些細節上的結合通過全球化趨勢的推動已經從單純的文學創作朝著一種全球化文化運作模式演變，而文學作品成為載體之一也不可避免地彙入這樣一個運行過程之中了。

　　「九州」世界目前可以說是國內最早、規模最大的以奇幻小說為中心，覆蓋「九州」世界設定、網站及公司運營、期刊書籍出版、相關網絡遊戲或桌面角色扮演遊戲等多個領域的文學、文化現象。它與西方同類現象之間有很明顯的接軌痕迹。其對通俗文學創作、以及產業運作等理念的借鑒與實踐也是顯而易見的。不過，恰恰是這樣一個模式直接導致了以江南與今何在這兩位「九州」天神最終的分道揚鑣。他們的分歧是理念上的分歧。前者受到美國流行文化發展模式的影響，致力於將包括「九州」世界奇幻小說在內的一切東西作為整體產業進行開發，從而獲得相應的經濟回報。這樣一來，小說必然居於次要地位。而後者更願意建構的是一個文學「九州」的理想園地。

　　在這個園地裏小說本身與「架空」世界獲得完美結合、創作者的意圖也可以獲得充分表達。他們之間不是友人之間吵架這麼簡單。其中包含了人們面對全球化趨勢時所要承受的各種壓力。一方面這一世界性趨勢的超強滲透功能使得包括文學在內的各個領域都不可能保持絕緣狀態，另一方面仍有不少人願意堅守文學、文學研究的相對純淨度，並且希望能夠持續拓展其發展

空間。

　　人文學者們近年來對於全球化趨勢引發的諸多困境進行了大量的論證。其中透露出來的焦慮更是大於喜悅。不過，回到文學創作與研究本身，我們還是要看到，全球化趨勢並沒有抹平世界性／民族性，東／西文化等有著明顯界限的概念。只不過「『西』／『中』的對峙與對話轉換爲全球化／本土化、中心／邊緣等新近引入的概念」。〔註12〕文學創作中對這幾組概念的愼重掂量甚至可以視爲人文學者、文學創作者對於全球化趨勢的有意識抵抗。說實話，沒有個人、甚至國家機器可以立竿見影地阻止全球化趨勢。人們卻依然嘗試著通過文學這樣一個特殊載體，進行一番抵抗或包容的實踐。在這個問題上，中國奇幻小說中的「架空」奇幻已經與這股潮流發生了全方位接觸。當我們採用「科玄相遇」的角度來看待全球化趨勢在「架空」奇幻小說的糾纏，就可以更加從容地接受其中的多義與矛盾。

　　雖然說任何事物都是矛盾的統一體，但是某一事物通常是以主導面的形象呈現出來的。很少有像全球化趨勢這般困境與契機平分秋色的。它們在這一趨勢之中尤其刺眼地並列著。人們也逐漸意識到解決這一矛盾的捷徑是不存在的，卻又不滿足因爲無奈只好選擇和而不同的混沌狀態。我們的研究對象中國「架空」奇幻文學目前的發展態勢正好可以證明在構成上、甚至創作靈感上得益於借助全球化信息傳播媒介進入的世界奇幻創作、運行模式。如果說上面提到的「九州」團隊的分裂代表著全球化語境下的整體困境，那麼沒有多久就有人對純西式的「架空」奇幻產生了逆反。純中式「九州」「架空」世界及其它「架空」世界的應運而生，則是文學創作本身在全球化語境下所做的自我調整。

　　由世界著名文化人類學家奧伯格（Kalvero Oberg）早在 1960 年提出的「文化休克」（culture shock）概念，原本是指人們在異地他鄉，價值觀、新生活方式、習慣、地理氣候等方面的不同引發焦慮和不適應的心理障礙，還曾一度被用於對年輕移民或留學生進行心理分析時所討論的主題。今天的人們在強大而便捷的文化交流和交通網絡之中，對異域文化以及環境的接觸早已不是 1960 年代的狀態。就算是足不出戶的人也可以輕易獲得大量本土以外的信息，再用「文化休克」就顯得老土過時。但是「文化休克」所總結出來蜜月、沮喪、恢複調整和適應這四大階段卻非常符合從西式「架空」奇幻到中

〔註12〕劉呐：《全球化背景與文學》，《文學評論》2000 年第 5 期。

式「架空」奇幻的演變特徵。也就是說中式「架空」不是憑空而來的。最開始，當產生重量級衝擊力的西式魔法奇幻進入本土文學圈時，奇幻愛好者與寫作者為此意亂情迷，迅速墜入蜜月期。模仿跟風之作鋪天蓋地充斥於網絡。這種眼花繚亂、精神亢奮的狀態並沒有維持多久。人們就開始尋求迥異於西式奇幻的另一種表達。這也就是「凱恩大陸」的構想最後被否決，而「九州大陸」的理念獲得一致同意的原因之一。

世界設定加小說創作這樣一個舶來品的外殼保留下來了，但是實質內容卻標上了鮮明的東方神秘文化特色。這一現象本身就說明了小說創作在內容或細節上的調整，是文學創作自發與自覺的雙重表現。文學創作者在大多情況下不是從概念出發的，理論與直覺在作家和學者面前的分量也不是一樣的。也就是說，就算沒有在學理上對全球化趨勢對文學的侵入進行深入研究，文學創作者自身完全具備一種天生的免疫力。

我們完全不要低估其吞吐能力，為全球化趨勢給文學帶來的威脅過分地焦慮。萬物有不變之理，但也有變通之道。也許文學家與研究者之間的思維方式不同，彼此會產生思想的碰撞，但更多的是兩者思維成果的產出是不同步的。闡明這個問題，目的就是想說明在學界對於全球化語境下文學與文學研究如何自處，如何生存問題進行思考的同時，奇幻小說本身已經發生了相應的調整，而這一調整正好可以在不同程度上減少部分焦慮感。

對於「零距離」時代下，文學是否可以主動保持距離的自主力的擔憂其實並沒有必要。文學作為審美聚焦物，從學理上還是從對美的感受的直覺上都說明，世界的與本土的，中心的與邊緣的話題在中國「架空」奇幻小說中都有體現。鑒於中國奇幻創作者和讀者群幾乎是清一色年輕人，他們的這種對傳統文化的自覺靠攏從另一個角度強化了一種信心。這種信心是相對於人們所謂在全球化語境下的民族身份認同、「距離的消失或零距離對於文學和文學研究的威脅」〔註13〕等等擔憂與焦慮中展示出來的。

不過，當代學者王一川將「全球化」與「全球性」加以區分，認為「與『全球化』指代經濟狀況不同，『全球性』主要涉及生活方式、價值體系、語言形態、審美趣味等文化維度，顯示為時空模式、道器關係、傳播媒介和審美表現範型四層面」。〔註14〕這倒是可以在一定程度上避免在討論全球化問題

〔註13〕 金慧敏：《趨零距離與文學的當前危機》，《文學評論》2004 年第 2 期。
〔註14〕 王一川：《『全球性』境遇中的中國文學》，《文學評論》2001 年第 6 期。

時陷入含混不清、好壞之辯的僵局。在他看來從晚清鴉片戰爭開始，到 1949 年新中國成立，再到當代全部都處在「全球性」的境遇之中，不過各有各的時代特徵。

王一川進行的區分努力是有一定積極意義的，為理解具體文學現象也提供了相應的思路，像對上世紀 90 年代當代文學被影視介入現象的探討就具有很強的時下性，但是這種宏觀區分思路卻尚未覆蓋到具體的「架空」奇幻小說創作現狀。實際上，這一新興類型文學中經濟狀況、價值體系、語言形態、審美趣味等維度糾纏在了一起，很難將「全球化」和「全球性」兩種概念劃分清楚。就像我們談到的「九州」團體在文化產業的發展（直白地說就是營利的、資本運作的經濟手段）和文學審美理想之間的矛盾就是這種混雜性表現，完全可以視作新世紀文學出現的新動向——作為經濟、政治概念的全球化運作模式已經不可阻擋地進入了文學創作和研究的領域。「科玄」問題在奇幻文學中被突出烘托出來的時候，進入全球化這樣一個世界話題，無疑對於當下反思原本以政治、經濟角度作為出發點的「全球化」趨勢時就多了一份從容與平和。

話又說回來，烏·貝克卻認為不論「全球化」爭論是一種「政治論辯」，還是「一種新的跨國大敘事的蛻變了的初始思想」〔註 15〕，兩者其實並不矛盾，找出它們背後的主導思想才是意義所在。而筆者卻對「新的跨國大敘事」問題生出很多感觸。好像二十世紀 80 年代，人們經歷了後現代理論針對大敘事的顛覆之後短短十幾年，「全球化」就成為人們討論的熱點，不少學者們因此深刻感受到一種新的大敘事正在崛起。

在這樣的背景下，文學敘事作為大敘事中不可缺少的環節自覺地圈下了一塊特殊而敏感的地帶。奇幻文學，包括「架空」世界小說，作為文學敘事的分支，從文本本身的主題表達、敘事策略、虛構世界設定，以及創作群真實世界共同支撐起了一個立體的世界。世界在這裡因而獲得了更加複雜的身份。存在於這個世界的所有細節直接或間接表達出與時代語境關係密切的意義。正如，「架空」奇幻小說中對其它智慧生物的設定就與現代種族話題存在明顯的聯繫。再如，許多「架空」世界在時間上通常都被創作者設定為前現代虛擬時代。

〔註 15〕烏·貝克，哈貝馬斯：《全球化與政治》，北京：中央編譯出版社，2000 年版，第 2 頁。

　　這樣一來，現代國家體制、民主政治、現代科學體系所形成的現成系統自然就失去效力。還比如，有的架空奇幻小說利用部落、族群的爭奪與分合，原始宗教或神秘力量參與最終裁決等方式大膽地擺脫現代民族國家、民主政治等固有理念，以形成幻想世界獨特的地域或民族概念。所有這些細節的發掘恰恰可以跟伴隨著對現代科技理念的整體反思以及全球化引發的諸多話題相互對照。這一發現堅定了一種認識，文學與時代話題的結合這在主流文學或者經典文學中必然存在的現象，已經在一定程度上進入了通俗流行文學的領域。中國「架空」奇幻是一個活動著的例證。當我們回望中國「架空」奇幻中以「九州」爲代表的創作團隊以及相關奇幻作品時，幻想小說的虛構世界與現實世界的距離也就似遠實近了。

第七章　未來世界的反烏托邦描述

第一節　從烏托邦到敵托邦的擺渡

　　從駁雜的想像空間分離出來的烏托邦理想和反烏托邦理念，經過思考沉澱和創作整合後，成爲幻想世界一組色彩斑斕的圖景。細讀科幻小說中未來技術世界的覆滅和烏托邦試驗田的失敗，以及奇幻小說中對人類知識體系的顛覆，可以一窺當代幻想文學對人類發展前景，從最初的一味樂觀到漸趨悲觀的走勢。這樣一個區間成爲接近並進入中國當代幻想小說世界的必經之路。

　　早在前工業時代，烏托邦就是西方作家偏愛的文學母題。在科技水平相對很低的情況下，道德標準的同一性缺失、社會等級制度森嚴的情境下，夢想一個完美的社會體系，一個世外桃源般的家園，成爲擋不住的心理內驅。時過境遷，隨著工業文明的高速發展，烏托邦夢想並未褪色。

　　從 1909 年 2 月意大利詩人、作家兼文藝評論家馬里內蒂在《費加羅報》上發表了《未來主義的創立和宣言》開始，未來主義者們曾一度將其推向了另一個高地，甚至抽瘋式地強調未來世界的科技美景和強大工業。隨之，在建築、音樂、繪畫、影視文學藝術等領域掀起反覆古反傳統的旋風狂潮，對速度、科技和暴力等元素表現出狂熱的喜愛。汽車、飛機、工業化城鎮等等這些人類依靠技術進步征服自然的象徵，成爲未來主義者的眼中構起鋼筋鐵骨、技術型「烏托邦」世界的基石。到上世紀二十年代，這股擁抱科技文明的狂熱高燒褪去，大有偃旗息鼓之勢，但是人們對於科技文明，高速運轉的

技術叢林等未來主義追求的元素並沒有徹底擯棄。人們對科技文明的傾心不會這麼容易被消磨掉。

只不過,「未來主義」構想美好世界,在文學世界中一直處於被質疑的位置。在現實主義文學創作中,「敵托邦小說」,即「反烏托邦小說」比比皆是,較有代表性的如阿道斯・赫胥黎的《美麗新世界》、喬治・奧威爾的《1984》與札米亞京的《我們》、威廉・戈爾丁的《蠅王》與村上春樹的近作《1Q84》等。它們從政治鬥爭、戰爭拼殺等不同角度表現對過往某一時段或現實世界的悲觀總結。在幻想文學創作領域,對未來世界的想像,未來圖景的編織同樣出現了日益鮮明的反烏托邦描述。

嚴格地說,現實主義小說或幻想小說對敵托邦理念的傳達在整個二十世紀都沒有停歇,時至今日,幻想領域中,從科技文明衍生而來的科幻小說也不乏這類作品,更不用說非科學幻想,奇幻小說作品了。

未來學作為未來主義的一個當下分支,沒有一味沿襲未來主義早年的技術宣言,而是較為客觀地修正了它的偏激之處,將人類文明劃分為三個時期:農業浪潮、工業浪潮和知識浪潮。第三次浪潮將是一個「實托邦」(與「烏托邦」不同),作為工業化產物的資本主義和社會主義都要向「實托邦」過渡。

現代科技文明自第二次工業浪潮,在意識和實踐上均飛速發展起來。阿爾文・托夫勒認為第二次浪潮中的革命性改變,蒸汽機的發明意味著「人類文明開始吃自然界的『老本』,而不是吃自然界的『利息』了」。[註1] 對能源的挖掘和渴求,使得人類社會從那一階段至今都建立在自然界能源基礎上,對再生資源或不可再生資源都逃不過被利用殆盡的命運。

不過,無論是工業時代對「烏托邦」理想的反問,還是工業與後工業時代交替的今天,「敵托邦」、「實托邦」等與之相對的理念,通過各種渠道,完成對烏托邦理想的顛覆。顛覆是全方位的,在幻想小說領域中,通常就人類主導世界的覆滅、異族突起、技術最終走入死胡同等方式表達出來,或專談某一方面,或在作品中綜合展示。

韓松的科幻小說《地鐵》[註2] 對人類世界乃至整個宇宙灰暗未來就進行綜合展示。小說中的一個無名客——「他」為趕末班地鐵而奔向站臺,「是回

〔註 1〕 阿爾文・托夫勒:《第三次浪潮》,北京:新華出版社,1996 年版,第 22 頁。
〔註 2〕 韓松:《地鐵》,上海:上海人民出版社,2011 年版。

家，還是在邁向死亡呢？——深藏不露的地下世界營造了棺槨般的冰凍感。站臺上還有一些候車人，荒原上的墓碑一樣，歪歪斜斜插入地面，緊閉無脂的青色嘴唇，正在靈魂出竅。」，而工業時代的產物——地鐵進站的架勢更「像是從地心傳來了大型食肉動物的喘息聲，強光和狂風擰絞成一股，……從地窟中鑽出了浮胖的，蛇頸龍似的頭來，緊接著是腫脹得不成比例的身材，大搖大擺、慢慢吞吞停下。」

　　每天擠地鐵的乘客們「好像是工廠複製出來的機械裝置。」他們擠在一個車廂中「蟲豕樣的生命，由於過分充盈而高壓，不停地噴射出內臟中腐敗濃鬱的暮氣，加上源源流溢的濕汗，使車廂內妖霧籠罩」。就是這樣一群人，乘坐著有可能被外星人控制的地鐵，被毫無徵兆地殺掉，然後附體於這些軀殼上，再次復活。成為人類複製體的他們有可能慢慢滲透進人類社會。整個人類世界「正像一鍋陳湯，正被一點一滴地換掉」，而最佳的場所正是這龐大的地鐵系統——人類偉大的技術成果。

　　以致於人物令人發怵地自言自語：「人類到底是外星人，還是他們自己呢？」進而對整個地鐵產生一種精神分裂式的想像——「這隧道莫不是什麼巨型生物的腸子吧？而人類不過是一小撮寄生蟲，一粒藥片便可以把乘客全部清除乾淨，之所以還沒有下手，是因為那魔術師一般的神秘傢夥還需要大家幫助完成腸道蠕動的任務哪。」

　　地鐵之外的地面世界也不見得更好，「龐大而嵯峨的城市，果凍祭品一般，懸浮在烏油的骯髒燈火之盞中——卻像是一個正在高速飄走的河外星系。」「可見光是黑色的，是城市的基本色調。大白天一如黑夜。城市裏所有的光，都是人造的生物光，包括看不見的合成光——紫紅外線，阿伽射線——醫保企業買下了它們的頻率，用於治療居民們的性無能。暗紅的雨絲也撲了過來，是摻了工業色素的酸雨……小汽車稀稀拉拉，小鬼一般排隊慢慢行走。……人類象生活在大海底部一樣。有錢人往臉頰上植入了麻疹一樣的假鰓，以過濾污濁有毒的空氣。」

　　被困於地鐵中的人類，在不同的車廂中開始了驚人的變異：「有的車廂，乘客死絕了；有的車廂，卻有人類在活動，他們生機勃勃，秩序竟然，蟑螂般竄來竄去，把車廂裏能吃東西，包括椅子、紙張、橡膠和廣告顏料，都吃掉了。有的人在車廂裏用死人骨頭構築額奇形怪狀的屋子，棲身在其中。他們的身體結構也變化了，總的來說是像小型化和原初態發展，有的看上去

像是兩棲類，有的像是魚類」「他們以蟻的形態，以蟲的形態，以魚的形態，以樹的形態，以草的形態……成群結隊、熙熙攘攘朝不同的中轉口蜂擁而去。」我們現在意義上的人類面目將成為之後幸存變異者記憶深處的原始人類形象。

當然，人類是不會停止探索的腳步的。在這樣一部小說裏，暫時沒有變異，受困地底的乘客不約而同繼續著地下探險，試圖找到這個地下王國通向何方，儘管其間遍佈不可思議的植物、微生物和腐爛的屍體與變異的怪物。只不過一路走來，人們疑惑了：「大家來到的，是未來，還是過去呢？」時空在地底顯得混亂，眼前景致更是令人感受到原始與黑暗，毫無所謂技術發達型的光明未來應該具備的特性。探索一直延續到人類覆滅，正在外太空執行任務的宇航員們躲過了一劫，他們和後代成為星際流浪者，宇宙難民。然而返回地球尋找祖先遺迹的願望卻從未真正消失過。

第二節　質疑與顛覆：人類知識體系

未來世界並非黃金天國，這在傳統小說和幻想小說中並不算新鮮。只不過，在幻想小說中將過去、現在、未來世界締造者人類的知識體系做了一次徹底的顛覆。

韓松的《地鐵》中多次出現《讀書》雜誌，不論是被捧讀在正常地鐵乘客的手中，還是被當成前人類遺留下來的文獻資料、技術手冊，抑或是被異類隨意抓取的廢紙，都傳達了一種鮮明的象徵意味。眾所周知，現實世界中《讀書》是以書為中心的思想文化評論刊物，內容涉及重要的文化現象和社會思潮，包容文史哲和社會科學，以及建築、美術、影視、舞臺等藝術評論和部分自然科學，雜誌的主要支持者與撰稿人大都為學術界、思想界、文化界有影響的知識分子。辦刊宗旨為展示讀書人的思想和智慧，凝聚對當代生活的人文關懷。

《讀書》在小說中多次出現，卻並沒有表現出它的存在能起到多大的拯救效果，乘客們照樣變異、死亡、通往天堂的地下通道也並沒有因此而找到，人類最後淪落成支離破碎的族群，比鼠族也高等不到哪裏去。這一顛覆不僅僅是對未來主義的反駁，對烏托邦世界的轟毀，更是從根本上取消人類文明不可一世的自大！

　　無獨有偶，奇幻架空小說中也有類似的象徵意象出現。「龍淵閣」是「九州」團隊在進行「九州」系列奇幻小說創作中虛構的一個神秘處所。在許多「九州」題材小說中都有出現。不同作品對這個地方的描寫都有不同的側重。有的側重於描述龍淵閣的神秘，沒有人可以在同一個地方找到它。能夠一睹其真面目的人不是誤打誤撞，就是有著特殊身份的「九州」風雲人物。有的偏向暴露「龍淵閣」學士們的言行舉止。當然更多時候是對這些飽學之士的負面評價。迂腐、怪僻、不會變通等標籤經常被貼在這些來自神秘而神聖的知識寶庫的智者身上。還有的就是對「龍淵閣」內部構造以及其中收集的知識典籍進行近距離描述。

　　所有這些細節疊加起來，對「龍淵閣」的整體印象而且是公認的形象基本上形成了。它是「九州」虛構世界中一般生靈無法隨意進出的地方，是一個傳說中神秘而聖潔的處所。人們只能幻想著這個行蹤飄忽不定的知識聖殿是如何超越時空界限，俯瞰著九州生靈的。而「龍淵閣」學士們正持筆描述它們的過往，預言它們的未來。「龍淵閣」顯現或龍淵學士出現的地方，要麼重大變故迫在眉睫，要麼風雲人物即將登場。這時，「龍淵閣」不僅是記錄或預言者，更是一個歷史見證者。

　　水泡在《九州島紀行‧宛州卷‧龍淵閣》中就對「龍淵閣」的整體特色進行了一番渲染。九州大地上關於它的傳說很多。有人說它是藏書樓，有人則稱它是一座古建築，還有傳聞稱它不過是個大酒樓。最後迷路的「我」在宛州「雲中城」北六十里之「青悅山」中的一處絕壁下誤入了一座素樸無化的樓閣——「龍淵閣」。

　　「我」通過詢問其中相關人員才得知「龍淵閣」那博學的主人為了避免天下知識失傳，率領大批弟子日夜謄抄記錄。通過多年的積累，「龍淵閣」成為彙聚天下知識的寶庫。這些知識上至天文，下至烹飪，簡直無所不包。其中僅僅關於肉糜燒菜的做法就有一萬三千七百二十五種。從這一個細節足以讓人體會到這個藏書閣關於各類知識的收集有多豐富了。當「我」離開「龍淵閣」後，試圖再次沿路返回時，就再也找不到它的入口了。水泡在這一部作品中記載的誤入寶地、再尋不獲的情況跟《桃花源記》中主人公的遭遇如出一轍。

　　「龍淵閣」這一象徵性符號一直處於流動充實狀態。到了今何在的《羽傳說》，「龍淵閣」的功能已獲得最大限度的擴充。對知識典籍的收藏是它日

益強大的最基本功能。「龍淵閣」還成為主動記錄正在發生的，或預言必然發生的事件的一個全能機構。不過，有趣的是，小說裏塑造了一些人物，使得這個符號象徵有了更多的意義。其中有一位名叫「卻商」，掌管著「天理和歷史卷」的龍淵學士甚至將自己一個惡作劇的念頭寫在了「天理卷・辰行篇」之中，從而影響了後世的認識和運作方向。還有「鶴雪團」主人「向異翅」，甚至焚毀「龍淵閣」中部分歷史藏書。這兩幕分別用不同的方式代表了對知識的懷疑。

前者的一個惡作劇暗示具有預言功能的「龍淵閣」以不嚴肅的方式影響了「九州」世界的未來；後者的焚毀行為，也就是毀滅那一部分記載過其悲劇命運的那一段，試圖改變命運的企圖給人們帶來一個希望——歷史是可以重寫的、命運也是可以改變的。什麼都有可能發生。這樣一來，對於歷史，對於幾乎確定無誤的歷史發展趨勢表達了挑釁的態度。

而在某些「九州」題材作品中，「龍淵閣」學士顯示的某些氣質那就不單單是對權威知識制定或記錄者們的根本懷疑。一方面，作者在「龍淵閣」相關人士或知識等具體細節上的描寫充斥否定、諷刺筆墨；另一方面，他們對「龍淵閣」本身的神秘、聖潔所持的仰視態度卻始終保持不變。這不是一種反差渲染，其實反射了一種相當矛盾的心態。此矛盾揭示了對抽象意義上知識或真理、實際存在的語言文本，以及掌握敘事程序的操作者之間糾纏的關係。

無知與淵博、博聞強記與遺忘一切、追尋記憶與沉迷夢境在奇幻小說中同時並存。在這些相對概念之間並沒有角逐。人物們似乎並不在乎他們的某些行徑一定要獲得他人的認同。他們各有堅持、互不侵犯。但是平行共存並不代表趨同欲望的徹底消失，如果是這樣就沒有必要存在這樣一個美輪美奐、虛幻仙境般的「龍淵閣」了。「龍淵閣」本身可能就是一個幻象，是人們聯想到一個可以針對的對象，那就是現存的知識體系。而知識體系本身可能就是最大的幻想。

人類企圖不斷建構、累積自己的感知物。通過幾十個世紀的努力，體系確實建立起來了。突然有一天，人們反觀自己身後這座「龍淵閣」時，竟生出諸多複雜的情愫。有時候人們覺得「龍淵閣」的存在是肯定的，但是卻永遠找不到固定的路徑敲開它的大門；有時候人們終於因為各種機緣巧合得以進入，但是在迷宮一樣的殿堂裏迷失了方向；還有的時候，總有一些人可以

很輕易地進出這裡，但是每一次進出都會給「龍淵閣」帶來各種「破壞」。

對「龍淵閣」的描述還透露出人類思維中一貫保有的懷疑精神。懷疑的對象既可以是知識的內容，還可以是知識本身。就好比對「龍淵閣」那神話般美好想像與對其守護者龍淵學士們特異行為之間的反差描寫，就體現了由懷疑引發的心理矛盾。

至於對知識內容的懷疑，走得最遠的就是《羽傳說》中「向翅異」的極端行為。而處理得比較滑稽的則要數江南《縹緲錄》中高貴的蠻族巫師首領，「盤蠻天神的信使」——「大合薩」。他在某次主持一年一度燒羔節的大祭司過程中，「偷偷砍掉了一節半」神聖的「拜歌」（重要祭祀活動中唱的歌）。他本人的解釋很簡單：「忘了那一節半怎麼唱的」，而他的助手「阿摩敕」在近旁看得真切。大合薩在唱拜歌時「臉色通紅，醉眼迷茫，嘴裏還叼著酒罐，一手持刀而一手撓著腋窩，不知道是不是因為好些天不洗澡生出蝨子來」。

既然，知識的記錄者、發現者、傳遞者或執行者對知識可信度都做出不同程度的動搖，科學作為人類知識體系中的重要組成部分，在經過眾多中間環節之後，形成的現代科學體系自然無法避免地進入人們懷疑的視線。當代法國學者讓－弗·朗索瓦·利奧塔認為「後現代定義為針對元敘事的懷疑態度。這種不信任態度無疑是科學進步的產物，而科學進步反過來又預設了這種懷疑態度。」〔註3〕只不過他並不承認後現代狀態是徹底的破壞和毀滅。它反映的是對元敘事、合法性的不盲從態度。而經過幾百年變遷的對「知識」本身的哲學思辨自然逃不出後現代思潮所涉及的範圍。

1980年代作為後現代思潮一支的新歷史主義雖然跟前輩哲學家的思想並沒有直接的關係，但是歷史作為人類知識體系的一個重要部分，人們在歷史與人、歷史與文化、歷史與文學、歷史與權力、意識形態等等一系列模式和方法中重新反思了形式主義、理性主義取得統治地位以來對於歷史的知識體系構成。

那麼，當知識本身的神聖性都成為令人懷疑的對象時，思想史上從來沒有停止過的一個活動，即尋找知識體系的來源，在新世紀的奇幻文學中被重新烘托出來了。將形而上學視為研究其它所有科學之精神準備的法國18世紀

〔註3〕 中國社會科學院外國文學研究所《世界文論》編輯委員會編：《後現代主義》，
　　　 北京：社會科學文獻出版社，1993年版，第57頁。

哲學家孔狄亞克認爲企圖窺探一切奧秘，自然界、萬物的本質，最隱秘的原因，並揚言要揭示這些事物的哲學家們都是狂妄的。他更願意從事謹慎而謙虛，只圍繞人類的精神進行研究的哲學思路。在這一點上，他受十七世紀哲學家洛克很深的影響。

那麼在孔狄亞克對人類精神進行眾多哲學探索中，對知識起源問題的論點跟笛卡爾學派和馬勒伯朗士學派的主張完全南轅北轍。在他看來：「感覺和心靈活動，就是我們全部知識的材料」〔註4〕，通過反省這樣一種心理活動使得感覺和心靈生成物得以組合，進而形成組合之間的更高一級排列。那麼這種關係就是知識。雖然沒有明說，從中我們卻可以看到孔狄亞克對知識活動性的預測。因爲既然心靈作爲知識起源，那麼心靈活動的不確定性決定了偶然成因也是構成知識的源泉之一。不同個體通過感官獲得不同感覺，又或者不同的心靈感受彙聚在一起，使整個知識體系也將保持一個偶在的狀態，即非固定狀態。

這些經驗主義的哲學觀點與十八世紀以來形成的理性主義主流觀念存在很大出入。理性主義知識觀認爲感覺是錯誤和幻覺，更是獲得知識、眞理的障礙。雖然洛克、孔狄亞克他們的觀點在所處時代並沒有受到廣泛支持，但是對「知識」本體的理解對後世的影響卻很大。實際上，「知識」、「歷史」等經典論題在當代哲學、思想界始終保持著持久的魅力。

可以看到，「九州」奇幻作家虛構的「龍淵閣」並不是對現代科學知識的直接否定。它通過對知識本體眞實性的懷疑，將注意力集中到掌握並構建知識的人類主體之上。科學知識在這個意義上已不再是絕對權威，更不是製造人類危機的罪魁禍首。

同樣的道理，建立在人們對社會結構設想基礎上的烏托邦理想，以及一系列相關理論，遭到懷疑甚至顚覆，成爲文學創作，包括幻想小說致力表達的傾向也就完全可以被理解並接受了。

再次回到小說《地鐵》，當先進科技沒能阻止人類族群的覆滅之時，從地底到地面，人類社會徹底成爲歷史遺跡，而人類創造的鋼筋鐵骨世界則成爲異族單獨圈出來的「遺址公園」。異族統治者定期在最後僅存的 3 萬幸存的人類難民中選擇一部分返回地球參觀。「本來，他們作爲一個部族的集體記憶早

〔註4〕 （法）孔狄亞克：《人類知識起源論》，洪潔求、洪丕柱譯，北京：商務印書館，1989 年版，第 11 頁。

已喪失殆盡。但異族又偏偏驅使他們反覆地前往觀光，看他們也不知道該不該看的東西，就像是要不斷喚起大家沉積在集體潛意識深淵中的痛苦，以折磨他們來取樂」。

人類覆滅五百年後，「霧水」和「露珠」這一對年輕男女就是被選出的觀光客代表。只不過，與其他觀光客不同的是，他們身懷尋根使命，必須避開異族監控，找出人類祖先覆滅的原因、發現祖先可能留下的神奇科技。派他們來尋找的那方勢力甚至設想祖先在集體死亡來臨之前，把最後關頭煉出來的秘密武器藏在了地球廢墟中，如果得到它，就能獲得最高魔法神力，打敗其他族類，奪得太陽系中所有的小行星，壟斷星球資源，從而讓人類最後的三萬血脈能過上衣食無憂的新生活。

這一尋根之旅沒有風和日麗沒有鳥語花香，恰恰再次深化了反烏托邦的主題，人類遺址公園就好比新時空的煉獄。兩位觀光客「形如野鬼孤魂，遊走在不知名的先輩們留下的、偌大而陰晦的城池裏，潛行在沒有人類氣息的混凝土建築及灌木叢的無際森林之中。」祖先是被異族消滅的，還是由於技術失誤自我毀滅？神秘武器、最高魔法藏匿何處？一路尋來所有這些疑問對他們既是折磨也是誘惑。他們被深深的無力感包圍，感歎：「在這已由異族主宰的世界上，離了先輩的庇佑，自己什麼也不是……」。霧水失聲痛哭：「我們算什麼東西？我們根本做不到啊！我們怎麼可能知道五百年前，他們的世界上到底發生了什麼呢？也許，應該一點兒不剩地毀滅掉的，正是我們自己呀！可是，誰來查清楚我們呢？誰來說明白我們呢？就算死去活來一萬回也做不到呀！」

無助、絕望的霧水最後冷靜對跟著他的鼠族說：「好兄弟，快回去吧。我是殘存在黑暗冷寂太空中的、卑鄙下賤的人類後代，是一場驚天動地的大賭博中，被棄置的籌碼。」進而對身負的使命產生了極大的懷疑，他覺得人類先輩肯定是一群表面幼稚潔好，實則極其自私，具有「黑幫一般陰暗殘忍的心境。他們已在那時構建了自己的超級樂園，對身後的世道哪怕洪水滔天，也不去管顧了……」而自己還要來尋找人類覆滅和復興的秘密，豈不是天真幼稚之極。

後來，霧水被引至地鐵，進入迷宮般的地下世界，他揣測地鐵以及地下系統很可能是先輩們最後的一塊棲息地。「興許，在滅亡的緊要關頭，先輩中最卓越的一些人物，試圖用技術手段在地底打造一艘諾亞方舟，以為這樣或

就可以躲避過那場災難？」地鐵系統很可能就是人類最後希望建成的一個「地窟烏托邦」，當然最後還是失敗了，「強大的其實最脆弱。」

小說的最後一幕徹底摧毀了人們對烏托邦世界的想像。霧水被高智慧異族帶走並安排他暫時寄居在他們城市——大海的球城中。他與在地球廢墟中跟隨過他的那隻老鼠再次相遇。老鼠引領霧水，駕著氫動力獨木舟到球城外面的大海上去觀光，駛出很長一段距離後，老鼠對霧水說：「想讓你看一樣東西，請回頭吧。」霧水回首映入眼簾的竟然是「那一個個黑色的巨球，竟是無數的崩潰的廢墟。『克里茲！異族其實早已滅絕了。』老鼠口齒清晰，逐字逐句地說。這時，霧水只見，在一望無際的血紅色海面，像廣告上的鮮花一樣，綻放出了億萬具白色的、人類的屍骨。萬籟俱寂。他又去看身邊的老鼠，發現什麼也不存在。」

人類也好，強大的異族也罷，存在過的榮光與強大其實最終只是一片片廢墟，而指引人類看清這一事實的竟然是地球生物圈中的低等動物——一隻老鼠。也許對烏托邦理想世界最大的顛覆就是領天命的幸存者、肩負復興使命的後裔終將於單薄無力中不堪重任。通過他們的眼睛將看到無論智慧有多強大、意志力多麼堅定一切終將歸於虛無、歸於沉默、歸於寂滅。幻想小說在這一領域邁出了比其他類型小說更大的一步。

如果說，《地鐵》等幻想小說致力於描繪未來世界的非烏托邦形態，「九州」系列中有試圖展示對人類認知大廈、知識體系的懷疑和顛覆的環節，那麼，當代著名科幻小說家王晉康的《蟻生》則是在進行一次小範圍烏托邦世界實驗。主人公自認為完美的知識大廈在事實面前轟然傾倒，進一步描繪了烏托邦理想的燃燒和覆滅。

《蟻生》發生在知識青年上山下鄉的文革年代。農場上出現了所謂的「靈異事件」——蟻群朝聖。主人公顏哲的父親是一位動物學家，專攻昆蟲，尤其是螞蟻研究。在他選擇自殺之前嗎，留給了兒子一個「寶貝」。這個寶貝其實就是被提煉出來的蟻素。在研究中，老顏發現，蟻群具有利他主義天性，螞蟻社會沒有人類天性中的自私自利，也不像人類社會在「善惡之間搖擺。聖人的『向善』教化抵不住人類的『趨惡』本性」。〔註5〕這一發現，提振了知情人的精神，尤其是顏哲，他完全接受了父親的理念，認為人類社會的趨利、迎惡本質，要靠利他主義的道德強化來約束和淨化，而向一定範圍內的

〔註5〕王晉康：《蟻生》，福州：福建人民出版社，2007年版，第85頁。

人群噴射「蟻素」，則可以在人類社會中建立一種理想的秩序。

當他對所在農場的人群噴灑了「蟻素」後，果然發生了巨變。之前自私、霸道，甚至兇殘的人竟然立刻一心向善，回覆純真。農場裏的老老少少都像螞蟻一樣主動勞作，互讓互助，就算高強度工作之後饑腸轆轆，大夥也自覺堅守「定量取食」的蟻群規範，奉向他們施藥的顏哲為「蟻王」，並對其百分之百服從。農場上曾一度洋溢著和睦、積極、勤勞和公平的氣氛。這與大環境中的批鬥、大字報、大鍋飯、爾虞我詐形成了鮮明的對比。

然而，人為改變之後的問題接踵而來。首先，蟻素本身的有效期多長，對蟻素是否會產生依賴？這一連串問題，煩擾著顏哲。事實證明，蟻素的作用的確呈衰減態勢，被噴過的人會非常渴望得到它，從心理上和生理上都是這樣。

當一次加強蟻素效果的噴灑發生後，悲劇也就一步步逼近了。因為螞蟻社會所謂的利他性是有局限性的。這種利他僅對本族，對於外族一樣殘忍。不同批次的蟻素，若噴灑時間不一致，會導致戰爭或殘殺。農場上友人之間，戀人之間，同事之間就這樣爆發了互相殘殺的爭鬥，「七條生命」的逝去就是證明。

這樣的小型類蟻族社會之於其創造者和外部大環境而言，前景也就暗淡甚至危險起來。尤其是顏哲作為一個清醒的人類，創造並監管著這個農場，就好比充當了上帝的角色，很難保證在監管和校正運行中完全杜絕失誤、保持絕對清醒。

最終，一場洪水沖毀了農場，這是一個寓言，說明農場作為一個烏托邦世界的試驗田最終只能歸於覆滅。作者不無遺憾地表示：「生物基因的本性是自私的，因為只有自私的基因才能抉取更多的資源，使其本身延續下去。……螞蟻社會的利他主義實際並不是最深層面的天性，而只是『自私天性』的一種顯態表現，而其他生物的利己天性，包括科莫多龍的殺嬰行為、鯊魚幼崽在母體內的骨肉相殘、人類的互相殘殺等，其實只是同樣的自私基因的另一種顯態表現而已。」〔註6〕顯然，永遠不要奢望用一種形態徹底替換另一種形態，貌似具有優越性的存在也許只是一個虛幻的夢而已。

小說在它的敘事結構中就自覺完成了，從最初進行烏托邦試驗給人物形象和閱讀者帶來驚豔，到後來種種局限顯露，試驗失敗的無奈、慘痛和必然，

〔註 6〕 王晉康：《蟻生》，福州：福建人民出版社，2007 年版，第 223 頁。

再一次完成了幻想小說中從「烏托邦」到「敵托邦」的擺渡。

第三節　世紀之交悲觀情緒的彌漫

　　反烏托邦創作的一個顯著特點正是末世悲觀情緒在幻想作品中的彌漫。這是一種深刻的悲觀情緒，直達個體生存前景和人類社會存在價值。就好像幻想世界中就曾有過「一位從舊世界來的吟遊詩人，初次見到索倫城夜晚的紫天、黃地，如柵欄般的藍色光柱時，便歎息著說：『我一直以為人是宇宙的主宰。到了索倫城，我才相信人不過是宇宙的奴隸而已。』」。〔註7〕

　　由「龍的天空」主編，海洋出版社在 2006 年出版的《奇幻天下　2005 奇幻小說年選》中，列舉了數十部當年風靡一時的奇幻小說，位列第一的就是蕭潛的《超級進化》〔註8〕。這部幻想作品糅合了科幻和奇幻的各種元素，既有高科技產品，又有古格鬥術；既有縱橫數光年的星球戰場，又有人類、幽靈人、古怪植物、變異人、怪獸、半生物戰艦的混戰。可以說，從個體，到生存空間，再到集團勢力多方面強化了未來世界的非理想化狀態。

　　《超級進化》所處的未來時代，人類掌握了高超的科技手段。公元 2756 年，亞光速飛行實現，人類全面展開星際殖民時代；2874 年，人類掌握星際空間跳躍理論。十七年後此理論被用於實踐，第一艘空間跳躍飛船研製成功，人類星際大開發的黃金時代開始；3205 年，人類首次發現外星的高級生命體，星際戰爭爆發，人類失利，面臨滅亡。主戰派「星際聯盟」形成。3669 年，一種奇異的液態物質被發現，用於人類進化研究，讓人類擺脫脆弱和衰老的命運。人類由此開始了自身的生命進化史。3700 年，「星際聯盟」決定公民十八歲時，注射進化劑，提高對抗外星生命的能力。3743 年，「星際聯盟」向外星生命發起反攻，首次大勝，將外星生命驅趕到銀河系的邊緣。

　　整個銀河系的格局也因此奠定。首先，「星際聯盟」當仁不讓地成為統治未來人類的合法政府。銀河系的邊緣有一塊被聯邦政府拋棄的飛地就成為「自由星域」。那裡是所有非法活動者，如星際強盜、逃犯、走私商人、非法武裝人員的避難所。在聯邦政府那，「自由星」和它的自由虛擬網都是非法的。

〔註 7〕　張系國：《城・科幻三部曲》，北京：三聯書店，2000 年版，第 17 頁。
〔註 8〕　蕭潛：《超級進化》，合肥：安徽人民出版社，2005 年版。

「墮落星」原本作爲一個垃圾回收場被稱爲垃圾星。所有人類居住的星球產生的垃圾被送到這裡。它還有另外一個功能——流放地。自從「墮落王」統一了這個星球後，大力發展娛樂、賭博業。這個嗜血之地雲集了死活都沒人關心的賤奴、被人雇傭的平民、利用賤奴廉價勞動力發財的各垃圾場場主、靠生死格鬥生存的賭徒。

「天神星」則是 500 年前聯邦軍隊實行「天神計劃」的恐怖之地。當時，聯邦軍隊在與外星人之戰打敗，還沒發現進化原液。人類身體非常脆弱，爲了探索研究人類進化的奧秘，聯邦政府啓動了「天神計劃」。將罪犯、軍隊逃兵和大量物種投擲如這個遙遠的星球，讓其在嚴酷的環境裏自然進化，然後從他們身上獲取最完美的基因序列，用來修補人類的基因。

這裡實行的仍是野蠻的叢林原則，居民不允許使用武器，是罕見的冷兵器世界。變異野狼、嗜血的變種恐龍、改良基因的戰馬、猩人出沒。聯邦政府在這個星球設置了「神廟」，一來用來控制這個星球，二來搜集實力強勁的高手，搜索進化變異體。在這個星球，高手是用武力來衡量的。就好像身材高大健碩的猩人，就是聯邦實驗室的變異人試驗品之一。它是用人的基因和動物基因組合法制造的類似人的智慧型生物，目的在於從人獸變異體中再剝離某部分基因，形成強大的「新人類」。

「淨伏天」則是一顆行星的衛星環統稱，一共由 17 個衛星組成，其中五個有宗族的駐地，其餘 12 個荒涼不宜居。這些宗族與聯邦關係疏離，成爲聯邦政府一直想剷除的異己力量。

故事就在聯邦、「自由星」、「墮落星」、「天神星」、「淨伏天」互相牽扯、對抗的宏闊背景下展開了。「進化」構成小說的核心內容。一切都圍繞著人類希望變得更強大的進化願望，從抵抗侵略到稱霸星際，再到尋求所謂不死不滅的最高進化境界，貪婪地索取各種稀奇古怪的能量。就像「墮落王」那樣，爲了進化，他吞噬了上百個超級進化者，之後控制不住自己不斷瘋狂吞噬超級進化者能量的欲望，否則會暴躁不安，渾身能量像要爆炸一樣，最終淪爲可怕的怪物。

進化的方式也是品類繁多，有的甚至令人瞠目結舌。比如本體吞噬大量幽靈能量，讓生命能量和幽靈能量共生一體，還比如能完美利用風，進化出翅膀的翔族人，再比如叫做「神經刺激素」的一種合成劑，對人的精神有極大的刺激作用，尤其對沒有進化的人，可以刺激出人類最瘋狂的欲望。它成

為聯邦政府最後的陰謀。一旦聯邦遭受攻擊，聯邦主機將啟動自毀，這時候「神經刺激素」將會彌漫整個聯邦城，城中大亂，人們也將陷入瘋狂殘殺的混亂。

追求進化最為殘酷的真相就是，變異人、變異物種的悲慘命運。他們不過是聯邦政府研究進化，提取進化原液的試驗品。無論他們變異得多強大，都逃脫不了被拋棄的悲劇命運。當聯邦政府掌握了進化原液，快速而安全地批量造就進化人之後，前原液時期制定的諸如「天神計劃」就不再重要了。計劃可以中止，但是隨計劃產生的活生生的變異人或其它物種卻不能被隨意中止。在離棄狀態下，「天神星」上的族群仍然按照原先的設定生活、繁衍、進化，但存在的意義何在？對聯邦而言，他們不過是棄物。而變異族群卻仍然被聯邦之前設置的神廟所蒙蔽，繼續對其頂禮膜拜。

表面上看是人類進化的正能量在積聚，實則進化在那個時代也是分等級的。等級越高實力就越強，人類被分成五個等級。身份證被身份卡替代。白色的光卡是未進化者，藍色的日級卡是進化十層以下的人類，紅色的 A 級卡、S 級金卡和最高級的 SSS 黑卡均代表進化十層以上的人類。小說主人公林奇雨就是極少數進化成三色隱性天寵，擁有 SSS 級黑卡的人。這是身份和實力的象徵。

實力本身就存在很大的闡釋空間。它涉及強力，也包括個人道德修養和機緣等其它不定因素，有可能是很單純的力量，也有可能是綜合性的。究竟什麼人能擁有超級實力，並沒有一個令人信服的邏輯思路。雖說，幻想本身不需要刻意追求現實規則，但是這種不定性恰恰強化了森嚴的等級制度在未來世界將會更加殘酷。就像擁有 SSS 級黑卡的人可以在聯邦政府虛擬網之外的自由網中通行無阻，林奇雨的超級身份卡使得他可以享受自由聯盟的最高待遇。

林奇雨一路進化走來，像星際流浪者一樣在宇宙間巡遊一圈，最終重回「自由星」，回味他從那裡開始的進化之路，並感歎期間發現的另一顆類地球恒星上「太陽漸漸升起，大草原上一切都顯得那麼生機勃勃」，就在那塊完全沒有被污染的大地上，人類還處於「猿人」時代。

小說的最後，林君豹歎道：「是啊，應該是猿人，不知道需要多久才能進化成人。」林奇雨笑道：「呵呵，除非……我們幫助他們……超級進化」。體驗了進化歷程的腥風血雨，感受到狂躁的進化風暴，讀者再看見這樣的結尾

估計是激動不起來了，反而會頓感毛骨悚然。如果未來世界真的要把所有人類捲入超級進化的漩渦，那還不如祈禱這樣的未來永遠不要到來。

在張系國的《望子成龍》〔註9〕中，也有類似進化或者人類未來的細節。主人公李志舜一心想生兒子，但是未來社會生子已經不是現在的概念了。想生孩子先抽籤，生男生女先申請，每年辦理申請抽籤一次。人口計劃局規定每千名新生嬰兒中，按照男嬰 538 人，女嬰 462 人的比例抽籤。每家有 1.2 名小孩的配額，剩下的 0.2 名小孩匯總後人口計劃局統一處理，每年年底另行分配，要想得到多餘配額，必須付出代價——稅率高出 5%。

那時的產假制度已經取消，因為生孩子由委託婦產護士代生，代產護士可同時代孕三胎。按價格分頭等房 500 元一天，二等房 300 元，三等房 200 元，即自己的孩子選擇單胎生養，還是與其他人的胚胎共住一個子宮。就連十月懷胎的進程也可以通過科技手段縮減至 9 個月、8 個月、7 個月甚至 6 個月，費用不等。

李志舜知道這些規定後大聲說：「我不在乎錢！我的兒子可不是半票觀眾，不能打折扣的。我要頭等九月」。隨後，就有推銷員上門推薦「龍種公司」提供的最好的精血替代自己的，培養更優良的品種，以及「創基公司」通過調整 DNA 雙螺柱結構，改造自己的品種。經過一番比較，李志舜夫婦決定購買「創基公司」的服務，「選擇身高 180 公分，聯考成績 600 分，白皙皮膚三項，共計 20 萬元」。

然而，有權改變任何新生兒遺傳基因的人口計劃局有這樣一條終極規定：「為了防止所有的人都變得太聰明漂亮。我們經過精密計算，發現至少要製造 10%的笨人、醜人。所以，在每年多餘的人口配額裏，我們選擇其中的一半，略微改變遺傳基因，使他們變得較笨較醜。這也是靠抽籤來決定的。……很不幸，你的兒子偏偏中了彩。即使創基公司再努力，也抵不過我們最後的修正。你要曉得，我們是有最後修正權的。」作者用幽默的筆調調侃著人類繁衍的嚴肅話題，大笑背後的悲催和心酸油然而生。

其實，人類繁衍、進化的問題在幻想小說中是一個經久不衰的話題。雖然不是所有涉及此話題的作品都對未來抱有悲觀態度，但是都會在人類能力膨脹，族群擴張的同時，引發讀者不同程度的隱憂。這其中既包括對人類機能退化的擔憂，也有對人類欲望無休止擴張的恐懼。

〔註 9〕 葉永烈：《超人列傳》，福州：福建少年兒童出版社，1999 年版。

　　除了人類本身，人類依靠科技手段創造的人工智慧也成為傳達悲觀情緒的濃縮物。如臺灣第一部科幻小說，張曉風的《潘渡娜》中生化學家與廣告畫家的對話、人造人與畫家的結合、人造人的迷惑與厭世、人造人與生化學家的關係這四組關係折射了生化科技發展成果給人類帶來的衝擊。

　　生化學家劉克用在實驗室，通過人工合成，成功培養了潘渡娜，卻並未因此而快樂。因為當他意識到自己竟然可以扮演造物主的角色，掌控造人技術之後，成就感，信仰、神秘感頓失，他的精神也面臨崩潰。他遭受著精神的折磨，並急速衰老。

　　罪惡感驅使他為潘渡娜物色一位人格健全，接受過東方文化浸染的華人新郎，以矯正潘渡娜與生俱來的人性缺失，進而賦予她另一種生命。當他安排潘渡娜嫁給大仁之後，自己主動走進了精神病院。並在大仁面前沉痛懺悔。

　　之前，在劉克用眼裏，世界上任何東西都可以合成，包括母愛也只不過是雌性動物在生產後分泌的一種東西在作怪。而對於母愛的依戀也是可以替代的，「給孩子口腔的滿足，腸胃的滿足，擁抱的滿足，愛撫的滿足，母愛就可以免了」。潘渡娜的死，潘渡娜對人生的消極態度嚴重動搖了他的這些理論。最後，他所希望的墓誌銘是：「這裡躺著一個人」。

　　至於潘渡娜（Pandora），作為一個人造人，是按照完美女性創造出來的。試管是她成長的子宮，經過精心策劃，被克用送給大仁當妻子。她時常感歎自我人格上的非自然化，導致一種莫名的缺失。這種缺失讓她常常有不真實的感覺，進而對自身的存在感到厭倦。

　　潘渡娜懷孕了，但是肚皮卻神奇地癟了下去，她沒有能當母親。一方面，這預示著人造人的繁衍是違反人倫的。就算她有懷孕的能力，作者出於人倫立場，也會設置妊娠失敗；另一方面，也注定了人造人的非自然化，他們沒有真正的人生。

　　潘渡娜死了，雖然文中沒有明確說明死因，但是有一點是肯定的，她死的時候，身體健康，年輕貌美，內在精神世界的崩潰，抑或覺醒才是她離開這個世界的真正原因。死後的潘渡娜被當成標本重新浸在大玻璃缸裏，也算是完成了一次從試管到試管的輪迴。

　　廣告畫家張大仁獲得了一位完美的女性為妻。不過，在不知道她是人造人的時候，大仁總感覺有什麼地方不對勁。雖然潘渡娜年輕貌美，舉止優雅，

能幹勤快，他們之間的感情總是無法得到昇華。婚後的大仁總感困惑，爲什麼自己不能從潘身上獲得一種溫暖的感覺，進而思念起兒時母親溫柔的手給他輕輕蓋上被子的情景。潘渡娜不同尋常的表達，被他誤認爲是幻想狂症，甚至建議她去看心理醫生。

　　畫家和生化學家的這段對話爲整個小說的悲觀基調埋下伏筆：「『現在非要人做不可的事有幾樁？』『大概就只有男人跟女人的那件事了！』我原以爲他會笑起來，但他卻忽然坐直了身子，眼睛裏放出了交疊的深黑陰影，他那低凹而黯然的眼睛像發生了地陷一樣，向著一個不可測得地方坍了下去」。此伏筆直指人造人、人工智慧、或是克隆生物的出現顛覆了人類乃至整個生態系統最隱蔽、最基本的本能。

　　不僅如此，人類自身之外的威脅也是末世悲觀情緒產生的根源之一。劉慈欣《三體》系列就通過勾畫出人類與外星文明之間的緊張關係，營造了沉鬱的末世氣氛。《三體》是從人類向太空發送友好信息，主動與外星智慧生物取得聯繫開篇的。當時的人類自信滿滿，將友好邦交的理論一廂情願地運用到太陽系探索中。沒想到，這一舉動爲自身生存埋下了生死隱患。

　　四光年外鄰近星球的三體人發現了地球人類。遭受三顆太陽折磨的三體人正苦於尋找逃離母星，拯救三體文明之路。地球人發出的信息無疑提振了三體人的生存信心。而對於地球人來說，三體艦隊直逼而來、搶佔地球只是悲劇命運的第一重展開。

　　爲了保衛地球，應對外星強敵，人類社會不斷改變生存方式，不停啓動各種防禦計劃，以適應宇宙法則。這幾乎成爲瀕危人類爭分奪秒生活的唯一重心和意義。這才是悲劇命運的第二重展開。就像劉慈欣在小說後記中曾自問：「如果存在外星文明，那麼宇宙中有共同的道德準則嗎？」〔註10〕這是對早期幻想文學中美化外星智慧文明的質疑。設想著宇宙並不是人們之前想像的，如世外桃源般的天堂，恐怕更接近事實眞相。

　　《三體 III》中，第三重悲劇的圖景正式展開。「黑暗森林」般的宇宙世界處處暗藏著致命殺機，任何星球或智慧生物都不能保證能夠全身而退，這種同歸於盡的命運和萬籟寂滅的未來將末世悲觀推向極致。

　　在太陽系遭遇更高等智慧生物襲擊時，立體的太陽系從三維墜入二維，整個陷落到平面的二維世界，最終被壓縮成只有點線面的紙片世界。在那一

〔註10〕劉慈欣：《三體》，重慶：重慶出版社，2008 年版，第 300 頁。

切將歸於死寂的宇宙奇觀中，在被壓縮的最後時刻，平面的太陽釋放著能量，散發著最後的光明。太陽系的陷落過程，太陽系的二維化結果雖然被作者定格爲梵高瑰麗、雄奇的《星空》重現，但是在小說傳達出來的卻是無邊的冰冷死硬。問題的關鍵在於，不僅僅是人類生存的太陽系，整個宇宙都在不斷的塌陷，各個星系都有遭遇襲擊的可能，陷落並消亡的危險時刻伴隨著各種智慧生物。

　　必須正視，反烏托邦化的悲劇意識使中國當代幻想小說擺脫了單純的積極向上、飄忽雲端的寫作習慣，賦予一貫被視爲通俗文藝、游離於主流文學之外的幻想文學，更深沉、厚實的美學氣質，無形中提升了這一文學類型在文學史上還未充分被挖掘的價值。

結語　幻想力的延伸

　　中國當代幻想小說的存在，不論在整體還是細節上，都預示並驗證了世紀之交，幻想力延伸的種種可能性。

　　首先，對於創作主體而言，科學幻想和非科學幻想創作和研究出現了交叉。交叉是全方位的：有的作家跨界創作，即科幻作家也進行奇幻創作，如陳楸帆和潘海天等；有的作家在理論研究上對兩者都給予同等的關注，如老一代科幻作家葉永烈就曾寫過一系列這類論文，《論科幻、玄幻與奇幻》就是其中一篇。

　　陳楸帆在《現實‧超越‧想像——科幻小說面臨的挑戰及其他》中明確認為科幻文學與奇幻文學並非互為補充、或互為替代的關係並呼籲人們應該盡早結束對想像力的想像，重新找回失去的想像力。談到想像力，上世紀 20 年代中國現代文學史上在《新青年》的引導下出現的童話創作潮就可以說是國人處於亂世而對想像力的呼喚。

　　想像力既是人類本能，也是一個歷史概念，不同時期、不同地域、不同文化所提供的想像物都是不盡相同的。因此當時代的車輪滾到了二十一世紀，科幻小說和奇幻小說創作在想像力的支配下，發生多種交叉絕非不可思議，真正的想像力更不會自設疆域，畫地為牢。

　　以港臺科幻小說家蘇逸平為例，他是生長於臺灣的美籍華人，在美國學的是機電專業，熱愛穿梭於星際之間的幻想世界。讀者們就很難將其《穿梭時空三千年》〔註 1〕中科學和非科學想像物截然分開。這部作品成為想像力交叉於科學與神秘之間，自由馳騁的代表。

〔註 1〕蘇逸平著，《穿梭時空三千年》，中國社會科學出版社，2001 年。

　　小說描寫了二十四世紀的人類族群。一種「生化人」出現了。他們脫胎於古二十世紀末基因複製工程，「經過多年的科技演變，二十四世紀的生化人統一由聯邦政府的『生化醫療研發出』生產，機構內有設備完善，生化人昵稱『姆媽』的巨型人工子宮，由人工合成的基因開始（孕育生化人基因不取自人類），經過為期四個月的機械式分娩，全程與真正的人類種族已毫無關聯」，「生化人個性沉默，邏輯性強，所以各軍方、警察單位特別偏好生化人的成員」——以上都是典型的科幻想像套路。

　　不過接下來的描寫就開始超出硬科幻技術數據了。轉化型生物／生化人以雷、火、水、風四態最多，他們是一種能以人形或上列四態存在的奇異族類。生死輪迴問題在小說中也有科幻、奇幻相結合的表述：「二十四世紀的最重刑罰已不是死刑，而是將死亡方式在刑期內不斷重複的薛西佛斯式死刑。比方說，『一百年的斷頭刑』指的就是犯罪者在百年的期間內，重複無數次利刃斷頸的痛苦。」只因為「人工靈魂輪迴科技已然發展成熟……如果不出太大的差錯，衰老的肉體替換、靈魂不用重新再來的累積式生命易如反掌。」

　　至於純科學性的核酸技術則被置於受批判的地位。這類始於二十世紀末的基因工程、複製生物科技，原本是為了防止人類種族的滅絕，結果卻帶來了可怕的副作用。由於人類個體體質的差異，不同的核酸劑量組合可以產生許許多多未知的副作用——猝死、癱瘓、失去知覺、個性急遽改變。「人類知識大開，人心、道德步調卻追不上科技腳步。野心家、狂人、獨裁者能力因核酸打開智慧之門，危害人間尤烈。一時之間，地球戰亂層出不窮，史稱『核酸潘朵拉黑暗時期』。」

　　這個潘朵拉盒被打開的一個後果就是，人腦機能被大幅提升，人類獲取知識的途徑，擁有知識或能力的速度都急遽提升，無論是出於對內還是對外的原因，被注射了高劑量核酸激素的超級人種群的出現就成為了一種必然。隨之而來的「三十年超人戰爭時期」所帶來的毀滅性災難也就在預料之中了。地球所有生物在一周內全部消滅，只有南極還有少數地衣苔蘚。作為地球文明僅存的人類，也就是當年移居至金星水星上的移民若干年後才回遷地球，在此建立了防護罩，依靠人造太陽，少量群居在密閉的人造的高科技空間。

　　小說主人公」葛雷新」第一次擺脫核酸警察追捕，穿越時空的地點「避

秦之村」竟然是《桃花源記》中的那個神秘的長生之處──一個遠古中國的童話世界中，葛雷新在那裡的所見跟古文中的描述竟然一模一樣。

作者的這種設置無疑具有深意。科技超人與童話世界的相遇形成了第一層深意：葛雷新身處幽深的松林，而此自然品種在葛雷新生存的年代，已於超人戰爭時期就絕種了，「二十四世紀地球只有七座植物園有人工再造松科植物，可是，最大的一座松園也不過六十七株」。

「遠古時代不得志的功名追求者的幻想」與葛雷新穿越後所到的實在之地則是第二層深意：一向被認為是不真實的虛幻之境也有實際存在的可能性，這是對人類可知論的一種曲折反思。

模擬場景即刻意造出的理想國與現代人類內心深處的一種逃避與直覺則形成了第三層深意：原來葛雷新所處的竟然是「公元一九六八年，古美利堅合眾國太空總署的模擬場景」，真實與虛構互相轉換，超越人類的常態接受能力，挑戰著人類想像力。

小說設想出二十世紀美國的一種族類「阿米須人」。他們是「一種在古二十世紀堅持過倒退兩百年生活的族群，拒絕當時的文明。做古人打扮，也絕不使用電力、科技」。而此模擬場景就是按照古代中國童話《桃花源記》為藍本，世代居住，久而久之，就成了一個理想國度了。

第四層深意則在於：葛雷新的這一次穿越象徵著「人類的時空之謎」已經被他的這次穿越解破──不論是理想國、模擬場景、遠古時代，還是公元二二六一年的「現在」，通過星辰紀年推算，葛雷新驚奇地發現自己所處的地方在他所知道的歷史上不存在，看似在現代，但是卻游離在現在、過去和將來之外，這第四種可能性顛覆了人們對於時空的理解，間接解答了為什麼地球上派出很多穿越時空的探險隊，但總是找不到他們穿越過去現在和將來的痕迹，儘管地球人可以鎖定他們的生物電就在某一個點，三度空間的坐標都符合了，卻就是空無一物，原來他們處於一個平行或者交叉的另一個時空中，而這個時空卻並不為人類智慧所觸及。

小說中被主流學者排斥在外的魯一樸就相信：「夢境、預知現象或莊周夢蝶式的感應很可能就是時空旅行的形式之一。在某種未知的狀況下，人藉由上述行為穿透時空，但是有時候那個時空和你所熟悉的時空可能完全脫節」。──也就是所謂的「網狀分叉時間理論」──「平行世界」──「永不相交、卻彼此息息相關」──間接證明他們第一個穿越之地正是一個在「十六世紀

產生或然率式分歧的世界，所以，十六世紀前的歷史相同，過後，便截然不同。」

小說就在一次次時空穿越中挑戰著讀者的想像力。「葛雷新」穿越的第二站被稱作「豪門」。這一次，他們進入的世界從時間上來說，時代與他們的世界差不多，但是沒有科技的迹象，而且是一個沒有國家的世界，靠著幾大有實力的家族互相掣肘，互相平衡，實現運轉，只有一個個企業帝國的存在。

他們推測這是二十世紀末資本主義社會變形導致的後果。這又是一種大膽的假設。想像著二十世紀之後的另一條歷史發展線索和可能，尤其是沒有高科技、沒有政治人物的世界可能呈現怎樣的面貌——一個豪門內訌，家族內部相殘、權力爭奪。不過，「科技、歷史不同，可是人心的可怕一點都不會變」。

主人公穿越的第三站是一個「巫術世界」——沒有任何機械文明的世界。在這個世界「科學」反而被認定爲邪說，人類也不是唯一的智慧生物，靈界中的山精、水怪成爲重要力量。作者竟然通過小說人物的口大膽地說出：「在遠古時代，人類早已認知天地之間存在著強大的未知力量，基本上，一部文明的演化史，就是人類對巫術世界探索的發展史」。

眾目睽睽之下化爲透明，融入空氣的醫公，直探患者心臟，挽救生命的神秘手法，不借助任何高科技裝置任意遨遊天空的各色人等，「淩空術、隱身術、土遁術、馭獸大法」在這個世界隨處可見。「這個時空的文明逐漸演進，沒有科技，沒有機械產品，只有一項項施法方式更完善、法力效能更趨完美的巫術。」

穿梭時空在一站站地延續，在此不一一贅述。蘇逸平在其《穿梭時空三千年·自序》中說：「曾經有人極力否定科幻小說作品的存在與價值，但是科幻和世界是不會脫節的，就如同冷硬的科學和柔軟的人文一樣分割不開。」實際上這種話語邏輯同樣可以賦予科幻和奇幻，冷硬的科學幻想和柔軟的玄奇幻想都是人類思維的一部分，同樣分割不開，也許某一個特定時期某一方會占上風，最終會因爲他們各自的價值達到最佳的平衡或結合度。

《自序》中還談到：「虛構的空間，混淆的價值觀，科學的神話，破滅的永恒定律，都是我在創作科幻小說時想要探討的題材」，而上面提到的這些題材或者說是話題，一樣適用於傳統文學領域和非科學幻想創作，只不過進入

的角度變化了，得出的結論各有異同。

　　除了上述對幻想創作中，科學想像與非科學想像的交叉，幻想力還使得不同類型文學發生了彼此互滲。最具代表性的莫過於，當代奇幻想像對武俠小說的滲透，促使了玄武／幻武小說的復興與再發展。比如一些修真仙俠類奇幻小說就明顯受到傳統武俠小說《蜀山》或者中國古典文化中傳奇文學傳統的影響。不論具體受到哪一種影響，當代幻想小說與中國一些傳統小說類型，包括武俠小說發生了複雜的碰撞，也很難說究竟是誰滲透了誰。

　　總之，在中國本土文化傳統面前，奇幻與武俠出現了交匯點。在文學表現上，武俠小說中比較定型的諸如武功招數的描寫、俠骨仙風的高人形象、人物之間的打鬥過招設計也隨之進入了奇幻小說的世界，很明顯，部分奇幻小說中包含了武俠的成分，而不少新武俠小說也富含超現實神秘的幻想力量。

　　與此同時，1980 年代一度對傳統作家的認識與創作框架造成巨大衝擊的拉美魔幻現實主義顯示了幻想力延伸的魅力，也進一步證明了幻想元素與傳統現實題材結合的可能性。馬爾克斯在《百年孤獨》中把現實與幻想完美融合在一起，讀者被拋擲於虛幻與現實時空的兩極世界。當代經典作家如余華、格非、殘雪等的作品中就出現過類似細節。魔幻、神秘、不可知等元素曾一度在中國的特殊時代，為歷史唯物主義者們不齒。然而，民俗傳說、奇特靈異想像，異時空神秘世界等幻想力能夠觸及的種種隨著時代的變遷又捲土重來，無論在純幻想小說，還是傳統小說中都有展示，卻是一個不爭的事實。

　　這使得人們不禁聯想到一種叫 Slip-stream 的敘事方式。「slipstream」是二十世紀形成的亞文化書寫概念，是一種幻想性或非現實主義的小說，跨越了傳統文類界限，無法被恰當地安置在科幻／奇幻或者主流文學小說之間任一範疇內。科幻、奇幻、現實元素都可能會在這類小說中出現，而事實上許多主流小說也廣泛地採用超現實手段，亦真亦幻。不可否認這類作品的確打破了涇渭分明、統一的文類劃分標準。如果這樣的創作模式持續下去，恐怕用不了多久，大幻想的價值就得以真正實現。因為，到那時，幻想力更多會成為一種手段，預示著各類型小說有所溝通的可能性。

　　最後，幻想力的延伸還有一個跨地域的意義。也就是中西幻想文學交流的重要課題。實事求是地說，中西幻想文學存在著很大的差距。海外幻想文

學的強大與多年來本土幻想的海外零傳播之間構成了顯著的不對等。中國當代許多幻想作品的靈感來源於西式幻想小説。一部《魔戒》曾是中國當代不少魔幻小説的寫作範本。

　　這使人們不禁發問：在全世界範圍內的幻想風潮裏挾下，中國幻想文學的海外傳播爲何集體噤聲？傳統經典作品，留學／移民文學幾乎佔據了本土文學輸出的全部。倒是頗能代表世紀之交文學新動態，最具普世意義的本土幻想文學是否永遠都只能跟在海外幻想文學的背後，進行簡單的拷貝和複製？

　　回答不都是消極的。事實證明，上世紀末至今，中國幻想小説家們通過實踐，從量的積累到質的飛躍都在不斷拉近與西方幻想文學的距離，並已成功彙入世界幻想的大軍。還以本土「架空」奇幻小説爲例，它成型之初確實有明顯的外來移植印記，但是創化也在同時發生著。具有鮮明本土特色，有其獨特運行規律的中國「架空世界」／「第二世界」已經擺脱了青澀形態，開始反映出本土文化特色及魅力，成爲中國當代幻想小説的重要分支。

　　有理由相信，中國當代幻想小説不論是文學審美性、文化觀念輸出量，還是文類存在價值等方面都不應該，也不會讓所有關注或欣賞它的人失望。

參考文獻

一、期刊論文（按作者姓名音序排列）

1. 白燁：《當代文學研究兩題》，《南方論壇》2006 年第 2 期。

2. 陳泳超：《顧頡剛古史神話研究之檢討——以 1923 年古史大爭論爲中心》，《南京師大學報》（社科版）2000 年第 1 期。

3. 丁爲祥：《個體與群體：道德理性的定位問題》，《陝西師大學報》（哲學社會科學版）1995 年第 4 期。

4. 甘智鋼：《神話與魯迅小説——〈補天〉重讀札記》，《雲南社會科學》2003 年第 2 期。

5. 高冰鋒：《網絡小説中的一枝奇葩——中國網絡玄幻小説的興起及現狀初探》，《承德職業學院學報》2006 年第 4 期。

6. 顧鑾齋：《從比較中認識「層累」理論的學術價值》，《齊魯學刊》2005 年第 1 期。

7. 韓雲波：《大陸新武俠和東方奇幻中的「新神話主義」》，《西南師範大學學報》（人文社會科學版）2005 年第 5 期。

8. 黃震雲：《二十世紀楚辭學研究述評》，《文學評論》2000 年第 2 期。

9. 孔慶東：《中國科幻小説概説》，《涪陵師範學院學報》2003 年第 3 期。

10. 金震：《奇幻之旅 精彩無限》，《出版廣角》2004 年第 3 期。

11. 金慧敏：《趨零距離與文學的當前危機》，《文學評論》2004 年第 2 期。

12. 李陀、蘇煒：《新的可能性：想像力、浪漫主義、遊戲性及其他——關於〈迷谷〉和〈米調〉的對話》，《當代作家評論》2005 年第 3 期。

13. 劉吶：《全球化背景與文學》，《文學評論》2000 年第 5 期。

14. 龍文玲：《聞一多〈伏義考〉與中國神話學研究的轉型》，《民族藝術》

2004 年第 4 期。

15. 羅亦男：《淺論劉慈欣小說的人文關懷》，《2007 中國（成都）國際科幻‧奇幻大會文集》，成都：科幻世界雜誌社彙編，2007 年。

16. 馬爲華：《神話的消解——重讀〈故事新編〉》，《東方論壇》2003 年第 2 期。

17. 逄增玉：《志怪、傳奇傳統與中國現代文學》，《齊魯學刊》2002 年第 5 期。

18. 錢理群：《十年沉默的魯迅》，《浙江社會科學》2003 年第 1 期。

19. 任廣田：《魯迅與中國神話及傳說》，《魯迅研究月刊》2006 年第 10 期。

20. （法）塞奇‧布魯梭羅：《我與魔幻世界》，《出版廣角》2004 年第 8 期。

21. 蘇志宏：《聞一多和〈九歌〉研究》，《北京大學學報》（哲社版）1999 年第 6 期。

22. 譚傑：《女媧神話的現代闡釋——〈補天〉與〈女神之再生〉比較》，《江西社會科學》2006 年第 12 期。

23. 陶東風：《中國文學已經進入裝神弄鬼時代？——由「玄幻小說」引發的一點聯想》，《當代文壇》2006 年第 5 期。

24. 王一川：《『全球性』境遇中的中國文學》，《文學評論》2001 年第 6 期。

25. 吳宏政：《「信仰的知」的歷程及其對象化結構的克服》，《社會科學輯刊》2007 年第 6 期。

26. 曉丹：《明寐：中國本土奇幻文學的領軍者》，《同學》2005 年第 5 期。

27. 徐立新：《重評犬儒學派》，《台州學院學報》1999 年第 5 期。

28. 楊筝：《〈補天〉與魯迅的神話重建》，《洛陽大學學報》2004 年第 1 期。

29. 遙遠：《玄幻小說：21 世紀神魔的重生》，《中文自修》2004 年第 10 期。

30. 葉祝弟：《奇幻小說的誕生及創作進展》，《小說評論》2004 年第 4 期。

31. 葉永烈：《論科幻、玄幻與奇幻》，《2007 中國（成都）國際科幻‧奇幻大會文集》，科幻世界雜誌社彙編，2007 年。

32. 尹向東：《城市的睡眠》，《四川文學》2006 年第 9 期。

33. 余醴：《幻界無邊——試論中國當代奇幻文學主體特徵》，《語文學刊》2007 年第 5 期。

34. 郁振華：《中國現代哲學的形上智慧探索》，《學術月刊》2000 年第 7 期。

35. 朱彤：《混沌現象與蝴蝶效應——訪著名理論物理學家郝柏林院士》，《科學世界》2000 年第 10 期。

36. 參考《飛‧奇幻世界》2004 年第一期至 2008 年第三期。

37. 參考《九州幻想》2005 年 9 月正式創刊號至 2008 年第一期。

二、專著、譯著、論文集（按作者姓名音序排列）

1. 阿越：《新宋》，成都：四川科學技術出版社，2005 年版。

2. （美）愛因斯坦：《愛因斯坦文集》，許良英等譯，北京：商務印書館，1976 年版。

3. （英）I‧伯林：《兩種自由概念》，陳曉林譯，北京：中國文化藝術出版社，2005 年版。

4. （德）埃德蒙德‧胡塞爾：《歐洲科學危機和超驗現象學》，張慶熊譯，上海：上海譯文出版社，1988 年版。

5. （美）奧利卡‧舍格斯特爾：《超越科學大戰——科學與社會關係中迷失了的話語》，黃穎、趙玉橋譯，北京：中國人民大學出版社，2006 年版。

6. 包亞明：《二十世紀西方美學經典文本　第四卷　後現代景觀》，上海：復旦大學出版社，2000 年版。

7. （比）保羅‧費爾代恩（Paul Verdeyen）：《與神在愛中相遇——呂斯布魯克及其神秘主義》，陳建洪譯，北京：中國致公出版社，2001 年版。

8. （美）保羅‧貝納塞拉夫，希拉里‧普特南編《數學哲學》，朱水林等譯，北京：商務印書館，2003 年版。

9. 步非煙：《玄武天工》，北京：新世界出版社，2007 年版。

10. 滄月：《鏡‧神寂》，天津：天津人民出版社，2007 年版。

11. 曹文軒：《中國八十年代文學現象研究》，北京：北京大學出版社，1988 年版。

12. 陳鼓應注譯：《莊子今注今譯》，北京：中華書局，1983 年版。

13. 陳平原、夏曉虹：《二十世紀中國小說理論資料》（第一卷），北京：北京大學出版社，1989 年版。

14. 陳方競：《多重對話：中國新文學的發生》，北京：人民文學出版社，2003 年版。

15. 陳萬雄：《五四新文化的源流》，北京：三聯書店，1997 年版。

16. 陳子展：《中國近代文學之變遷》，上海：上海書店，1982 年版。

17. 陳潔：《將來進行時》，武漢：湖北科學技術出版社，2014 年版。

18. 程健君：《民間神話》，鄭州：海燕出版社，1997 年版。

19. 程文超：《1903：前夜的湧動》，濟南：山東教育出版社，1998 年版。

20. （日）池田大作：《時代精神的潮流》，香港：商務印書館有限公司，2005 年版。

21. （美）丹尼爾‧J‧布爾斯廷：《發現者　人類探索世界和自我的歷史　自然篇》，李成儀等譯，上海：上海譯文出版社，1992 年版。

22. （美）大衛・艾爾金斯：《超越宗教》，顧肅、楊曉明、王文娟譯，上海：上海人民出版社，2007 年版。

23. 董仁威：《中國科幻名家評傳》，北京：人民郵電出版社，2012 年版。

24. 恩斯特・卡西爾：《人論》，上海：上海譯文出版社，1985 年版。

25. 范鐵權：《體制與觀念的現代轉型　中國科學社與中國的科學文化》，北京：人民出版社，2005 年版。

26. 馮友蘭：《中國哲學簡史》，北京：新世界出版社，2004 年版。

27. 辜鴻銘：《中國人的精神》，北京：外語教學與研究出版社，1998 年版。

28. 郭延禮：《近代西學與中國文學》，南昌：百花洲文藝出版社，2000 年版。

29. 高瑞泉：《中國近代社會思潮》，武漢：華東師範大學出版社，1996 年版。

30. 龔六堂：《經濟增長理論》，武漢：武漢大學出版社，2000 年版。

31. 葛兆光：《中國思想史》，上海：復旦大學出版社，2004 年版。

32. 龔書鐸：《中國近代文化概論》，北京：中華書局，2002 年版。

33. 郭穎頤：《中國現代思想中的唯科學主義（1900～1950）》，南京：江蘇人民出版社，1990 年版。

34. 郭敬明：《幻城》，瀋陽：春風文藝出版社，2003 年版。

35. 顧祖釗：《華夏原始文化與三元文學觀念》，北京：北京大學出版社，2005 年版。

36. （德）海德格爾：《在通向語言的途中》，孫周興譯，北京：商務印書館，2004 年版。

37. 韓雲波：《2006 年中國奇幻文學精選》，武漢：長江文藝出版社，2007 年版。

38. 韓松：《未來的 108 種可能》，武漢：湖北科學技術出版社，2014 年版。

39. 胡文耕：《科學前沿與哲學》，北京：中共中央黨校出版社，1993 年版。

40. 侯樣祥：《科學與人文對話》，昆明：雲南教育出版社，2000 年版。

41. 還珠樓主：《蜀山劍俠傳》，葉洪生批校，臺北：聯經出版事業公司，民 73 年版。

42. 黃易：《黃易作品集・玄幻系列　超級戰士・時空浪族》，北京：華藝出版社，1998 年版。

43. 黃孝陽：《2006 中國玄幻小說年選》，廣州：花城出版社，2006 年版。

44. 胡適：《胡適全集》，合肥：安徽教育出版社，2003 年版。

45. 胡曉暉：《2003 年中國奇幻文學精選》，武漢：長江文藝出版社，2004 年版。

46. （英）J・D・貝爾納：《科學的社會功能》，陳體芳譯，桂林：廣西師範

大學出版社，2003 年版。

47. 江南：《九州志》，北京：新世界出版社，2007 年版。

48. （美）傑里米・里夫金，霍華德：《熵：一種新的世界觀》，呂明等譯，上海：上海譯文出版社，1987 年版。

49. 金子：《夢回大清》，北京：朝華出版社，2006 年版。

50. 本書編委會編：《經濟學經典名著寶庫》（全五卷），北京：中央文獻出版社，2005 年版。

51. 柯文：《在傳統與現代性之間——王韜與晚清改革》，南京：江蘇人民出版社，2003 年版。

52. （法）孔狄亞克：《人類知識起源論》，洪潔求、洪丕柱譯，北京：商務印書館，1989 年版。

53. 李中：《高科技與宗教》，天津：天津科學技術出版社，2000 年版。

54. 林語堂：《林語堂名著全集　第十三卷　剪拂集　大荒集》，長春：東北師範大學出版社，1994 年版。

55. 李醒塵：《西方美學史教程》，北京：北京大學出版社，1994 年版。

56. 李孝悌：《清末的下層社會啓蒙運動：1901～1911》，石家莊：河北教育出版社，2001 年版。

57. 李劼：《我們的文化個性和個性文化　論世紀現象》，西寧：青海人民出版社，1998 年版。

58. （法）列維・斯特勞斯：《圖騰制度》，渠東譯，上海：上海人民出版社，2002 年版。

59. （法）列維・斯特勞斯：《野性的思維》，趙建兵譯，北京：京華出版社，2000 年版。

60. （法）列維・斯特勞斯：《面具的奧秘》，知寒等譯，上海：上海文藝出版社，1992 年版。

61. （法）列維・斯特勞斯：《結構人類學　巫術・宗教・藝術・神話》，陸曉禾等譯，北京：文化藝術出版社，1989 年版。

62. 林毓生：《中國傳統的創造性轉化》，北京：三聯書店，1988 年版。

63. 劉慈欣：《劉慈欣談科幻》，武漢：湖北科學技術出版社，2014 年版。

64. 劉增傑：《用古典精神詮釋古典主義》，開封：河南大學出版社，2006 年版。

65. 劉再復、林崗：《論中國文化對人的設計》，長沙：湖南人民出版社，1988 年版。

66. 劉再復：《放逐諸神》，香港：天地圖書有限公司，1994 年版。

67. 劉納：《嬗變——辛亥革命時期至五四時期的中國文學》，北京：中國社

會科學出版社，1998 年版。

68. 劉小楓：《現代性社會理論緒論》，上海：三聯書店，1998 年版。

69. 劉小楓：《聖靈降臨的敘事》，北京：三聯書店，2003 年版。

70. 劉禾：《跨語際實踐——文學，民族文化與被譯介的現代性》，宋偉傑等譯，北京：三聯書店，2002 年版。

71. 劉志琴：《近代中國社會文化變遷錄》，杭州：浙江人民出版社，1998 年版。

72. 劉仲宇：《道教的內秘世界》，臺北：文津出版社，民 86 年版。

73. 柳鳴九：《西方文藝思潮論叢：未來主義　超現實主義　魔幻現實主義》，北京：中國社會科學出版社，1987 年版。

74. 柳鳴九：《從現代主義到後現代主義》，北京：中國社會科學出版社，1994 年版。

75. 盧國龍著，王志遠主編：《宗教文化叢書 8：道教知識百問》，高雄：佛光出版社，民 80 年版。

76. 魯樞元：《猞猁言說——關於文學、精神、生態的思考》，北京：社會科學文獻出版社，2001 年版。

77. （法）羅蘭・巴特：《神話　大眾文化詮釋》，許薔薔，許綺譯，上海：上海人民出版社，1999 年版。

78. 羅志田：《裂變中的傳承——20 世紀前期的中國文化與學術》，北京：中華書局，2003 年版。

79. 羅志西：《科學與玄學》，北京：商務印書館，1999 年版。

80. 羅傑・彭羅斯：《宇宙，量子和人腦》，李寧，林子龍譯，北京：中國對外翻譯出版公司，1999 年版。

81. 馬積高：《清代學術思想的變遷與文學》，長沙：湖南人民出版社，2002 年版。

82. （蘇）馬林諾夫斯基：《科學的文化理論》，黃建波等譯，北京：中央民族大學出版社，1999 年版。

83. （蘇）馬林諾夫斯基：《巫術　科學　宗教與神話》，李安宅譯，北京：中國民間文藝出版社，1987 年版。

84. 馬西沙，韓秉方：《中國民間宗教史》（上、下），北京：中國社會科學出版社，2004 年版。

85. 冒榮：《科學的播火者：中國科學社述評》，南京：南京大學出版社，2002 年版。

86. 毛峰：《神秘主義詩學》，北京：三聯書店，1998 年版。

87. （俄）尼古拉・別爾嘉耶夫：《人的奴役與自由》，徐黎明譯，貴陽：貴

州人民出版社，1994 年版。

88. （英）尼爾・蓋曼：《美國眾神》，戚林譯，成都：四川科學技術出版社，2006 年版。

89. 錢穆：《莊老通辨》，北京：三聯書店，2002 年版。

90. 潛明茲：《中國神話學》，銀川：寧夏人民出版社，1994 年版。

91. （日）橋本健：《心靈學入門》，陳明誠譯，臺北：國際文化事業有限公司，1970 年版。

92. （英）R・W・費夫爾：《西方文化的終結》，丁萬江、曾豔譯，南京：江蘇人民出版社，2004 年版。

93. （法）讓－弗・朗索瓦・利奧塔：《後現代狀態：關於知識的報告》，趙一凡譯，收錄於中國社會科學院外國文學研究所《世界文論》編輯委員會編，《後現代主義》，北京：社會科學文獻出版社，1993 年版。

94. 《十三經注疏》，上海：上海古籍出版社，1997 年版。

95. （英）史蒂芬・霍金：《時間簡史》，杜欣欣、許明賢、吳忠超譯，北京：商務印書館，2004 年版。

96. 桑兵：《清末新知識界的社團與活動》，北京：三聯書店，1995 年版。

97. （日）上山安敏：《神話與理性　十九世紀末至二十世紀初歐洲的知識界》，孫傳釗譯，上海：上海人民出版社，1992 年版。

98. 石育良：《怪異世界的建構》，臺北：文津出版社，民 85 年版。

99. 樹下野狐：《搜神記Ⅰ　神農使者》，《搜神記Ⅱ　大荒驚變》，天津：天津教育出版社出版，2005 年版。

100. （英）托馬斯・莫爾：《烏托邦》，戴鎦嶺譯，北京：商務印書館，1982 年版。

101. 蘇童：《碧奴》，重慶：重慶出版社，2006 年版。

102. 譚桂林：《人與神的對話》，合肥：安徽教育出版社，2000 年版。

103. Vivibear：《尋找前世之旅》，鄭州：河南文藝出版社，2007 年版。

104. 萬俊人：《清華哲學年鑒 2000》，石家莊：河北大學出版社，2001 年版。

105. 王曉波：《現代中國思想家　第六輯——丁文江、張君勱》，臺北：巨人出版社，民 67 年版。

106. 王富仁：《中國的文藝復興》，桂林：廣西師範大學出版社，2003 年版。

107. 汪暉：《現代中國思想的興起》，北京：三聯書店，2004 年版。

108. 王增永：《華夏文化源流考》，北京：中國社會科學出版社，2005 年版。

109. 王德威：《想像中國的方法：歷史・小說・敘事》，北京：三聯書店，1998 年版。

110. 王大有：《宇宙全息自律》，北京：中國時代經濟出版社，2006 年版。

111. （意）維柯：《新科學》，朱光潛譯，北京：人民文學出版社，1986 年版。

112. （法）薇依：《重負與神恩》，顧嘉琛，杜小眞譯，北京：中國人民大學出版社，2009 年版。

113. 吳國盛：《科學的歷程》（第二版），北京：北京大學出版社，2002 年版。

114. （德）烏·貝克，哈貝馬斯：《全球化與政治》，北京：中央編譯出版社，2000 年版。

115. 吳岩：《追憶似水的未來》，武漢：湖北科學技術出版社，2014 年版。

116. 武夷山：《一個情報學者的前瞻眼光》，武漢：湖北科學技術出版社，2014 年版。

117. 蕭鼎：《誅仙 1》至《誅仙 5》，北京：朝華出版社，2005 年版。

118. 蕭鼎：《誅仙 6》，北京：朝華出版社，2006 年版。

119. 蕭偉勝：《現代性困境下的極端體驗》，北京：中央編譯出版社，2004 年版。

120. 謝六逸：《神話三家論》，上海：上海文藝出版社，1989 年版。

121. 辛世俊：《人類精神之夢——宗教古今談》，鄭州：河南大學出版社，2001 年版。

122. 熊月之：《西學東漸與晚清社會》，上海：上海人民出版社，1994 年版。

123. 許紀霖：《二十世紀中國思想史論》，上海：東方出版中心，2000 年版。

124. 許紀霖：《二十世紀中國知識分子史論》，北京：新星出版社，2005 年版。

125. 燕壘生：《天行健》，成都：成都時代出版社，2005 年版。

126. 楊犁：《胡適文萃》，北京：作家出版社，1991 年版。

127. 楊國榮：《存在之維：後形而上學時代的形上學》，北京：人民出版社，2005 年版。

128. 楊書卷：《未來的 101 張面孔》，武漢：湖北科學技術出版社，2014 年版。

129. 姚海軍：《2005～2006 中國奇幻小說選》，成都：四川科學技術出版社，2007 年版。

130. 姚海軍：《中國科幻銀河獎作品精選集》，成都：四川文藝出版社，2013 年版。

131. 姚周輝：《神秘的幻術》，南寧：廣西人民出版社，2007 年版。

132. 姚偉鈞：《神秘的占夢》，南寧：廣西人民出版社，2007 年版。

133. （日）伊藤清司：《〈山海經〉中的鬼神世界》，劉曄譯，北京：中國民間文藝出版社，1990 年版。

134. 尹飛舟：《中國古代鬼神文化大觀》，天津：百花文藝出版社，1992 年版。

135. 郁振華：《形上的智慧如何可能？中國現代哲學的沉思》，武漢：華東師範大學出版社，2000 年版。

136. 袁閫：《混沌管理》，杭州：浙江人民出版社，1997 年版。

137. 袁珂：《中國神話傳說詞典》，上海：上海辭書出版社出版，1985 年版。

138. 袁進：《中國文學觀念的近代變革》，上海：上海社會科學院出版社，1996 年版。

139. 袁盛勇：《魯迅：從復古走向啓蒙》，上海：三聯書店，2006 年版。

140. 余英時：《中國思想傳統的現代詮釋》，南京：江蘇人民出版社，2003 年版。

141. 俞汝捷：《幻想和寄託的國度：志怪傳奇新論》，臺北：淑馨出版社，民 80 年版。

142. 葉維廉：《道家美學與西方文化》，北京：北京大學出版社，2002 年版。

143. 葉兆言：《后羿》，重慶：重慶出版社，2007 年版。

144. 葉祝第：《奇幻王　2003～2004 中國奇幻小說雙年選》，上海：漢語大詞典出版社，2004 年版。

145. 楊聯芬：《晚清至五四：中國文學現代性的發生》，北京：北京大學出版社，2003 年版。

146. （英）約翰·沃特金斯：《科學與懷疑論》，邱仁宗、范瑞平譯，上海：上海譯文出版社，1991 年版。

147. （美）約翰·霍根：《科學的終結》，孫雍君等譯，呼和浩特：遠方出版社，1997 年版。

148. 趙士林：《心靈學問——王陽明心學》，昆明：雲南人民出版社，1997 年版。

149. （英）詹·喬·弗雷澤：《金枝》，徐育新、汪培基、張澤石譯，北京：新世界出版社，2006 年版。

150. 斬鞍：《秋林箭》，北京：新世界出版社，2007 年版。

151. 詹鄭鑫：《神靈與祭祀——中國傳統宗教綜論》，南京：江蘇古籍出版社，1992 年版。

152. 許紀霖：《二十世紀中國思想史論·下卷》，北京：東方出版社，2000 年版。

153. 張東蓀：《科學與哲學》，北京：商務印書館，2003 年版。

154. 張灝：《梁啓超與中國思想的過渡（1890～1907)》，南京：江蘇人民出版社，1995 年版。

155. 張悅然：《誓鳥》，北京：光明日報出版社，2006 年版。

156. 張之傑、黃海、呂應鍾：《中國當代科幻選集》，臺北：星際出版社，民70 年版。

157. 張檸：《2005 文化中國》，廣州：花城出版社，2006 年版。

158. 中國哲學編輯部編：《中國哲學》（第十一輯），北京：人民出版社，1984年版。

159. 中國社科院文學研究所編：《文學思維空間的拓展》，北京：工人出版社出版，1988 年版。

160. 中國社會科學院外國文學研究所《世界文論》編輯委員會編：《後現代主義》，北京：社會科學文獻出版社，1993 年版。

161. 鄭志明：《中國文學與宗教》，臺北：臺灣學生書局，民 81 年版。

162. 子漁非：《天維之門首部曲‧精衛填海》，南京：長江文藝出版社，2005年版。

163. 周桂發：《復旦大講堂》（第一輯），上海：復旦大學出版社，2004 年版。

164. 朱大可、吳炫：《十作家批判書》，西安：陝西師範大學出版社，1999 年版。

三、外文參考文獻

1. Bleiler, Everett F. *The Guide to Supernatural Fiction*. Kent: The Kent State University Press, 1983.

2. Bramlett, Perry C. *I am in Fact a Hobbit: an Introduction to the Life and Works of J.R..R..Tolkien*. Georgia: Mercer University Press, 2003.

3. Chance, Jane. ed. *Tolkien and the Invention of Myth: a Reader*. Kentucky: University Press of Kentucky, 2004.

4. Coates, Paul. *The Realist Fantasy: Fiction & Reality since Clarissa*. New York: St. Martin's Press, 1983.

5. Harris-Fain, Darren.ed. *Dictionary of Literary Biography Volume 178: British Fantasy and Science-Fiction writers Before World War-I*. Detroit, Washington, D.C., London: A Bruccoli Clark Layman Book Gale Research, 1997.

6. Heng, Geraldine. *Empire of Magic: Medieval Romance and the Politics of Cultural Fantasy*. New York: Columbia University Press, 2003.

7. Jonathan Hall, Ackbar Abbs. ed. *Literature and Anthropology*, Hong Kong: Hong Kong University Press, 1986.

8. Reginald, Robert. *Science-Fiction and Fantasy Literature 1975-1991*. Detroit, Washington, London: Gale Research Inc., 1970, 1975, 1979, 1981, 1991, 1992.

9. Roper, Lyndal. *Witch Craze*. New Haven and London: Yale University Press, 2004.

後　記

　　此書是本人在北京師範大學博士後出站報告《多重語境下的中國當代幻想小說》基礎上增刪而成。自己 2009 年剛入站時曾無比自信地表示，一定要在博士論文《當代「科玄相遇」的文學鏡象——中國奇幻小說（1998～2007）現象論》基礎上，補充進中國當代科幻小說部分，將中國當代科幻與奇幻小說的話題，在博士後出站報告中完美地整合在一起，完成一部中國當代大幻想小說創作現象論。

　　然而當我接觸的科幻、奇幻作品愈多，愈覺力有不逮。它們花開兩朵，各表一枝，任何一方都完全擁有獨立的天空，其價值既不可等價互換，也無法彼此覆蓋，而將兩者統括於一體的幻想文學概念彷彿也成爲一個巨大的漩渦，一方面深深吸引我不斷深入，另一方面給我帶來深不見底的迷茫。

　　每當我猶疑不前的時候，導師李怡教授總能舉重若輕地提點，並鼓勵我堅持做下去。李老師對待弟子如父兄般的關愛是鞭策我不輕言放棄的動力。他嚴謹的治學態度和豐碩的學術成果，更令我仰視。能拜在李老師門下，誠爲我人生求學之大幸。

　　我要感謝我的碩士導師譚桂林先生。先生對神秘主義詩學的研究，關於神秘與科學包容關係的闡釋對我完成出站報告幫助很大。多年來，譚老師總是默默地，不遺餘力地幫助著我。

　　感謝我的家人，尤其是我的先生曾寧。作爲一個鐵杆科幻迷，他每發現一部好作品，都會向我推薦，還會與我交流閱讀感受，評點我的一些文字。若無他的全力支持，我必無法完成此書的撰寫。

　　感謝我現在的同事。我有幸在工作中收穫了好搭檔，在生活、學業上結

識了完美夥伴。能在輕鬆愉快的工作環境下安心書寫、分享所得，實在幸之又幸，每每想起倍感貼心。

最後感謝我在北京師範大學做博士後期間的同窗學友龔敏律，王玉春等。感謝文學院博士後工作站的趙軍平老師。

修訂於京東燕郊中燕

2014 年 12 月